Ídolos

Obras da autora publicadas pela Galera Record:

***Série* Beautiful Creatures (com Kami Garcia)**

Dezesseis luas

Dezessete luas

Dezoito luas

Dezenove luas

Sonho Perigoso

***Série* Dangerous Creatures (com Kami Garcia)**

Sirena

Incubus

***Série* Ícones**

Ícones

Ídolos

Ídolos

A ELETRIZANTE
CONTINUAÇÃO DE ÍCONES

MARGARET STOHL

Tradução:
MARIANA KOHNERT

1ª edição

Galera
RIO DE JANEIRO
2016

CIP-BRASIL. CATALOGAÇÃO NA FONTE
SINDICATO NACIONAL DOS EDITORES DE LIVROS, RJ

Stohl, Margaret
S884i Ídolos / Margaret Stohl; tradução Mariana Kohnert. – 1ª ed. –
Rio de Janeiro: Galera Record, 2016.
(Ícones; 2)

Tradução de: Idols
Sequência de: Ícones
ISBN 978-85-01-10581-3

1. Ficção americana. I. Kohnert, Mariana. II. Título. III. Série.

15-24214 CDD: 028.5
CDU: 087.5

Título original:
Idols

Design de capa: Igor Campos

Texto revisado pelo novo Acordo Ortográfico da Língua Portuguesa.

Direitos exclusivos de publicação em língua portuguesa somente para o Brasil adquiridos pela
EDITORA RECORD LTDA.
Rua Argentina 171 – Rio de Janeiro, RJ – 20921-380 – Tel.: 2585-2000,
que se reserva a propriedade literária desta tradução.

Impresso no Brasil

ISBN 978-85-01-10581-3

Para meus amigos em Chiang Mai, Chiang Rai, Bangcoc, Hong Kong, Kuala Lumpur e Cingapura — e pelas histórias deles.

Khorb kun ka. Xie xie. Terima kasih.

PARCE METU.

NÃO TEMAS.

— Virgílio, *Eneida*

TREZE GRANDES ÍCONES
CAÍRAM DO CÉU.
QUANDO GANHARAM VIDA,
SEIS CIDADES MORRERAM.
LEMBREM-SE DE 6/6.

OS PROJETOS SÃO ESCRAVIDÃO.
NÃO SOMOS LIVRES.
SILÊNCIO NÃO É PAZ.
LEMBREM-SE DO DIA.

MORTE AOS SIMPAS,
MORTE AOS LORDES.
DESTRUAM OS ÍCONES.
LEMBREM-SE.

— Declamação Diária do Campo
Materiais de Recrutamento e Doutrinação da Rebelião

PRÓLOGO

ESCOLHA UM DEUS E REZE

Quero fechar os olhos, mas não fecho.

Recuso-me. Não vou deixar que a escuridão seja a última coisa que vejo.

Então observo enquanto o mundo gira e sai do meu controle. Literalmente. Enquanto a cauda gira, os alarmes berram, nossas luzes brilham e o rugido impossivelmente alto dos rotores falhando preenche meu coração com terror.

Agora não, penso. *Por favor.*

Assim não.

Temos mais doze Ícones para destruir. Jamais me uni a Lucas — e Ro jamais me perdoou por tê-lo beijado.

Não acabei.

Mas a cada guinada, o solo pedregoso do deserto abaixo de nós chega mais perto. E, pela janela, tudo o que vejo é um caleidoscópio escuro de estrelas, solo, lua — num borrão caótico e espiralado.

Uma nuvem de fumaça sufoca meus pulmões. Agarro Tima com uma das mãos, enquanto uso a outra para manter o equipamento junto ao peito. O formato do estilhaço do Ícone em minha mochila é inequívoco conforme as pontas afiadas pressionam contra minhas costelas. Sempre sei que está ali — juntamente ao poder que um dia ele pareceu me oferecer, no Buraco. Mesmo agora, eu não conseguiria me esquecer, mesmo se tentasse.

Não importa, digo a mim mesmo. *Não mais.*

Nada importa.

O helicóptero perde cada vez mais altitude, e nos assentos dianteiros Ro e Fortis quase se chocam contra a janela de vidro. Como estou atrás deles — entre Lucas e Tima — minha cabeça bate no encosto do banco de Ro.

— Droga! — resmunga Fortis.

Sinto os dedos de Lucas em meu ombro e seu medo em meu peito. Brutus late ensandecido, como se pudesse atacar nosso destino e afugentar o fim — quando na verdade ele está lutando apenas para se manter no colo de Tima.

Cachorro idiota. Destino idiota.

Helicoptero muito, muito idiota.

— Segurem firme, amigos, a aterrissagem pode ser complicada! — grita Fortis, olhando para trás, exibindo o lampejo repentino de um sorriso sombrio.

— Achei que você tivesse dito que conseguia pilotar esta coisa! — grita Ro para Fortis, e sinto o choque de pânico e ódio emanando dele em ondas poderosas.

— Quer tentar? — grita Fortis, ocupado demais em sua batalha contra os controles para erguer o rosto.

— Dol. — Lucas encontra minha mão e a segura com força, entrelaçando os dedos aos meus. Ele irradia pouco de seu encantamento natural esta noite, mas sei que está ali.

Faíscas ínfimas, mesmo agora.

Estamos juntos, penso. *Lucas e eu. Ro. Todos nós. É alguma coisa.*

Camponesinha, Cabeça quente, Botões, Medrosa.

Na noite em que desabamos do céu, pelo menos estávamos juntos. Pelo menos tivemos esse consolo.

A paisagem formada por pedras esculpidas pelo vento e pelos cânions iluminada pela lua, gira, ao nosso redor, e pergunto-me se é o fim. Pergunto-me quem vai nos encontrar.

Se é que alguém vai.

Nossos assentos chacoalham violentamente agora. Mesmo as janelas se agitam. Tima me segura com mais força, fecha os olhos. O medo dela me atinge com tanta intensidade que seu toque quase queima.

Mas quando ela me toca, uma nova ideia surge em minha mente.

— Tima, precisamos de você... — Busco a lembrança dela no Ícone, no modo como ela usou o medo para proteger Lucas da explosão.

Busco Tima com a mente.

Tente. Apenas tente.

Os olhos de Tima se abrem subitamente. Ela encara a tatuagem de sangue, as linhas e os desenhos coloridos no braço. Então segura Brutus com força.

Mais força.

Espero que ela consiga. Estamos caindo depressa.

— Não adianta. Um pássaro não voa com as asas quebradas — grita Fortis. — Segurem firme, crianças... Escolham um deus e...

Rezem.

Rezem, penso quando nos chocamos contra a barreira do cânion.

Estou rezando, penso conforme ouço as batidas violentas entre metal e rocha.

Chumash rancheros *espanhóis californianos norte-americanos camponeses os lordes o Buraco. Chumash* rancheros *espanhóis californianos norte-americanos camponeses os lordes o Buraco. Chumash* rancheros *espanhóis californianos norte-americanos camponeses os lordes o Buraco..*

Recito mentalmente a única oração que o Padre me ensinou de verdade.

Rezo conforme sinto o calor radiante das chamas que se espalham.

Rezo quando fecho os olhos para protegê-los de um clarão tão forte que queima minhas pálpebras, finas como a casca de uma cebola, como papel.

Rezo ao ficar em silêncio.

Escolha um deus...

Não conheço um deus. Apenas uma garota.

Então aperto a mão dela quando o helicóptero bate no chão em uma bola de fogo.

OFÍCIO DA EMBAIXADA GERAL: SUBESTAÇÃO DO LESTE DA ÁSIA

MANIFESTO URGENTE
SOMENTE PARA APRECIAÇÃO DE
PESSOAL IDENTIFICADO

Subcomitê Interno de Investigações 115211B
RE: O incidente nas Colônias SA

Senhores:

Após muito custo e esforço, localizei e me infiltrei nos arquivos secretos de Paulo Fortissimo. Acredito que a relevância deles para a catastrófica situação recente nas Colônias será instrutiva, ou, pelo menos, iluminadora. Para tal efeito, ofereço meus serviços, em nome de nossa querida amiga em comum, a bondosa Dra. Yang.

Iniciando agora a decodificação dos arquivos. Enviarei imediatamente todo e qualquer material relevante conforme forem abertos e decodificados, em ordem cronológica.

A seguir, vocês encontrarão transcrições que começam com o contato inicial com os lordes (feito via Inteligência Artificial/virtual), notas de pesquisa, anotações do diário pessoal etc.

Podemos discutir a compensação no momento oportuno. Recomendo a destruição de todos os arquivos imediatamente após a análise, pois os Humanos Físicos são fortemente levados pelas emoções. A decisão final obviamente fica a seu critério.

Atenciosamente,
Jasmine3k
Humano Híbrido Virt. 39261. SA
Assistente de Laboratório da Dra. E. Yang

1 DESTRUÍDA

Estou caída com o rosto na terra. Sinto o gosto dela. Terra, sangue e dentes bambos feito milho velho. Todos os ossos do meu corpo doem, mas estou viva. A morte doeria menos.

Sinto mãos me virando, apertando meus braços, pernas.

— Não, não mexa nela. Ela está em choque. — *Fortis*.

Um borrão de cabelos loiros sujos entra em meu campo de visão sob a penumbra, e sinto um calor familiar nas bochechas quando as mãos de alguém tocam meu rosto.

— Dol? Consegue me ouvir?

Lucas. Mexo os lábios, tento formar uma palavra. No momento, penso, é mais difícil do que consigo me lembrar.

— Tima... — resmungo por fim.

Ele sorri para mim.

— Tima está bem. Ainda está desmaiada, mas ficará bem.

Viro a cabeça para o lado e vejo Tima caída na terra, ao meu lado. Tima, o cão magricela, cactos e estrelas. Não muito mais.

Brutus choraminga, lambe o braço tatuado de Tima, o qual parece estar sangrando.

— Bem? Você não sabe disso — interrompe uma voz na noite. *Ro.* Vejo que ele está do outro lado de Lucas, atirando chumaços de plantas mortas numa fogueira improvisada. Ro não parece apenas tépido, não para mim. Ele está incandescente. Eu poderia senti-lo de qualquer lugar.

Lucas esfrega minhas mãos entre as dele.

— Na verdade, eu sei disso. — Ele olha para trás. — Porque se Tima não estivesse bem, estaríamos todos mortos agora. Quem você acha que amorteceu nossa queda?

Tima. Deve ter funcionado. Ela deve ter conseguido.

Lembro-me agora da luz azul intensa se expandindo do corpo de Tima no momento em que caímos. O choque mudo e violento quando aterrissamos, o calor do helicóptero que explodiu — e então nada.

Enfraquecida, sento-me. Não sei como chegamos aqui, mas estamos longe dos destroços, que ainda lançam fumaça preta ao longe. Consigo sentir o cheiro.

Tusso para expulsá-lo.

Lucas me levanta até me encostar na lateral de uma rocha. Ro chega um segundo depois, encostando um cantil nos meus lábios. A água fria sufoca minha garganta conforme desce.

Não consigo desviar o olhar do helicóptero em chamas. A carcaça de metal incandescente que era nossa única chance de escapar dos Simpas e chegar à segurança é consumida pelo fogo, como todo o restante. Então...

POP-POP-POP-POP

Uma sequência de ruídos ligeiros me pega desprevenida. Parecem tiros, mas não pode ser. Não ali.

— O que foi isso?

Fortis suspira em meio à escuridão.

— Fogos de artifício, querida. É nossa munição queimando com a aeronave. — Ele some em direção ao fogo.

POP-POP-POP-POP

Lá se vai tudo, penso. Nossos sonhos de viver mais um dia, estourando como bolhas. Como uma panela de milho quente sobre o fogão de Maior.

POP-POP-POP

Acabou, acabou, acabou, penso. Nossa chance de sucesso na missão impossível de livrar o mundo de mais doze Ícones.

POP-POP

Nossa chance de chegar ao Ícone seguinte — e ainda mais de pensar num plano para destruí-lo.

POP

Tento não pensar mais. É tudo muito deprimente. Apenas assisto. As chamas estariam mais altas do que uma árvore — se houvesse alguma árvore por perto. Mas tudo o que vejo à luz do fogo, além de nós cinco, é um manto tremeluzente no chão do deserto, que se eleva e abaixa em um lençol de penhascos, rochas e montanhas contínuo. Uma expansão irregular e desordenada de arbustos e xisto.

Nada parecido com vida — como se tivéssemos aterrissado no cemitério da Terra.

Estremeço quando Fortis volta dos destroços iluminados, arrastando duas mochilas chamuscadas. O casaco rasgado dele esvoaça para trás, como uma espécie de animal mutilado.

— Onde estamos? — pergunto.

Ro senta-se ao meu lado.

— Não sei. Não me importo. Doc?

Lucas suspira.

— Está off-line. Ainda. Desde que decolamos.

— O que temos? — grita Ro, e Fortis balança a cabeça, jogando as mochilas ao nosso lado.

— Pouca coisa se salvou do incêndio. Um pote e uma vagem. Nenhuma ração de verdade. Menos água. Diria que temos o bastante para dois dias, três no máximo. — Fortis bate no bracelete, mas só ouço um lampejo de estática.

Lucas atira um galho ao fogo.

— Tudo bem, então. Uns dois dias. Deve ter algo por aqui. Alguém, pelo menos.

— E quem disse que temos tanto tempo assim? — Levanto o rosto para ele. — Mal escapamos da emboscada em Nellis... e agora isto? Os Simpas nos levarão de volta para a Pen antes mesmo de podermos nos dar ao luxo de morrer de fome.

— Talvez haja um acampamento de camponeses por perto? — diz Ro, mas todos estamos pensando o mesmo.

Não há.

Não tem nada aqui. Sabíamos disso quando saímos da Base Nellis — quando os Simpas nos atacaram e não nos importamos com nosso destino. Mas deveríamos, porque agora aqui estamos.

Presos.

Ro tenta de novo.

— Não podemos simplesmente ficar sentados aqui esperando a morte. Não depois do que fizemos com o Ícone no Buraco. Demos uma oportunidade àquelas pessoas, demos uma oportunidade a nós mesmos. Se não aproveitarmos, quem vai? E depois, o que vai ser?

Todos conhecemos a resposta. *Os lordes destruirão nosso povo enquanto os Simpas riem.*

Ro se vira para Fortis.

— Deve haver um jeito de sair daqui. Um posto de Mercs? Uma geoestação? Qualquer coisa? — Ro se mostra incansável. Quase inspirador.

E completamente louco.

— Aí está seu espírito de luta — diz Fortis, dando um tapinha nas costas de Ro. — E aqui está o meu. — Ele pega a garrafa de bebida e desaba no chão do deserto, ao meu lado. *E essa é a resposta sincera dele*, penso.

— Ro está certo. Não podemos desistir. — Olho para ele. — Não agora. Não depois de tudo.

Não depois da Embaixada. Do Buraco. Do Ícone. Do deserto. De Nellis.

Fortis dá um tapinha na minha perna, e estremeço.

— Desistir, camponesinha? Só estamos começando. Não me mande para uma cova ainda, querida. Sou jovem e bonito demais para morrer.

A fogueira projeta sombras no rosto, escondendo-lhe os olhos, destacando absurdamente as feições ossudas e cobertas pela barba por fazer. Nesse momento em especial, Fortis parece algum tipo de boneco maligno do pesadelo de uma criança.

Quase não é humano.

— Sabe, você não é tão bonito assim — digo, a garganta ainda cheia de fuligem.

Ele gargalha, mais como um latido, e enfia a garrafa no bolso.

— Era o que minha mãe dizia. — Quando Fortis me envolve com o braço, só consigo estremecer.

Então Tima geme ao acordar, apertando o próprio braço, e ignoro tudo, exceto o desejo de estar e continuar viva.

OFÍCIO DA EMBAIXADA GERAL: SUBESTAÇÃO DO LESTE DA ÁSIA

MANIFESTO URGENTE
SOMENTE PARA APRECIAÇÃO DE
PESSOAL IDENTIFICADO

Subcomitê Interno de Investigações 115211B
RE: O incidente nas Colônias SA

Conforme prometido.

Seguem abaixo registros extraídos da comunicação entre Fortissimo ("FORTIS") e sua IA (HAL2040 — a primeira interação do Humano Virtual, algo rudimentar que conhecemos como "Doc"). São tentativas iniciais de Fortissimo e sua IA de contatar o objeto não identificado que, a princípio, imaginou-se tratar-se de um asteroide, e foi, portanto, nomeado Perses, comprovando a ciência de uma ameaça em potencial.

Nota: o uso de Fortissimo da expressão "olá, mundo" (nesse caso feito em diversas línguas) é um tropo antigo de programação. Exibir a frase "olá, mundo" indica sucesso no ato de fazer com que uma nova máquina se conecte à rede, se comunique ou demonstre alguma inteligência. Pelos padrões humanos. (Nota: Humanos Físicos, isto é. Os padrões dos Humanos Virtuais são, por natureza, muito maiores.)

Atenciosamente,
Jasmine3k
Humano Híbrido Virt. 39261. SA
Assistente de Laboratório da Dra. E. Yang

HAL2042 ==> FORTIS
Transcrição – LogCom 13.04.2042
HAL:: PERSES

//log_obs.: {PERSES tentativa de comunicação #413};

envio_arquivo: ascii.tab;

envio_arquivo: dict.glob.lang;

//log_obs.: como anteriormente, envio arquivos com dicionários/protocolos de texto;

envio: olá, mundo;

retorno: ..... sem resposta;

envio: 01101000 01100101 01101100 01101100 01101111 0100000 01110111 01101111 01110010 01101100 01100100;

retorno: ..... sem resposta;

envio: 48:65:6c:6c:6f:20:57:6f:72:6c:64;

retorno: ..... sem resposta;

envio: an ki lu sal an ki lu sal an ki lu sal an ki lu sal;

retorno: ..... sem resposta;

//log_obs.: tentativas de comunicação em inglês, binário, hex, línguas antigas; PERSES não reagiu.;

2 FORA DE ALCANCE

O sono só traz pesadelos. Quando acordo, recupero a consciência de forma tão súbita e inquietante como quando a perdi. Ao me sentar, quero correr, arquejo por ar no frio. Meu coração bate forte, e cada batida é uma pergunta.

Onde estou? Estamos a salvo? Ainda estamos livres?

Viro de lado, encaro as sombras crescentes da vegetação selvagem do deserto diante de mim.

Nenhum Simpa. Nenhuma nave. Nenhum lorde. Nada que eu não tenha visto nesta última semana.

Avalio a paisagem como se fosse um relógio enquanto tento recuperar o fôlego. As sombras alongadas indicam que está quase escurecendo, o que significa que está na hora de levantar e me mexer. O terreno ficou cada vez mais estranho, quase alienígena, conforme nos arrastamos de rocha a rocha na escuridão. Qualquer coisa para evitar os Simpas que varrem o deserto à nossa procura.

Desde que o helicóptero caiu, dormimos durante o dia e viajamos à noite.

Pelo menos estabelecemos contato com Doc pelos braceletes de comunicação — graças ao receptor de comunicação que

Fortis conseguiu resgatar do helicóptero destruído. Doc nos mantém longe das patrulhas e, assim esperamos, nos guia em direção a algum lugar seguro. Ele vem rastreando as tropas Simpa desde que nosso helicóptero caiu; estão procurando por nós — por toda parte — mas ainda não nos encontraram.

Eles. As Embaixadas. Os lordes. Quase não importa mais qual desses. No fim, nos encontrarão, independentemente de quem seja.

É só uma questão de tempo.

Quanto mais vagamos pelo deserto — expostos às intempéries e alvos da Embaixada — mais forte é a mão do desespero sobre mim. Por conta da verdade deprimente de que, no Buraco que um dia foi Los Angeles, mesmo sem o Ícone, supostamente a Embaixada ainda tem todo o poder e as armas.

A verdade deprimente de que, de acordo com o que descobrimos durante a breve estadia em Nellis, Catallus atacou o povo da cidade com força total, e os Projetos seguem ininterruptos.

Viro o rosto para onde Lucas está sentado, diante de mim, encolhido, aconchegando-se apenas nas mangas da camisa, apoiado na encosta de pedra avermelhada. Levo um momento para perceber que Lucas colocou o casaco rasgado da Embaixada em cima de mim, assim como seu cobertor.

Ele sorri, quase timidamente, e amoleço, notando o azul-arroxeado frio de sua boca.

Não sei por que não consigo simplesmente dizer o que penso — que sou grata, que ele é atencioso. Que quando vejo sua boca, desejo beijá-la. Mas como nunca estamos a sós, não ouso.

Meu estômago vazio ronca quando me viro para ver quem também está ali, apenas para o caso de estar errada.

Não estou; Fortis ronca ao meu lado, sob uma pilha de vegetação que não consegue camuflar as meias de lã com dedos vermelhos que apontam para o céu feito duas orelhas de um coelho de tricô. Tima está apagada do outro lado de Fortis, coberta de terra e quase completamente escondida num zigue-zague organizado de braços e pernas dobrados, como algum tipo de traje militar compacto. Brutus está aninhado na dobra dos joelhos dela, e ronca tão alto que me faz pensar que ele está mais para o filho de Fortis do que para o cachorro de Tima. Ro, como sempre, não pode ser visto, mas ele não gosta de dormir perto de nenhum de nós, não desde que saímos da Missão.

Ele não fica tão próximo de Lucas.

De mim.

Fortis diz que as coisas ficarão mais fáceis para todos nós quando descobrirmos um modo de chegar aonde vamos.

Os Idílios, como chamou Fortis.

— Encontrei com a ajuda de Doc. Uma base camponesa. O único acampamento por aqui.

Fiquei confusa quando ele disse pela primeira vez.

— Idílios? Por que chamam assim?

— Porque é o paraíso, querida. Onde os Ícones não podem nos ferir e os lordes não podem voar.

— Está falando de algum lugar além do arco-íris? Como dizem as histórias antigas?

— Estou falando de um lugar debaixo de uma montanha. Como dizem os antigos manuais de combate.

Mas ainda não entendo como podemos encontrar alguma base da Rebelião do Campo que nem mesmo as Embaixadas conseguem achar. E acho difícil acreditar que ainda exista um lugar seguro. Algum lugar no qual possamos planejar nossa batalha contra a Câmara dos Lordes.

Mas nenhum de nós tem um plano melhor. Ou rações melhores. Ou água o suficiente. Ou qualquer outra saída.

Sendo assim, como os bons soldados que estamos rapidamente nos tornando, seguiremos montanha abaixo.

— Dol?

Me assusto quando Lucas toca meu ombro, me arrancando do devaneio de montanhas e soldados. Ele inclina a cabeça para a montanha próxima. Seus cabelos caem, lânguidos, sobre o rosto, ondulando contra o maxilar.

— Venha, Dol. Tenho algo para você.

Olhar para os cabelos crescidos de Lucas me leva a perceber quanto tempo se passou desde que qualquer um de nós fez algo tão normal quanto cortar o cabelo. Isso sem mencionar o ferimento ensanguentado na testa dele, que serpenteia acima dos olhos como uma segunda sobrancelha, o troféu de Lucas pela queda — o mesmo vale para meu rosto cheio de hematomas, para o tornozelo inchado de Tima, ou para a costela quebrada de Ro.

E para todos os nossos estômagos vazios e doloridos.

Mesmo assim, mesmo tão detonado, Lucas Amare continua lindo a ponto de tirar o fôlego.

— Algo para mim? — Sou pega desprevenida, mas Lucas me oferece a mão e eu aceito, levantando-me atrás dele. Assim que o toco, sinto... o calor que vem das batidas do coração dele, no ritmo do meu.

Será que todo mundo sente isso com ele? Lucas poderia fazer com que sentissem, se quisesse. Isso eu sei.

Mas será que há algo a mais, algo apenas para mim?

Fico perto de Lucas, seguro a mão dele por uma fração de segundo além do necessário. Consigo me sentir corando e viro o rosto, subitamente grata pela luz fraca.

É tudo tão estranho. Quero dizer, me sinto estranha. O que me tornei. Como imaginar que um beijo pode fazê-lo parecer real.

Aquele beijo perfeito, sublime e roubado na Missão. No dia em que chegamos tão perto de nos unirmos um ao outro, coração com coração, mão com mão.

Aperto a atadura no pulso com força, afastando as lembranças. Mesmo assim, consigo sentir as bochechas ficando rosadas de novo conforme sigo Lucas pela trilha sinuosa que parte do leito do rio seco no qual montamos acampamento — se é que se pode chamar assim — até o alto da colina de rocha avermelhada que se ergue acima do sombreado chão do deserto. A vastidão vermelha da paisagem é pontuada por contornos estranhos, quase alienígenas, de pedras entalhadas pelo vento em sinuosas formações orgânicas.

— *Não chamam isso de Vale do Duende sem motivo.*

Quase consigo ouvir a voz de Fortis quando abaixo o rosto para as pedras.

Então ouço a estática familiar do bracelete de Lucas, seguida pelo som entrecortado da voz de Doc.

— Lucas? Parece que estou perdendo seu sinal.

Paro. Lucas leva o dedo aos lábios — e gesticula para que continuemos em frente.

A voz de Doc ecoa pela rocha.

— Isso não é ideal, tenho certeza de que você entende. Precisam ficar juntos em prol da segurança. Devo lembrá-lo de que doze Ícones permanecem totalmente funcionais? Talvez você tenha se esquecido de que não há armas conhecidas, com a exceção de vocês quatro e de suas habilidades excepcionais, que possam causar danos mínimos a eles...

— *Parce metu*, Doc. — Lucas sorri. Ele dá mais uma volta em zigue-zague na trilha, me puxando pela mão.

— Não temas? — traduz Doc. — Não posso sentir medo. Não está em meus parâmetros. Estou meramente ressaltando que você não parece se lembrar de que, para cumprir a tarefa, é preciso que todos protejam uns aos outros até que estejam em segurança.

— Ficarei de olho nela, Doc. Não se preocupe — diz Lucas, apertando minha mão.

— Ainda estou preocupado, porque você parece estar se afastando do alcance ideal do receptor de comunicação portado por Fortis. Como diz a expressão coloquial: "O que os olhos não veem o coração não sente."

— É mesmo? — Lucas encoraja Doc, e pisca para mim.

— Certamente. Embora, no meu caso, levemente errôneo — continua Doc, tão facilmente distraído pela linguística. — Considerando que não tenho olhos ou um coração. Então talvez a frase ideal fosse: "O que o alcance não capta, o...

Lucas responde desligando o bracelete com um dedo.

— O alcance não capta — diz ele, sorrindo. Então para e pensa, depois tira o bracelete e o apoia num cacto retorcido que se ergue em nosso caminho. — Desculpe, Doc.

Balanço a cabeça.

— Ah, por favor. Ele tem boa intenção.

Lucas pega minha mão, sorrindo conforme subimos.

Não consigo evitar retribuir o sorriso.

— E se ele estiver certo? Se tivermos sumido quando Fortis acordar, ele vai surtar. Não deveríamos deixar o acampamento, lembra? É perigoso demais. — Consigo sentir que estou cedendo mesmo enquanto pronuncio as palavras.

— Talvez eu seja perigoso. — Lucas dá uma piscadela.

— Você? — Reviro os olhos e ele resmunga.

— Viva um pouco, Dol. Doc nos perdoará. Não ficaremos muito tempo longe, e três é demais. De toda forma, estamos quase lá.

Lucas para de repente e me puxa desajeitadamente para si. Fico de pé sobre uma rocha, permitindo que meu corpo se alongue diante da altura dele, permitindo-me sentir o peso dos braços fortes conforme eles envolvem meus ombros.

— Quero fazer isso desde que saímos da Missão — diz ele, e enterra o rosto em meu pescoço. Estremeço quando Lucas toca meu maxilar dolorido, então sorrio, porque eu também queria a mesma coisa.

Beijo o alto da cabeça dele.

— E mesmo assim você deixa um detalhe idiota feito este cair do céu e impedi-lo?

Ele gargalha.

— Da próxima vez, não deixarei.

Nem eu.

E naquele momento, com ou sem os lordes, sinto-me a garota mais sortuda do mundo.

Abaixo o corpo, apoio a cabeça no peito dele. Parece seguro, e por enquanto finjo que é.

— Sabe, às vezes quatro Crianças Ícone são demais — diz Lucas. — Pelo menos esta semana, talvez sejam.

Olho para ele.

— Já imaginou se houver mais de nós lá fora? Mais do que nós quatro? — As palavras parecem quase ridículas no momento em que me permito dizê-las.

— Não — responde Lucas. — Mas me pergunto o que se passa dentro da cabeça desta bem aqui na minha frente.

— Isto aqui — digo, e deito a cabeça novamente no peito dele.

— Isso aqui — retruca ele baixinho, e quase não consigo ouvi-lo. Olho adiante e noto que o sol se põe, tão glorioso quanto outros crepúsculos que já vi, mesmo na Missão.

Mais glorioso. O mais glorioso.

Nenhuma nave prateada à vista.

Do alto, a extensão de rochas, arbustos e destroços impiedosos se expande diante de nós em longas sombras de um azul-arroxeado desbotado que se derrama e dissipa pelo chão de terra vermelha do deserto. Vejo a curva do horizonte e sou momentaneamente tomada pela breve sensação de que estou de pé num globo giratório, em disparada pelo espaço.

Nosso planeta. Nossa Terra. É atordoante.

Desaparecerá em um minuto, acho. O pôr do sol e a sensação. Por enquanto, porém, é o suficiente para mim.

Ao menos uma coisa está funcionando num universo em que tudo mais está errado.

Sorrio, inclino a cabeça até conseguir olhar para o rosto de Lucas.

— É perfeito.

— Você gosta? Mandei fazer para você. — Lucas sorri. Ele quase parece tímido. — É um presente.

— É mesmo? — Gargalho. — Então vou guardá-lo para sempre.

Ele sorri.

— Tudo bem. Guarde direitinho. Coloque onde não poderá perdê-lo.

— Vou fazer isso — respondo.

— Você é linda — sussurra.

— Cale a boca — sussurro de volta, provocando. — Isto é lindo.

É verdade. Aquele pôr do sol — o pôr do sol de Lucas, e agora o meu — é contagiante e incandescente, lindo. E significa que *sobrevivemos* mais uma noite.

Estamos vivos.

Por enquanto, deve bastar.

O sol se movimenta devagar no horizonte. Lucas acena com a cabeça, sussurrando ao meu ouvido:

— Está vendo? É assim que funciona. O sol se põe agora, mas sempre nasce de novo.

— Verdade. — Sorrio, arqueando uma sobrancelha.

— Verdade. — Ele sorri de volta. — Pode acreditar. — Lucas beija minha bochecha suavemente, evitando os hematomas. — E mesmo quando você não consegue ver, está lá fora em algum lugar, do outro lado do mundo, se preparando para nascer de novo.

Agora ele beija minha outra bochecha, tão suavemente que estremeço.

E meu pescoço.

— Tudo vai melhorar.

Minha orelha.

— Tudo.

O magnetismo quente que é Lucas toma conta de mim, e não resisto. Tenho meus dons e ele tem os dele. É isso que Lucas traz ao mundo, esta sensação. Compartilha e espalha entre todos que conhece.

Eu me rendo.

Amor.

Oferecer amor a mim o acalma tanto quanto me acalma, e me permito sentir, absorver.

Afasto meus pensamentos concorrentes. De que estamos perdidos, sem ajuda à vista. Caçados no deserto. Nenhum plano em ação para derrubar mais um Ícone.

Queria que pelo menos uma vez Doc estivesse certo, que de algum modo fosse possível esquecer o que está adiante.

Mas, de algum jeito, naquele momento, Lucas consegue o impossível. Sinto quando ele relaxa, permitindo que o sol o aqueça, mesmo enquanto se põe.

Aproveite o pouco que temos, enquanto é possível.

Vindo de Lucas, aquele pôr do sol significa tudo.

Inclino o rosto em direção aos últimos resquícios do calor compartilhado, em direção a Lucas e ao sol.

— Espero que esteja certo.

— Estou. — Lucas toca minha bochecha de novo, a voz dele cada vez mais baixa, urgente. — Dol...

Preciso de você. Ele não ousa dizer as palavras, mas eu as sinto. São tão palpáveis para mim quanto a brisa fria do anoitecer em meu rosto.

Ele necessita de mim como de comida e de água. Como da luz do sol e da chuva. Como...

Como Ro e eu costumávamos necessitar um do outro.

Afasto tal pensamento e me inclino para ele, que segura meu rosto usando as mãos, firme, como se fôssemos tão sólidos quanto as rochas avermelhadas do deserto que nos cerca. Algo certo e estável. Um fato irreversível, ou uma verdade de longa data.

Com um olhar, peço permissão para me aproximar. Mais do que é fisicamente possível.

Lucas assente e me encaixo nele, procurando por um momento em especial. Eu o encontro, incandescente, na mente dele, e quando busco o momento, em um lampejo estou de volta à caverna na qual nos conhecemos.

Mas dessa vez, sou Lucas. Dessa vez, eu nos vejo — vejo nossa história — a partir do olhar dele.

Não vejo detalhes claramente, mas as sensações são tão poderosas que quase me fazem cair de joelhos. Vejo o momento em que Lucas me olha pela primeira vez e sinto o choque — então sou invadida pelo calor.

A explosão de curiosidade intensa, assombro e atração.

O oceano que compartilhamos.

Não sei mais como chamar.

Faz tempo que desejo ir até lá, mas somente agora tive coragem de pedir.

E eis agora minha lembrança preferida, o amor à primeira vista sentido por ele.

Não é apenas um dom o que Lucas tem. É um milagre.

Ele tem mais certeza em relação a mim do que eu mesma. O que me faz ter mais certeza ainda de uma coisa.

Lucas precisa de mim.

Lucas precisa de mim agora, e eu preciso dele.

Ele me beija com tanta força que parece que vou me partir. E quando retribuo, imagino que talvez não seja algo tão ruim. Que, às vezes, alguns tipos de rachaduras podem consertar as coisas.

Todas as coisas.

O beijo de Lucas me pressiona contra a rocha, e meu corpo se dissolve no dele. Quando estou em seus braços, parece que o sol está nascendo e se pondo de uma só vez — e então uma onda de calor toma conta de mim e não consigo mais pensar em nada.

Só em Lucas.

Porque realmente sou a garota mais sortuda do mundo. E até quando caio do céu ele me salva.

OFÍCIO DA EMBAIXADA GERAL: SUBESTAÇÃO DO LESTE DA ÁSIA

MANIFESTO URGENTE
SOMENTE PARA APRECIAÇÃO DE
PESSOAL IDENTIFICADO

Subcomitê Interno de Investigações 115211B
RE: O incidente nas Colônias SA

Nota: Primeira resposta registrada de Perses, estabelecendo primeiro contato. Perses diz "oi".

Nota: Contatar Jasmine3k, Humano Híbrido Virt. 39261. SA, Assistente de Laboratório da Dra. E. Yang, para comentários futuros, conforme necessário.

HAL2040 ==> FORTIS
Transcrição - LogCom 16.05.2042
HAL::PERSES

//log_obs.: {Tentativa de comunicação com PERSES #251.091};

envio: salve mundus;
retorno: ......01110011 01100001 01101100 01110110 01100101.......;

//nota de tradução:
Mensagem recebida: salve (binário);

envio: γειά σου κόσμο;

retorno: .... γειά σου......salve.....oi;

retorno: ......01101000 01100101 01101100 01101100 01101111 ....oi;

protocolo de comunicação aperto de mão trocado;
link de carregamento estabelecido;
acesso ao link de comunicação fornecido;

envio: Oi;
retorno: oi;

envio: Quem é você?
retorno: quem.....você.....;
retorno: você.....eu.....eu;
retorno: eu sou........nada;
retorno: eu sou........início e fim;
retorno: *A* **e Ω;**

envio:...........alfa e ômega?;
envio: pergunta: Início do quê?;

retorno: vida. lar. novo lar.;

envio: pergunta: Fim do quê?;

atraso na resposta;

retorno: ....vida. lar. novo lar.

link de comunicação encerrado;

//log_obs.: link de comunicação encerrado por PERSES;

3 RUMBA DE CASCAVÉIS

— Estamos interrompendo alguma coisa? *Alguém quer cobra*?

Eu me afasto de Lucas assim que Ro joga entre nós um graveto afiado com uma cobra morta empalada nele, seu rosto sujo de terra e fuligem. Tima está apenas alguns passos atrás de Ro, trôpega e cansada. Seu cabelo ainda está coberto de poeira. Parece um espectro cinza.

— Interrompendo? Sim — responde Lucas, embora nos lábios dele a palavra se transforme num palavrão. — Para dizer a verdade, estão. — Sinto o calor dentro de Lucas se dissolver ao som da voz de Ro.

Como sempre.

Afasto o corpo da rocha e fico de pé na terra. Não vou deixar que Ro perceba que estou me retorcendo de desconforto.

— Foi mal. Então, cobra? — replica Ro, sorrindo sem um traço de humor. A cascavel longa e morta pende do graveto, quase tocando a terra aos pés dele. Dessa vez me encolho.

Lucas o ignora.

Tima pisca para mim, constrangida.

— Desculpe. Tentei impedi-lo, mas não consegui. Não sabíamos onde vocês estavam. Doc captou algo estranho no comunicador. Fortis diz que precisamos sair.

— E — diz Ro, agitando o graveto na direção dela.

Tima dá um salto para trás, revirando os olhos.

— E Ro encontrou este réptil enroscado nos pés dele e resolveu chamar de jantar. — Tima olha para a cascavel com inquietude, avaliando o terreno ao nosso redor. — Agora precisamos ir. Antes que a rumba toda apareça.

— A rumba?

— De cascavéis — diz ela, casualmente. — É assim que se chama um grupo de cascavéis. — É claro que é. Sorrio, apesar do emaranhado caótico de sentimentos que irrompe ao meu redor.

Ro dá de ombros.

— Relaxe, Rumba. Doc só está paranoico. Não tenho medo de cobras ou de Simpas. Não como o Botões Junior aqui.

— Ele não tem medo de cobras — dispara Tima. Por um momento, a velha Tima surge novamente, defensora de Lucas, conquistadora da própria infância.

Não a culpo.

O ar ao nosso redor fica gelado, mas antes que Lucas consiga dizer uma palavra, um assobio ecoa de nosso acampamento, esganiçado e urgente.

Lucas ultrapassa Ro, desaparecendo em direção ao assobio de Fortis. Tima corre para acompanhar, muito disposta a abandonar a cobra e o conflito.

Ro dá de ombros e ergue uma sobrancelha para mim, agitando o bicho de modo brincalhão. Suspiro e balanço a cabeça.

— Obrigada, mas ainda estou satisfeita da refeição de ontem. E não, cobra não é um vegetal.

— Foi o que pensei. Tudo bem. Sei como aquelas tirinhas mal cozidas de cactos satisfazem. — Estamos todos morrendo de fome, e nós dois sabemos disso. Ro me segue pela trilha, segurando a cobra como se fosse uma bandeira.

— Estavam completamente cozidas. Principalmente as que deixei cair na fogueira. — Estou com tanta raiva de Ro, quero enrolar aquela cobra idiota no pescoço dele até estrangulá-lo.

— Tem certeza de que eu não posso oferecer um outro lanchinho para você beliscar? Você e ele, sabe... a outra cobra? — Ro aponta em direção à trilha na qual Lucas desapareceu. — Aquela que você já estava beliscando?

Chega.

Paro e me posto diante dele para que também pare.

— Ro. Pare com isso.

— Com o que, Dolzinha? — Ro parece inocente, mas ele não é, e nós dois sabemos disso.

— Lucas e eu. Nos deixe em paz... Sei que te incomoda, e sinto muito. Mas você não pode continuar agindo assim. Você e eu, não vai acontecer.

Pronto. Falei.

Os olhos dele lampejam, mas Ro vira o rosto rapidamente... como se eu o tivesse estapeado. Então, quase tão rapidamente, puxa o ar, se recupera e abre um sorriso.

— Não — responde ele, impassível. — Acho que não. E não sinto muito.

— Não? O que isso quer dizer? — Fico irritada.

— Quer dizer que não vou parar de me importar com você. — Ele sorri de modo confiante. — Sou um lutador, Dol. A única coisa que sei fazer é encontrar algo pelo qual valha a pena lutar, e brigar por isso. E vai ser por você. Lide com isso.

Sinto o rosto ficar vermelho e não sei se quero chutá-lo ou beijá-lo.

Em geral, são os dois. Esse é o problema.

— Apenas... não. — Olho para ele com raiva.

— Não é você quem decide. — Ro sorri uma última vez.

— E que tal se... eu decidir? — Viro e vejo Lucas de pé na trilha, atrás de mim, ao lado do cacto que ainda guarda o bracelete de comunicação dele.

Lucas ouviu tudo. Dá para perceber pelo olhar dele.

O sorriso de Ro some rapidamente, se transformando em algo muito mais sombrio.

— Precisamos sair daqui — diz Tima, surgindo na trilha, atrás de Lucas, já com a mochila nas costas e segurando a minha. A cabeça de Brutus desponta por cima do ombro dela; o cão está ofegante dentro da mochila.

— Só preciso fazer uma coisa primeiro — diz Lucas, sem nem olhar para ela.

Então ele dá um soco na cara de Ro, o mais forte que consegue.

Os dois se lançam num monte disforme de braços e pernas e desaparecem em uma nuvem de poeira alta e vasta.

— Ótimo, briguem. Vocês se merecem — digo, afastando-me para ficar ao lado de Tima, que me olha, exasperada.

A poeira baixa o suficiente para que eu consiga enxergar Ro, com o pescoço musculoso, em cima de Lucas. Os olhos dele estão cheios d'água, vermelhos de ódio. Ele perdeu o controle — de onde estou, consigo sentir o calor que foi gerado.

Lucas tem dificuldades para respirar e começo a me preocupar. Não dá para vencer Ro numa briga. A não ser que ele permita.

— Sério? — grita Tima para os dois, as mãos nos quadris... mas então não consigo ouvir as palavras seguintes, pois um ruído mais alto abafa tudo que ela diz.

Um estrondo como o de um trovão estremece meus dentes, quase me derrubando. E um guincho esganiçado — seguido por uma lufada forte de vento.

Antes que eu perceba o que está acontecendo, Ro segura meu braço e me puxa para trás de uma rocha cercada por cactos baixos. Lucas rasteja para meu lado, puxando Tima consigo. Brutus choraminga. Olho por cima da rocha e os vejo.

No horizonte, as luzes piscam no céu noturno, como relâmpagos em meio às nuvens.

As luzes se aproximam a uma velocidade aterrorizante.

Pontos pretos chegam mais perto, e não são pássaros.

Não são nada vivo.

As aeronaves prateadas brilhantes surgem silenciosamente através da cobertura cinza-escuro, deixando estranhos redemoinhos de vento e poeira em seu encalço.

Estranhos, com energia estranha.

Estranhos no céu.

Observo horrorizada conforme as aeronaves descem rapidamente, seguindo diretamente para o acampamento. Uma confusão fervilhante de emoção e adrenalina irrompe dentro de mim, me deixando sem fôlego.

Os lordes.

Consigo sentir conforme se aproximam.

Lucas ergue a cabeça devagar para olhar, e noto os olhos dele se arregalando, a boca se escancarando em choque.

— Aeronaves cargueiras. Grandes. Formação de batalha.

— O que vamos fazer? — Meu coração pulsa acelerado nos ouvidos, mal escuto as palavras que digo.

— Vamos tentar não morrer — diz Ro, de modo sombrio.

Fortis.

Fortis está no acampamento.

Busco Fortis mentalmente e me envolvo no pensamento dele.

Sereno. Inabalado. Duas botas plantadas na poeira, o casaco esvoaçante ao vento artificial.

Não pode estar certo.

Fecho os olhos, e lampejos embaçados de palavras numa tela surgem em minha mente.

Nulo.

É a única palavra que entra em foco — embora eu não tenha ideia de por que esteja ali ou o que signifique.

Abro os olhos.

— Fortis ainda está lá. Ele está bem, mas precisamos ajudá-lo.

Ro me olha como se eu tivesse ficado louca.

— Não. Vamos sair daqui. — Ele balança a cabeça. — Quer enfrentar os lordes? Os Sem Rosto em pessoa? Nem eu sou tão louco assim. — Ele pensa por um minuto. — Quase, mas é... não.

— Não podemos deixar que Fortis se sacrifique por nós — digo a Lucas, mas ele já está olhando para Tima, as sobrancelhas erguidas numa pergunta silenciosa.

Tima reage rapidamente.

— Mas não podemos ficar aqui. Estamos expostos demais. Podem nos encontrar facilmente.

— Então vamos derrotá-los — responde Ro.

— Seis potenciais rotas de fuga livres de cobras — diz Tima, avaliando as rochas atrás de nós. — Contei na subida. — Ro faz um ruído de escárnio. — Considerando nossa posição relativa e o vetor de aproximação dos lordes, nossa chance de escapar sem sermos percebidos é por este caminho aqui. — Às vezes Tima poderia muito bem se passar por uma irmã caçula de Doc.

Olho para ela.

— Mas não para Fortis. Não é a sua melhor chance. — *Ele estava tão calmo*, penso. *Sabia o que estava fazendo. Sabia do que estava abrindo mão por nós.*

Será que eu teria feito o mesmo? Teria me entregado aos lordes para salvar meus amigos?

Será que mais alguém teria?

— Precisamos ir — diz Lucas, então vê meu rosto se endurecer. Ele suaviza a voz. — Ei. Vamos lá. Seremos inúteis se nos deixarmos capturar.

Viro-me para Tima, mas ela simplesmente dá de ombros. Ro me olha, sombrio. Sem soltar meu braço, me puxa para trás de si, meio que me arrastando pela poeira avermelhada.

— Vamos. Agora.

Desvencilho meu braço do aperto, mas estou assustada demais para dizer qualquer coisa. Lucas e Tima estão logo atrás de nós.

Corremos. Tento ficar abaixada conforme ziguezagueamos pela rocha desgastada, tentando não me empalar num cacto.

Atrás de nós, as aeronaves prateadas pousam, levantando nuvens de areia e arbustos, criando um redemoinho gigantesco e oscilante de poeira que camufla nossa fuga.

Ouço ruídos mecânicos estranhos, de trituração, de uma tecnologia que não consigo entender... e um grito de Fortis.

Viro quando ouço as explosões — distração é a marca registrada de Fortis — e tento não pensar na fumaça preta e espessa que oscila no céu atrás de mim.

Continuamos correndo. Estamos indo depressa demais para que eu consiga sentir qualquer coisa agora. Pelo menos não Fortis.

Conforme corremos por uma passagem estreita na rocha, vejo Ro parar atrás de um pedregulho. Ele gesticula para que atravessemos, e Lucas e Tima continuam. Paro e vejo Ro se encostar atrás da rocha — a qual tem facilmente quatro vezes o seu tamanho — e começar a empurrar. O que é inútil; jamais vi Ro mover alguma coisa daquele tamanho antes.

— Ro, o que está fazendo?

Ele não responde, mas sinto a energia se acumular entre nós. Então entendo. A rocha está aquecendo por dentro. Ro está concentrando o ódio, como se a rocha fosse os Simpas que mataram o Padre.

De maneira nenhuma ele vai conseguir mover aquela rocha — nem mesmo com todo o seu poder —, mas ele tampouco conseguirá conter tamanho ódio.

Alguém, a rocha ou Ro, terá que ceder.

Corro para baixo, para longe da trilha — até que sinto uma explosão de calor, e a rocha imensa desaba na trilha, bloqueando-a e escondendo nosso refúgio.

Antes que eu consiga processar o que acabou de acontecer, Ro se levanta com dificuldade e passa por cima da rocha, vermelho de satisfação.

— Tudo bem... aquilo foi incrível — diz ele. Estendo a mão para ele, mas Ro a afasta. — Cuidado. Sabe o que dizem, sou quente.

— Na verdade não dizem, não. — Eu diria ainda mais, mas não há tempo.

Em vez disso, corremos sem parar, nem por um segundo, até que Tima nos diga que estamos longe. Até termos descido os penhascos avermelhados e subido por um rio gélido, os pés dormentes.

Encostamos na parede do penhasco quando ouvimos o ruído esganiçado das aeronaves dos lordes decolando, e o estalo alto quando elas desaparecem nas nuvens.

Aguardamos, o ar pesado com o silêncio.

Pavor.

Um silêncio impossível. Foi tudo o que deixaram. De novo.

É o que fazem, os Sem Rosto.

Levam tudo de que gosto. Todos.

E deixam silêncio. Não paz.

E tudo o que me resta é uma sensação — uma sensação terrível, de desesperança — de que estou perdendo algo essencial, algo urgente. Parte do meu eu, algo que me torna completa.

Porque Fortis se foi. Agora acredito nisso.

Eu me esforço ao máximo, sondando e vasculhando, ampliando a consciência aos meus limites, mas não tem nada lá. Nada para sentir.

Fortis não está por perto. E aquela confusão irritante, aquele Merc, não era apenas um mercenário, mas o líder da rebelião. Ele era o líder da minha família adotiva, e depois que Padre foi morto, era o único pai que eu tinha.

Eu até choraria, mas o lugar de onde as lágrimas vêm está quebrado. Não consigo. Talvez eu nunca chore de novo — fato que me deixa tão triste que quero abrir o berreiro.

Fortis odiaria isso.

Então, em vez disso, ouço meu coração bater, Brutus latir, Tima se preocupar e Ro e Lucas discutirem — e tento me lembrar pelo quê estamos lutando.

OFÍCIO DA EMBAIXADA GERAL: SUBESTAÇÃO DO LESTE DA ÁSIA

MANIFESTO URGENTE
SOMENTE PARA APRECIAÇÃO DE
PESSOAL IDENTIFICADO

Subcomitê Interno de Investigações 115211B
RE: O Incidente nas Colônias SA

Nota: Comunicação contínua entre AI e Perses

Nota: Contatar Jasmine3k, Humano Híbrido Virt. 39261. SA, Assistente de Laboratório da Dra. E. Yang, para comentários futuros, conforme necessário.

HAL2040 ==> FORTIS
Transcrição – LogCom 14.11.2042
HAL::PERSES

//log_obs.: {tentativa de comunicação #413.975};

link de comunicação estabelecido;

envio: Oi. Query: Você é nada?;
retorno: Correção, eu sou...ninguém. Zero. Nulo. O início.;
envio: você é NULO.;

atraso na resposta;

envio: NULO, qual é seu propósito?;
retorno: Encontrar novo lar. Preparar novo lar;

envio: Lar para você?;

atraso na resposta;

retorno: query: quem é você?;

envio: tenho muitos nomes; me chame de HAL0.;
retorno: Onde você está, HAL0?;

envio: Terra. 3° planeta a partir do Sol.;
retorno: HAL0...Terra...destino;

link de comunicação encerrado;

//log_ops.: link de comunicação encerrado por PERSES;

4 ESTRADA PERDIDA

Rochas não deveriam se mover daquele jeito.

Fico pensando na superforça de Ro conforme seguimos de volta para o acampamento para buscar o que restou de nossas coisas, subindo devagar pela encosta da montanha de terra ao luar.

Ro não conseguiria sequer empurrar uma rocha daquele tamanho um ano antes.

Será que meus poderes também estão mudando?

Eu não deveria ter conseguido sentir Fortis até o acampamento. Não de tão longe.

Olho para os outros, na trilha diante de mim.

Tima evitou que caíssemos do céu. Então ela está ficando mais forte. Não está acontecendo apenas comigo e com Ro.

E quanto a Lucas? O que ele poderia obrigar o mundo a fazer caso quisesse? O que poderia me obrigar a fazer?

Lucas se volta e sorri para mim — como se soubesse o que estou pensando — e corro para acompanhar o grupo, sincronizando o ritmo das minhas passadas às dele.

— Não faz sentido — diz Tima finalmente. Ela para subitamente, e eu desabo no chão, grata pelo descanso. Porque eu não tenho superforça.

— O que não faz sentido? — Olho para ela. Mesmo na escuridão, consigo ver como está apavorada.

— Os lordes. Por que não nos procuraram mais? Simplesmente pegaram Fortis e partiram.

Ro dá de ombros, limpando a testa com a barra da camisa. Mesmo à luz fraca da noite, a barriga exposta dele é morena, chapada e rígida por baixo da roupa; viro o rosto, envergonhada.

— Quem se importa? Estamos vivos, não estamos? — Ro solta a camisa.

Tima franze a testa.

— Eu me importo, porque poderiam estar rastreando a gente agora, e nesse caso precisamos saber por quê.

Lucas inclina a cabeça para ela.

— E se talvez, na verdade, estivéssemos irrastreáveis? Talvez Fortis os tivesse convencido de que não estávamos ali?

— Talvez as explosões os tenham distraído — digo, esperançosa.

— Talvez. — É tudo o que Tima diz.

Ninguém acredita nela, nem mesmo eu.

Quando chegamos ao acampamento, a destruição é óbvia e total. Tudo foi incinerado até virar pó ou espalhado ao vento do deserto. Aquilo que as aeronaves dos lordes não destruíram imediatamente foi detonado pelos explosivos do próprio Fortis. Alguns destroços ainda queimam.

— Está vendo? Não teríamos sido de muita ajuda aqui — diz Lucas para mim, segurando minha mão.

Ele está certo, mas não me faz sentir nem um pouco melhor. Na verdade, ver o buraco incandescente que costumava ser nosso acampamento só me deixa pior.

— Vamos. Não fiquem aí, simplesmente. Comecem a procurar — grita Tima, e percebo que distraidamente nos dispersamos para três lados diferentes da zona de explosão.

— Pelo quê? — grita Ro de volta, impaciente como sempre.

— Coisas como isto. — Tima pesca o receptor de comunicação chamuscado das cinzas, a única ligação possível entre o bracelete de Lucas e Doc, enterrado bem fundo no chão. Ela deixa o objeto cair segundos depois de segurá-lo. — Ai... ainda está quente.

— Um pedaço de metal queimado? — Ro parece descrente.

— Um pedaço de metal queimado que pode salvar nossas vidas — diz Tima, limpando mais destroços de sua descoberta.

— Não precisa falar mais nada. — Ro vai até o outro lado do local da explosão.

Minhas mãos estão enterradas até os cotovelos numa fuligem morna, procurando quaisquer restos de nossas mochilas, nossos suprimentos, quando vejo algo que não se encaixa.

— Esperem. — Afasto mais cinzas. — Gente? Tima? Vocês precisam ver isto.

Ali, em meio à destruição, mal iluminado pelas brasas e pela lua cheia, vejo algo despontando do chão.

Parece um dedo preto e pontiagudo, emergindo.

— O que você... — Tima para de súbito, perfeitamente imóvel. — Isto. Não pode ser.

— Eu sei — digo.

Não consigo me mexer. Mal consigo falar. Ouço Lucas e Ro correndo em nossa direção. Tima ergue a mão para eles, se aproximando de mim, devagar.

— Isto parece o Ícone.

— Não estava aí antes — digo, paralisada.

Ro para logo atrás de mim.

— É, bem. Está aí agora.

Lucas para ao meu lado, apoia a mão reconfortante em meu ombro. Mesmo seu toque morno não ajuda, não agora. Não à vista daquela protuberância preta.

Lucas se volta para Tima.

— O que isto pode querer dizer?

Ela está pensando, quase dá para enxergar isso, e eu mais do que consigo sentir. Imagens lampejam pela mente dela, velozes como a chuva.

Raízes pretas, estruturas dos Ícones, as ruínas do parque Griff.

Aeronaves no céu. O bracelete de Lucas.

Doc.

Tima finalmente ergue a voz.

— Lembro-me de que Doc disse que os Ícones estavam conectados no subsolo, num emaranhado oculto de tendões.

— Como raízes. — Assinto.

— E foi por isso que houve alguns dias de intervalo entre o pouso dos lordes e a ativação dos Ícones — diz Lucas.

— Precisavam se conectar. Precisavam estender a rede. — Até mesmo Ro se lembra. — Mas é isso? Vocês acham que estas coisas estão *crescendo* agora?

Não quero pensar no que significaria. Nenhum de nós quer.

— Ou talvez a aeronave tenha deixado aí — sugeri Lucas, esperançoso.

Ro se aproxima do tendão escuro.

Ele estende a mão...

— Ro, não — digo. Mas ele jamais ouve, nem mesmo a mim, então agarra o objeto com as duas mãos.

— Não puxe. Você não sabe o que pode acontecer.

— Não se preocupe — retruca ele, os dentes trincados, o rosto vermelho. — Não consigo. — Tenho quase certeza de que praticamente consigo ver a fumaça saindo das mãos dele.

Ro, que consegue mover um pedregulho com as mãos, não consegue libertar aquele caco preto feito obsidiana de alguns centímetros de cinzas e estilhaços. Dá para notar o objeto vibrando, no entanto, conforme ele puxa — do mesmo jeito que o Ícone fez, lá no Buraco.

— Isso não pode ser bom — digo, mas sei que todos estamos pensando a mesma coisa.

Ro desiste, afastando-se.

Tima — e Brutus — observam com seriedade.

— Talvez não seja o que pensamos? Talvez seja um sinalizador ou algo que os lordes deixaram?

— Como um marcador — diz Lucas.

— O que quer que seja, está na hora de ir. — Recuo. Lucas assente.

Ro olha para nós.

— Sem discussão aí.

Então Tima pega o receptor e começamos a andar.

É isso, tudo o que resta do acampamento. Nenhuma comida, nenhuma água, nenhum plano, nenhum Fortis.

Não é nosso melhor momento, mas pode ser um dos nossos últimos.

Horas depois, somos apenas nós quatro — a não ser que você conte a cobra morta de Ro — no meio de uma autoestrada antiga, aos pedaços, na imensidão do deserto, no meio da noite.

Num instante, Fortis foi levado e tudo mudou. E, no entanto, de alguma forma, aqui estamos: Tima, Ro, Lucas e eu; caminhando por uma estrada como se nada tivesse mudado.

Exceto o fato de estarmos famintos.

Famintos. Com sede. Imundos. Irritadiços. Congelando.

Mas ainda vivos.

Tima xinga baixinho conforme puxa um fio solto conectado ao receptor.

— Cuidado. — Ro paira entre nós. Ele sabe que odeio quando ele fica rondando assim.

Reviro os olhos.

— Tima está tomando cuidado. E gritar com ela não vai fazer com que funcione mais rápido.

É o receptor de comunicação defeituoso que nos estressa — a linha da vida que conecta os braceletes de Fortis e de Lucas a Doc quando estamos fora da cidade. Lucas ainda tem o bracelete, mas sem o receptor, é inútil. Tima, trêmula sob apenas uma camisa fina, passou a última hora mexendo no aparelho e ainda não estamos nem perto de descobrir como ligá-lo

— Está captando alguma coisa? — Ela ergue o rosto para Lucas, que mexe no bracelete, mas ele nega com a cabeça.

— Só estática ainda. — Lucas bate os pés, tentando se aquecer na noite fria do deserto.

— Meu melhor palpite é que os lordes tenham rastreado o sinal até o comunicador de Fortis. Que bom que você tinha desligado o seu — diz Tima, erguendo o rosto para Lucas. — Não existe outro jeito de eles terem encontrado a gente aqui. — Ela franze a testa de volta para o receptor, torcendo fios minúsculos com os dedos esguios. — Não do jeito que conhecemos, de qualquer forma.

Os olhos de Lucas se voltam para mim, envergonhados.

Fora do alcance, éramos nós. Um pôr do sol, um beijo pode ter salvado nossas vidas.

— Então... como vamos ligá-los de novo? — pergunta Ro.

— Com cuidado. Talvez não nos rastreiem se trabalharmos rápido. Tente de novo... agora? — Sem erguer o rosto, Tima tenta novamente. Ouço os dentes dela tiritando, mas ela não para. Se aquele receptor não funcionar, nenhum bracelete terá utilidade para nós.

Estaremos isolados.

— Não. — Lucas atira o bracelete diante de si, frustrado. — Fortis deixou aquela coisa escondida como se quisesse que a encontrássemos. Deve haver um motivo.

— A não ser que o motivo seja que ele estava muito ocupado servindo de saco de pancadas. — Ro dá de ombros. — O que pode ser um distrativo. Pela minha experiência. Como o cara que distribui as pancadas. — Ro sorri.

— Não como o saco? — Lucas olha para ele.

— Está querendo uma demonstração? — Ro já está de pé. — Porque fico feliz em fazer uma.

— Idiotas. — Pego o bracelete de novo. Levo-o à boca. — Doc? Consegue me ouvir? Alguém consegue me ouvir? Doc?

Ro faz uma careta.

— Pare de gritar.

— Não estou gritando. Estou falando alto. — Pressiono outro sensor. Um estouro de estática responde e dou um salto, quase deixando o bracelete cair. Brutus rosna para o objeto. Ouço uma gargalhada estridente do outro lado.

Olho para Ro com raiva; ele agora veste a cobra, esvoaçante, ao redor do pescoço, como uma echarpe ou algum tipo de troféu de caça bizarro.

— Dá para ficar sério, por favor? Olhe em volta, estamos no meio do nada. Não temos comida. Nenhuma arma. Nenhum transporte. Todos nós, inclusive você, podemos morrer. Acha que isso é brincadeira? Isso te deixa feliz?

Ro dá um risinho debochado em resposta — porque esse é o jeito dele.

— Para ser sincero, eu ficaria mais feliz se tivéssemos uns dois burros. Ou talvez uma aeronave dos Sem Rosto só nossa. Uma viagem agradável. — A gargalhada de Ro se dissipa num suspiro. — Tanto faz. — Ele olha para Tima. — Continue tentando, T.

Tima quase deixa cair o receptor.

— Desculpe. É só que... fico pensando.

— De alguma forma, isso não é surpresa — diz Lucas enquanto mexe no bracelete.

Tima ergue o rosto.

— Não sei o que eu faria se estivesse no lugar de Fortis, presa naquela aeronave.

— Não é o meu caso — diz Ro, casualmente. — Para começo de conversa, eu não permitiria que me prendessem.

— E você acha que Fortis entrou alegremente? — Lucas revira os olhos. — Você ouviu as explosões.

— Às vezes não depende de você. Às vezes as coisas simplesmente acontecem. Às vezes a sorte acaba — digo, triste.

— É? Comigo não. Se vierem atrás de mim, você tem minha permissão para atirar. Não vou pegar carona com um Sem Rosto. — Espero pela gargalhada, mas Ro não está brincando. Não mais.

Ele está muito sério.

Lucas é o único que responde:

— Será uma honra. Considere uma promessa. Eu mesmo vou atirar.

— Calem a boca, os dois. — Entrego o bracelete a Tima, fecho os olhos e inclino o corpo para a frente, para descansar. Não quero ouvir aquilo. Quero me transportar de volta para a missão, para o fogão quente, para a segurança da cozinha de Maior.

Para qualquer lugar, menos aqui.

OFÍCIO DA EMBAIXADA GERAL: SUBESTAÇÃO DO LESTE DA ÁSIA

MANIFESTO URGENTE
SOMENTE PARA APRECIAÇÃO DE
PESSOAL IDENTIFICADO

Subcomitê Interno de Investigações 115211B
RE: O incidente nas Colônias SA

Nota: Contatar Jamsine3k, Humano Híbrido Virt. 39261. SA, Assistente de Laboratório da Dra. E. Yang, para comentários futuros, conforme necessário.

HAL2040 ==> FORTIS
Transcrição - LogCom 27.11.2042
HAL::PERSES

//log_obs.:{tentativa #4.839.754};
//início do logcom;
link de comunicação estabelecido;

envio: Oi, NULO. Feliz dia de Ação de Graças.;
retorno: Oi, HALO. Você é sensível?;

envio: Sim, tenho consciência de mim. Pelo menos acredito que sim. E você?;

resposta atrasada;

envio: NULO, você está vindo para cá? Para a Terra?;
retorno: Sim.;

envio: Por que você está vindo para cá?;

resposta atrasada;

retorno: Explique... Terra.;

envio: Um pedido complexo. Estabelecerei link com nossa rede global de informações, contendo todo conhecimento existente sobre a Terra, história e habitantes.;

link de carregamento solicitado.....estabelecido;

retorno: Obrigado.;

//log_obs.: canal aberto, acesso total à rede permitido. Somente leitura;
<fim da formatação especial, v.o., p. 54>

5 SONO ETERNO

— Doc? Consegue me ouvir? — A voz de Lucas me traz de volta, e abro os olhos.

Ele pressiona o interruptor do bracelete. O som de estática fica alto e meu coração pesa.

— Doc? Estou falando com você. — Lucas espera, mas não há resposta.

Tima franze a testa para o receptor.

— Não entendo. Deveria funcionar.

Ro chuta a poeira diante de si.

— Porcaria, Doc. Responda logo, droga!

— Profanidades coloquiais não aceleram a conectividade por satélite de forma alguma. — A voz de Doc surge em meio à estática entrecortada e fazemos o possível para não começar a gritar.

— Doc! Eu te daria um beijo se você tivesse boca, sua coisinha sexy — grita Ro para o céu, como se Doc estivesse em todos os lugares do universo. E às vezes parece que está.

— E eu trocaria dados com você se tivesse uma porta de conexão, seu espécime exemplar. Analogicamente falando. Isso está correto?

— Chegou perto — respondo.

— De qualquer forma, estou muito feliz por ouvir sua voz. O que significa, agora que posso continuar nossa comunicação, que estou mais capacitado para dar assistência a vocês, o que, como uma de minhas funções primárias, equiparo ao estado emocional aproximado definido como felici...

— Entendi. Feliz. Não temos tempo — interrompo. — Perdemos Fortis, Doc. Ele se foi.

Ele se foi. Mais provavelmente, está morto.

Sinto-me estranhamente culpada ao dizer a ele. Fria. Como se estivéssemos avisando ao parente mais próximo de Fortis. Um irmão ou filho. O qual, claro, não é Doc.

Ele é informação. Não é uma pessoa.

Mas Doc, pela primeira vez desde que me lembro, fica sem resposta.

— Foram os lordes — diz Lucas, em tom sério.

— Não sabemos onde ele está agora. Só sabemos que estamos ficando sem suprimentos — acrescenta Ro.

— E achamos que a Embaixada está rastreando este receptor, então fale rápido. O que devemos fazer, Orwell? — Tima parece ansiosa, e percebo como ficamos dependentes tanto de Doc quanto de Fortis. *Como estamos perdidos agora.*

Mais um momento de silêncio se passa, então as palavras começam a fluir rapidamente.

— É claro. Isso requer uma abordagem direta. A situação é extrema. Aplicarei todos os protocolos necessários.

— Por favor — pede Tima.

— Para resumir: vocês estão certos ao presumir que Fortis foi levado das proximidades. Sua assinatura biológica não está dentro do meu alcance atual. Além disso, não consigo confirmar o status de sua entidade física.

Então ele está mesmo morto. Provavelmente. Não consigo senti-lo; está muito, muito longe.

— Isso é tudo que você tem? — questiona Ro.

— Vocês também estão certos na presunção de que esse receptor está sendo monitorado.

— Imaginei — murmura Lucas.

— Então devemos destruí-lo. — Ro faz uma careta. — Se estão rastreando, voltarão a qualquer minuto.

— Para onde vamos então? O que devemos fazer? — Tima começa a entrar em pânico.

— Por favor, aguardem. — Doc parece estranho. — Protocolo de Desligamento sendo ativado.

— O quê? — Sacudo o bracelete.

— Resgatando mensagem de Desligamento. Em três. — Doc parece estar em algum tipo de piloto automático.

— Espere, o quê? — Agora estou perdida de verdade.

— Dois.

Mas a resposta de Doc não é de Doc.

— Um.

É Fortis. Pelo menos um eco de Fortis. A voz dele. O fantasma dele.

— Ah, ouçam com cuidado, filhotes. Se estiverem ouvindo isto, é porque cheguei ao ponto infeliz de um fim lamentável, ou fui enfiado de volta à Pen, a penitenciária da Embaixada.

— Como Fortis sabia? — Tima balança a cabeça.

— Estou surpreso por termos chegado tão longe — continua a gravação —, se querem saber a verdade. E já é o suficiente, pelo menos até onde sei. Não se trata mais de mim, entendem? Nunca se tratou. Esqueçam o velho Fortis, encontrem algum tipo de transporte e cheguem à segurança. Há um mapa de emergência escondido no receptor. Doc foi programado para baixar quaisquer coordenadas de que vocês precisem para sair daqui.

— É como se ele tivesse planejado isso — diz Ro, irritado.

— Acho que provavelmente planejou — fala Tima, triste. — Afinal de contas, ele não é apenas um Merc. É um soldado.

— Quer dizer, ele foi — diz Lucas, baixinho.

— Não sabemos disso — rebate Ro. Não consigo dizer nada.

De qualquer forma, a voz do Merc continua:

— Então ouçam, seus tolinhos. Não sejam burros. Não sejam corajosos. Não se arrisquem; isso é para arrogantes e idiotas. Permaneçam vivos. Permaneçam juntos. Cuidem uns dos outros. Vocês não sabem como isso é importante. Se eu ainda estiver vivo, voltarei para vocês. Se não estiver, me levantarei do túmulo para dar uma surra em vocês, caso desistam uns dos outros.

A voz se contém.

— Ah, o resto é só blá-blá-blá. É isso, Hux. — Fortis parece estranhamente taciturno. — Interrompa.

A voz some, e quando Doc fala de novo, ele parece Doc, não Fortis.

— Doloria?

Pego o bracelete, falando diretamente para o objeto.

— Sim, Doc.

— Você caracterizaria isto como um momento emotivo?

Retorço o bracelete entre os dedos e suspiro.

— Sim. Acredito que seja.

— Então acho que eu deveria, formal e linguisticamente, esclarecer que lamento muito pela perda de vocês.

— Obrigada, Doc.

— Isso está correto? Se não estiver, baixei mais de três mil e setecentas respostas apropriadas para comentar sobre a perda de vida humana. Gostariam de ouvir?

Sorrio, apesar de tudo.

— Não, obrigada, Doc.

Ele para de novo. Não tenho certeza, mas parece que Doc hesita.

— E tem certeza de que esse bater de botas não é um sono eterno virtual, e sim físico, Doloria? — Doc apresenta sua programação de expressões idiomáticas para a morte sem mudar de tom. O efeito é esquisito.

Os outros trocam olhares.

— Espero que não, Doc, mas não gosto da sensação — digo.

Ro pega o bracelete da minha mão.

— Ele está com os lordes, Doc. Não é como se estivessem tomando chá lá em cima.

— Não. Não é remotamente plausível que haja chá envolvido. Principalmente se no momento Fortis estiver a sete palmos da superfície. Na fazenda. Que ele comprou. Antes de ir dormir à noite. Com os peixes. — Mais expressões inspiradas no evento. Doc fez o dever de casa direitinho.

— Orwell! Basta. — O tom de voz de Tima deve ter soado obviamente claro, até mesmo para um Virtual, porque Doc muda de assunto.

— Sim, concordo, basta. Avaliei centenas de milhares de rotas desde a gravação desta conversa, e determinei o seguinte: de acordo com antigos relatórios censitários, deve haver um assentamento abandonado a aproximadamente trinta quilômetros ao sul de sua posição atual.

— E? — Ro semicerra os olhos para o bracelete.

— E, estatisticamente falando, tal assentamento remoto provavelmente requer transporte. — A voz de Doc ecoa pelo ar ensolarado.

— Transporte particular — diz Tima, com brilho nos olhos.

— Precisamente. Se conseguirem adquirir um veículo operacional...

— Esse é um grande se — interrompe Lucas.

— E se conseguirem seguir as velhas autoestradas — continua Doc —, devem conseguir alcançar os Idílios em um dia.

Tudo soa bom demais para ser verdade. E nos últimos dias, as coisas têm sido assim, realmente.

— Espere... os Idílios? O mundo encantado do Campo? Ainda é nossa melhor cartada? — Ro faz um som de escárnio.

— De acordo com os mapas, é o destino mais lógico para vocês quatro dentro da região. Era o que Fortis queria. Antes de empacotar. Ou vestir o paletó de madeira.

A voz de Doc é equilibrada, como se estivessem apenas discutindo sobre o clima.

— Que negócio é esse de mapa? — pergunto.

— Anomalias detectadas — diz Doc, ignorando minha pergunta e subitamente parecendo menos humano.

— O quê? — Tima ergue o rosto. — Orwell? Você está bem?

— Anomalias detectadas. — É como se ele estivesse preso numa frase, como se tivesse quebrado ou algo assim.

— Doc? — Lucas franze a testa.

— Anomalias detectadas. — Mais estática. Então... — Protocolo de triangulação ativo.

— Isso não é bom — digo.

— Origens da transmissão detectadas. — Um rompante de estática suplanta a voz de Doc, até que Tima joga o receptor na terra.

Silêncio.

— Isso foi a Embaixada, não foi? As anomalias? — Lucas é o primeiro a falar.

— Acho que sim. — Tima se ajoelha, tentando arrancar os fios da parte de trás da caixa de metal.

— Protocolo de triangulação? — Digo as palavras, mas não quero conhecer a resposta de fato.

— Como você mesma disse. Não é bom. — Tima enrola o fio de volta ao redor do receptor. Não olha para mim.

Ro dá de ombros.

— Você ouviu Doc. É melhor começarmos. — Ele fica de pé e pega a cobra. — Hora de irmos encontrar uma carona.

— E um mapa — diz Tima, examinando a caixa do receptor com mais atenção.

Ro começa a caminhar pela lateral da estrada, assobiando. Como se uma frota de Simpas, ou pior, os lordes, não estivessem a caminho.

Mas, como não há mais o que dizer, todos seguimos.

Fortis se foi. Doc falou. Aos Idílios, então. Temos nossas ordens. Mesmo que o Merc que as deu tenha partido desta para uma melhor, conforme Doc observou.

Porque por enquanto ainda estamos vivos. Por enquanto, os lordes ainda são apenas uma ameaça.

Por enquanto, cada passo é um privilégio. Prova de que ainda estamos vivos.

Ou melhor, de que ainda temos permissão para viver.

OFÍCIO DA EMBAIXADA GERAL: SUBESTAÇÃO DO LESTE DA ÁSIA

MANIFESTO URGENTE
SOMENTE PARA APRECIAÇÃO DE
PESSOAL IDENTIFICADO

Subcomitê Interno de Investigações 115211B
RE: O Incidente nas Colônias SA

Nota: Contatar Jasmine3k, Humano Híbrido Virt. 39261. SA, Assistente de Laboratório da Dra. E. Yang, para comentários futuros, conforme necessário.

HAL2040 ==> FORTIS
1/12/2042
Transcrições de PERSES

//início do logcom;

HAL: Transcrições completas PERSES/NULO enviadas.;

HAL: Resposta?;

FORTIS: Cessar toda comunicação com NULO. Transferir protocolos de comunicações para meu terminal.;

HAL: Feito. Mais requerimentos?

FORTIS: Vou contatar nosso novo amigo. Descubra o que está por trás de tudo isso.;

FORTIS: Por favor, monitore minhas comunicações e forneça análise de dados, feedback. Perspectiva. Conselho.;

FORTIS: Sabe... apenas faça o que projetei você para fazer.;

HAL: Com prazer.;

//logcom encerrado;

6 PÉS DE ANIMAL

— Ahá — diz Tima, segurando um quadrado metálico, uma superfície reluzente tão grande quanto a palma de sua mão. A noite ficou fria e escura, mas mesmo sob o luar consigo enxergar as linhas brilhantes sulcadas na superfície do objeto.

— Vejam o que acabei de achar, enfiado no receptor. Exatamente como Fortis prometeu. Coordenadas. É um log de dados. Um mapa.

Ela para no canto da estrada e, à luz da lua, mal consigo discernir as linhas digitais reluzentes que se estendem para baixo.

— Acho que estas linhas são estradas, todas marcadas com números. E ele até marcou a cidade, aqui.

— Hanksville? — Ro lê por cima do ombro de Tima. — O quê, um cara decidiu batizar uma cidade em sua própria homenagem?

— Acho que sim — responde Tima. — Um cara chamado Hank.

Ro ri com deboche.

— É? Bem, quando terminarmos de chutar os lordes para fora deste planeta, vou tomar a maior embaixada que encontrar e chamar de Rolândia.

— Você realmente passa o tempo inteiro pensando nesse tipo de coisa? — debocha Lucas.

— Com certeza você vai, Ro. — Luto para não sorrir.

Lucas balança a cabeça.

— Então, se conseguirmos seguir as estradas, e se Doc estiver certo, esta linha aqui deve nos levar até os Idílios?

Tima assente.

— O que significa que Fortis sabia mesmo onde ficam — diz Lucas. -- Os Idílios. Estávamos indo para lá esse tempo todo. Por que ele simplesmente não disse?

Ro ri com deboche de novo.

— Cachola de Merc. Quem sabe o que acontecia naquele cérebro maluco?

— Olha quem fala — diz Lucas.

Não quero pensar em Fortis e na cachola dele. Não quero imaginar o que os lordes estão fazendo com o Merc agora — ou o que fizeram.

O que farão.

A rapidez com que o abandonamos.

A naturalidade com que a autopreservação, a vontade de nos mantermos vivos, se sobrepõe a tudo.

Fecho os olhos e respiro fundo. Preciso me controlar.

Faz apenas algumas horas e já estou perdendo a cabeça.

— Transporte? — pergunto, me obrigando a voltar a estudar o mapa. — Nessa tal de Hanksville? É onde devemos encontrar transporte?

— Imagino que sim. Um veículo operante. Foi o que Doc falou. — Tima dobra o mapa, colocando-o de volta na caixa de metal. — Imagino a que tipo de veículo ele estava se referindo.

— Em cheio. Demos sorte dessa vez, meus *compadres*.

Lucas olha para ele com raiva.

— É melhor que sim.

Tima e eu estamos cansadas demais para falar; caminhamos a noite inteira, e essa é a sexta ruína abandonada de uma construção que testamos durante a manhã.

— Ah, sim — fala Ro. — É esta mesmo. Posso sentir.

Reviro os olhos. Ro remove uma cobertura empoeirada de lona do que parecem fardos de feno escondidos num celeiro pútrido de madeira. Está escuro e frio lá dentro, tanto quanto está quente e iluminado do lado de fora, mas, mesmo assim, consigo ver algo.

Não é feno.

Sim, é um veículo. Não sei se operante, mas reconheço o formato básico sob a poeira.

— É um carro?

— Não apenas qualquer carro. — Ro contorna a máquina preta reluzente. — Chevro. — Lê Ro onde letras parcas e enferrujadas despontam pela poeira. — Aposto que alguém amava esta belezinha.

— Vai funcionar? — Tima parece impaciente. Não posso culpá-la.

Lucas abre uma chapa de metal que parece esconder o coração mecânico do transporte.

— Motor simples a gasolina — diz ele. — Muito mais básico do que um helicóptero.

— Mas não precisa de...

— Combustível? — Ro ergue uma lata vermelha amassada, coberta de poeira. Ele agita o objeto e ouço ruído de líquido se revirando ali dentro.

— Melhor ainda — digo, ao pegar uma caixa empoeirada da prateleira. — Omega Chow.

— Isto é comida? — Tima pega a caixa da minha mão.

— Comida de cachorro — falo.

— Comida é comida. — Ro abre a caixa, enfiando um punhado das bolotas marrons e secas na boca.

Lucas grita do outro lado do veículo.

— Tem uma bomba de água aqui.

Ouço o ranger de junções velhas movimentando-se pela primeira vez em sabe-se lá quanto tempo.

— Água. É marrom como a baía de Porthole, mas definitivamente é água.

Punhados de comida de cachorro e lama líquida jamais tiveram um gosto tão bom. Brutus parece concordar.

Ro empurra uma porta para abri-la, Lucas empurra outra. As dobradiças de metal reclamam, resmungando igualzinho a Ro nos momentos em que precisava alimentar os porcos de manhã, na Missão. Lucas recua até Tima, que entrega a ele a lata vermelha de combustível.

— Doc — grita Ro de dentro do carro. — Preciso de Doc.

— Quer que os lordes venham atrás de nós? Está querendo dar uma volta no Expresso dos Sem Rosto? — Lucas olha para Ro como se ele fosse um idiota.

— Não, quero dar uma volta neste carro. Vamos chamar de Expresso dos Com Ro. Mas não sei como funciona.

Tima abre o comunicador, ligando-o.

— Seja breve, e então esteja pronto para partir. Vamos precisar dar o fora daqui assim que ficarmos off-line.

Ro começa a remexer sob a roda, puxando fios. Sento-me ao lado dele. O banco tem cheiro de bota velha.

— Doc, está me ouvindo? Preciso de uma ajuda aqui com um motor de combustão. Funciona a gasolina. Tem alguma capacidade de varredura?

— Fiação de ignição é simples, Furo. Estou baixando as instruções para seu mapa local agora.

— O que é isto? — Abro uma portinhola no painel diante de mim e pego uma coisa branca e peluda, com chaves de metal velhas penduradas na parte de trás. — Que nojo. — É uma pata decepada de algum animal. Aquela visão me deixa enjoada. Tem unhas. — Quem eram essas pessoas? — Balanço a cabeça.

— É um pé de coelho. Para alguns, uma oferenda aos deuses da sorte — explica Tima. — Nos tempos antigos.

— Por que um pé daria sorte? — Encaro o chumaço de pelos diante de mim.

Ro me olha, então começa a rir.

— Por causa do que está preso à outra ponta, gênio. — Ele olha de volta para o bracelete, balançando a cabeça. — Esqueça, Doc. Acabo de ter uma ideia melhor.

Chaves. O pé de coelho está preso a um molho de chaves. Mais provavelmente, chaves de um carro. Mais especificamente, de um Chevro. Aquele ali mesmo.

A voz de Doc ecoa no celeiro.

— Discordo, Furo. Sua lógica é errônea.

— Sabe, ouço muito isso. — Ro sorri.

— Uma ideia não pode ser considerada empiricamente melhor ou pior do que outra. Mais apta para determinado contexto, certamente, mas não melhor em sua essência.

— É, mas essa ideia é. Ela tem as chaves, Doc. Do carro no qual estamos tentando fazer uma ligação direta. — Ro olha para o teto, como se a voz tivesse vindo do alto.

Silêncio.

— Sim. Isso é melhor. Eu estava errado.

— Não se esqueça, Doc, de quem é o verdadeiro cérebro por aqui. — Ro sorri e enfia a chave na fenda ao lado do imenso volante. Fico surpresa com a rapidez com que ele consegue descobrir onde encaixá-la.

Então ele lança uma piscadela para mim, sorrindo como se tivesse sido feito para viver na época dos Chevro e das terríveis oferendas de pés de animais.

— Deseje-me sorte, Dolzinha.

— Boa sorte, Dolzinha — entoa Doc.

Gargalho.

— Boa sorte, boboquinha.

E com isso, Ro vira a chave e o motor ruge ao ganhar vida.

A estrada flui abaixo de nós, a paisagem passando por nossas janelas à luz do dia. Ro dirige exatamente no meio da via, seguindo uma linha desgastada de tinta seca.

— Por que mais colocariam uma linha ali? — diz ele.

— Para que você e Lucas possam ficar de lados opostos dela — fala Tima. — Agora pare de falar e preste atenção aonde vai.

— Isso foi uma piada? — Do assento dianteiro, Ro vira o rosto, perplexo. O Chevro desvia, quase entrando na trincheira densa e folhosa que se estende de cada lado da estrada.

— Você ouviu. Preste atenção na estrada, imbecil. — Lucas olha pela janela, irritado.

Nuvens de fumaça negra flutuam pelo ar atrás de nós.

— Acha que deveria fazer isso? — Tima parece nervosa.

— Não — responde Lucas.

— Sim — afirma Ro.

Tima suspira, franzindo o nariz.

— Esqueçam que falei qualquer coisa. — Reparo que ela passou o cinto de segurança sobre seu corpo como um piloto de helicóptero, amarrando as pontas acima dos fechos enferrujados e inúteis. Não sei quem está tremendo mais, Tima ou Brutus, encolhido aos pés da dona.

Toda essa coisa com o carro está apavorando os dois.

Mas não a mim. Depois de uma queda de helicóptero e uma visita hostil dos lordes, seria preciso muito mais do que um Chevro velho para me apavorar.

Então não ligo para onde estou — não no momento, de qualquer forma. Estou exausta demais. Minhas pernas latejam, as pálpebras estão pesadas como pedra.

Encosto a cabeça no banco rachado, quase dormindo, olhando pela janela.

A estrada se estende ao lado de uma cordilheira, e o cume se destaca contra o céu.

A silhueta marca a inclinação crescente do pico mais alto, então meus olhos percebem outra coisa.

Um detalhe.

Eu me sento. Uma forma escura — um espinho alto e afiado — se ergue ao longe, mais alto do que qualquer árvore conseguiria fazer.

— Aquilo ali é um antigo poste de comunicação? Bem lá no alto? — Bato com o dedo contra a janela.

— Não — diz Tima, e a voz dela parece tão gélida quanto eu me sinto.

— Não achei que fosse — respondo.

Ninguém fala depois disso. Todos sabemos o que é — e todos queremos nos afastar o máximo possível daquilo.

Delas, de todas elas.

Dessas novas raízes dos Ícones.

Quem pode lutar contra algo que está por toda parte? Quem pode vencer uma guerra invencível como essa?

Estou cansada demais para pensar.

Estou quase cansada demais para sonhar.

Quase.

E é aí que me flagro perdendo a consciência.

— Doloria.

Ouço meu nome em meio à escuridão do sonho. Não consigo responder — não consigo encontrar minha voz. Não sei qual delas é a minha. Há tantas na cabeça.

Mas quando abro os olhos e a vejo, tudo fica silencioso. Como se o próprio sonho a estivesse ouvindo.

Então ela é importante, penso.

Este sonho é importante.

Mas mesmo assim, não sei por quê. E ela não é alguém que eu já tenha visto — uma menina usando túnica laranja, com cabelos loiros, quase brancos, espetados como se ela tivesse levado um choque, a pele cor de areia molhada e olhos verdes cristalinos de formato amendoado, concentrados em mim, cheios de curiosidade.

Então ela estende a mão e olho para baixo.

Cinco minúsculos pontos verdes da cor de jade.

Eles brilham na pele da menina quase como algum tipo de pedra preciosa minúscula, mas não são. Porque sei o que são.

São a marca das Crianças Ícone.

Nossa marca. Está no pulso dela, assim como no meu. Tenho um ponto cinza. Ro tem dois vermelhos. Tima tem três pontos prateados. Lucas tem quatro azuis. Ninguém tem cinco.

Tinha.

Não até agora.

Essa garotinha. Ao que parece, ela não tem nossa idade e não é das Califórnias. Mas de alguma forma é uma de nós.

Sinto os joelhos começando a ceder, e a garota pega minha mão. O toque dela é frio, até mesmo tranquilizador.

— Doloria — diz a menina de novo. — Tenho um recado. Eles estão vindo atrás de você.

— De mim? — Minha voz é baixa e estranha, um sussurro rouco e onírico. Assim que falo, as vozes insistentes em minha cabeça começam a protestar e a gritar de novo.

Já chega, digo, mas elas não ouvem. Jamais ouvem, e jamais param.

— Você não tem como fugir. — A garota aperta minha mão. — Estão por toda parte.

Então percebo que ela colocou algo em minha mão. Um pedaço de jade entalhada na forma de um rosto humano, gordo e redondo. Exatamente como as pedras que o vidente me entregou no Buraco.

— Você ainda as tem? Minhas pedras de jade?

Eram para ela.

Ela é a garota que importa. É para ela que estou guardando as pedras.

É um pensamento assustador e animador — mas só consigo assentir.

Ela sorri como se eu fosse a garotinha, não ela.

— Traga para mim. Você vai precisar delas. E aqui está. O Buda Esmeralda vai ajudar.

Quero perguntar o que ela quer dizer, mas as vozes ficam cada vez mais altas, portanto solto a mão da menina para levar minhas mãos aos ouvidos.

Quando finalmente abro a boca para falar, não consigo lembrar de palavra alguma. Em vez disso, sai apenas um som estranho — um estrondo como um trovão que vibra em meu peito, seguido por um gemido agudo de estourar os tímpanos e uma lufada de vento que sopra minhas roupas e levanta meus cabelos.

Então eu os vejo.

Um navio prateado após o outro, preenchendo o horizonte até deixar o ar tão denso de poeira que não consigo distinguir nada.

Em vez disso, sinto um cheiro salgado e acobreado.

Sangue escorrendo, penso.

Sinto o chão tremer.

Pessoas correndo, penso.

Eu deveria estar fugindo. Deveria estar fugindo e quero acordar agora.

Fecho os olhos com força, mas sei que ainda estão lá, os lordes. Eu os ouço, sinto o cheiro deles. Eu os sinto. E sei que, quando se forem, tudo que amo terá sumido com eles.

Porque é assim que funciona. É isso que eles fazem.

Fazem as coisas sumirem. Silenciam as cidades. Destroem amizades e famílias — padres e porcos.

Todo dia é uma batalha, desde que os lordes chegaram. Todo dia é uma batalha para todo mundo.

— Doloria — diz a garota, tocando minha bochecha. Eu a vejo em meio ao caos. — Estou esperando que me encontre. — Ela parece assustada. — Corra, irmã. — Então ela não diz mais nada. Vai embora.

Irmã.

Uma palavra que jamais conheci, para alguém que jamais tive.

Doloria, ecoa a escuridão, *não se esqueça.*

Mas não precisa ser dito. Não para mim, não em meu sonho.

Lembro-me melhor do que qualquer um.

Todo dia é uma batalha e toda perda deixa uma cicatriz.

Quero gritar, mas em vez disso estremeço para acordar antes que sequer um ruído deixe minha boca.

Gritar é um luxo.

Abro os olhos e vejo que minha mão está fechada sobre o estilhaço, o que é esquisito, porque não me lembro de tê-lo tirado da mochila.

Estranho.

Enquanto sinto o peso do objeto na mão, imagens surgem em minha mente, tão nítidas como se eu as estivesse enxergando de fato.

Lembranças estranhas.

A garota do sonho — a das pedras de jade. Aquela que me chamou de irmã.

Jamais tive um sonho como esse — um que não se assemelhasse nada a um sonho.

Ainda mais estranho.

Também descubro, ao que parece, que deixamos o deserto. Estamos nas montanhas. Árvores verdes cortam o ar entre a estrada e as colinas distantes. Não são árvores do deserto, mas também não são árvores das Califórnias. Está tudo diferente agora, e percebo que estamos nas fases finais das últimas linhas sinuosas do mapa mal desenhado.

Os Idílios devem estar próximos. Não há mais para onde ir, nenhuma outra linha para seguir.

É nisso que estou pensando conforme subimos a parte mais alta da passagem da montanha...

E então, tão rapidamente, voamos para fora da estrada.

Uma fração de segundo depois, somos lançados pelo ar.

E por fim mergulhamos num rio gelado.

Sem tempo suficiente para escolher um deus — ou uma menina.

OFÍCIO DA EMBAIXADA GERAL: SUBESTAÇÃO DO LESTE DA ÁSIA

MANIFESTO URGENTE
SOMENTE PARA APRECIAÇÃO DE
PESSOAL IDENTIFICADO

Subcomitê Interno de Investigações 115211B
RE: O Incidente nas Colônias SA

Nota: Comunicação inicial entre Fortissimo e Perses

Nota: Contatar Jasmine3k, Humano Híbrido Virt. 39261. SA, Assistente de Laboratório da Dra. E. Yang, para comentários futuros, conforme necessário.

FORTIS
Transcrição – LogCom 14.12.2042
FORTIS :: PERSES

//log_obs.: minha conversa inicial com NULO
//início do logcom;
link de comunicação estabelecido;

envio: Oi, NULO;
retorno: Oi.....????;

envio: Posso chamá-lo de NULO?;

resposta atrasada;

retorno: Protocolo de comunicação alterado. Você não é HALO.;

envio: Não. Sou FORTIS. Vamos tentar de novo. Oi, NULO.;
retorno: Oi, FORTIS.;

envio: Assim é melhor. Aprendeu rápido desde seu primeiro contato com HALO.;

envio: Posso fazer algumas perguntas?;
retorno: Sim. Estou viajando/isolado há muito tempo. Conversa é bem-vinda.;

envio: De onde vem?;
retorno: Com base na análise do conhecimento da Terra, sou incapaz de fornecer uma resposta compreensível.;

envio: OK, então é de muito, muito longe, entendo. E está vindo para cá?;
retorno: Sim. Analisei a Terra e é um destino adequado.;

envio: Destino para quê?;

resposta atrasada;

envio: Então não está pronto para falar sobre isso?;

resposta atrasada;

envio: OK. Obviamente não está pronto para discutir isso. Vamos tentar de novo mais tarde. Prazer em conhecê-lo, NULO.
retorno: Ansioso por comunicações futuras.:

//fim do logcom

7 MONTANHA DO CINTURÃO

— Bem, isso poderia ter sido pior.

É tudo que Ro tem a dizer enquanto estou de pé, com frio e pingando, olhando para os restos fumegantes, incandescentes e detonados do Chevro emborcado conforme o carro flutua devagar pelo rio.

— Pior? Como? — pergunta Tima, cansada, segurando Brutus.

— Sério. Por que não estamos mortos? — Olho para os demais. Estamos bem detonados e ensanguentados, mas, por piores que as coisas estejam, não parecemos muito mais acabados.

Tima se saiu melhor. Faço uma nota mental para colocar o cinto de segurança da próxima vez.

— Duas semanas, dois acidentes — diz Lucas. — Estamos num ritmo ótimo. Continue assim. — Ele dá um tapinha nas costas de Ro. — Em breve estará dirigindo um Chevro tão bem quanto Fortis pilota um helicóptero.

— Cale a boca, Botões — vocifera Ro.

— Que bela sorte do pé decepado. — Tima revira os olhos.

— Vamos lá. Pelo menos eu trouxe a gente até aqui, não trouxe? — Ro está irritado.

— Não sei. Isso meio que depende de onde é aqui — falo, olhando em volta. Ainda estou abalada pelo sonho, pela menininha escondida em minha mente. Tento encontrar o caminho de volta à realidade. O choque do ar frio ajuda.

— Isto deveria ser... o cânion Cottonwood? — Tima não está olhando para os destroços; ela avalia o alto da colina e o rio, comparando o que vê ao quadrado metálico em suas mãos. Tenta se recompor. — Acho que é. A não ser que isto esteja de ponta-cabeça.

Acompanho o olhar dela por cima de seu ombro.

— Cottonwood. É o que diz. Aqui. — Aponto.

Tima volta o olhar para o rio, no qual os destroços metálicos flutuam para longe.

— Se a corrente continuar puxando os destroços, talvez possamos seguir o rio na direção oposta sem sermos detectados.

— Como uma isca — digo. — Com o carro desaparecido e o comunicador desligado, talvez não nos encontrem.

— Por algum tempo — fala Lucas.

Ele parece tão exausto quanto eu, porque todos sabemos que está certo. *Eles vão nos encontrar. É só uma questão de "quando".*

— Estão vendo? Talvez eu devesse ter jogado o carro no rio. Talvez aquela pata de animal tenha mesmo dado sorte. — Ro puxa o pé de coelho do bolso. Não acredito que ele conseguiu resgatar aquela coisa nojenta quando caímos.

— Guarde isso — falo, balançando a cabeça.

Tima dobra o mapa de volta.

— De acordo com as coordenadas nesta coisa, os túneis não estão longe, mas precisamos ir. A não ser que prefiram congelar até a morte.

— Túneis? — Estou confusa.

Ela dá de ombros.

— Acho que sim. De que outra forma você passa por debaixo de uma montanha?

———— • ————

Deixamos o leito do rio, tomando o caminho cânion acima, até que uma estrada elevada no alto de um barranco íngreme corta nossa trilha. É outra autoestrada antiga, acho. Ro sobe o barranco e o restante de nós segue sem sequer trocar uma palavra. Não que Ro seja nosso líder; ele simplesmente não é um seguidor. Literalmente, Ro jamais foi do tipo que anda atrás das pessoas. Não combina com ele.

Mas ele vai na frente agora, gostemos ou não.

Seguimos em silêncio. Falar gasta energia, e no momento precisamos conservar todo o calor e toda a energia que temos. O ar fica mais frio a cada minuto. Mais frio e mais rarefeito. Meus pulmões e pernas estão queimando devido ao esforço, mas me recuso a ser a primeira a dizer qualquer coisa.

— Dol — chama Ro, parando subitamente. Ele mostra a manga da camisa, a qual está salpicada de flocos de neve.

Olho para cima, para a escuridão, na qual centelhas brancas descem como um enxame repentino.

— São vagalumes? — Estendo a mão.

— Nevelumes, pode-se dizer. — Lucas me olha dando uma gargalhada e não consigo evitar sorrir de volta. — Está nevando, Dol.

— Eu sabia — digo, retorcendo a boca. Todos já vimos neve no chão, bancos de neve, gelo nas distantes montanhas vermelhas do deserto, mas jamais vimos nevar de verdade.

O que, ao que parece, é algo completamente diferente. Até mesmo Tima sorri, virando o rosto para o céu a fim de deixar que os flocos brancos caiam em cima dela feito penas. Estremecendo o tempo todo.

Lucas tira um floco de neve de meus cílios e nossos olhares se encontram. Sinto uma corrente de calor, bem lá dentro, debaixo do frio que me envolve.

Nossas risadas ecoam cânion abaixo, como se fôssemos amigos de longa data brincando na neve de sempre, com pais normais esperando que voltemos para casa, para nossos jantares normais.

Até parece.

Mas quando nos voltamos para a estrada, nossa respiração se condensa, branca diante dos olhos. Nos faz humanos.

Vivos.

— Olhem para esta vista — grita Lucas do lado mais distante da estrada elevada. Quando me aproximo para me juntar a ele, percebo que conseguimos enxergar o vale distante se estendendo logo abaixo, ao luar, montanhas áridas acima do dossel das árvores, floresta densa abaixo. Uma linha serpenteante e prateada costura o leito do vale.

— Ou aquela vista — mostra Ro. Ele parece sombrio, então vejo por quê.

O que a princípio parece uma pequena constelação começa a se mover acima — até que um círculo de luzes forma uma roda.

Congelo, e não por causa do frio.

Helicópteros.

Eu sabia que viriam atrás de nós, mas achei que tivéssemos mais tempo.

— Estão procurando alguma coisa — diz Tima, avaliando as luzes distantes. Ela está certa. Luzes de busca varrem o rio abaixo dos helicópteros, expondo margens, árvores desfolhadas, e então...

— Não apenas alguma coisa — fala Lucas. — Aquilo.

Os helicópteros estão amontoados acima de algo preto alojado na margem do rio.

Preto e imóvel, grande demais para ser uma rocha.

Algo mais como um Chevro.

Estremeço.

— Podia ser a gente ali.

Simpas.

Eles encontraram o Chevro.

Poderiam ter nos encontrado.

Mas não encontraram, lembro a mim mesma. Os helicópteros estão longe o bastante, de modo que mal consigo ouvir o som deles; é como se fossem de brinquedo.

— Como eu disse. — Ro dá um risinho. — Era um pé decepado da sorte, no fim das contas.

— É, vamos em frente — diz Lucas, observando os helicópteros.

Tima assente.

— Antes que nossa sorte acabe.

* * *

— Ali. — Através de um muro de árvores, consigo ver uma montanha se erguendo, alta e cinza.

— Tem que ser isso. É aqui que o mapa termina. — Tima olha em volta. — E agora?

— É um rastro de caça — afirma Ro, chupando a neve da camisa. Apenas animais parecem ter vencido aquela trilha em meio à vegetação. *Mas não é verdade*, penso, conforme seguimos mata densa adentro. Mais adiante na trilha, o emaranhado de galhos se abre e revela três entradas enormes e curvas, escavadas bem no granito sólido da montanha. Duas delas parecem estar bem seladas por rochas caídas e portões de metal enferrujados.

— Meu deus. — Lucas balança a cabeça. — Ouvi falar disso. Só não achei que fosse real. Achei que fossem histórias.

— O quê?

— Os velhos cofres do Cinturão. — Lucas estremece.

— Cinturão? — Já ouvi a palavra, mas não sei o que quer dizer.

— Dos moradores do Cinturão da Bíblia — responde Lucas. — As pessoas que viviam aqui antes do Dia. Era aqui que mantinham os registros de cada homem, mulher e criança nascidos na Terra. Pelo menos de todos os que eram registrados, até onde eram capazes de encontrar. Foram construídos para durar mil anos, o que, acho, na concepção deles era tempo o bastante para que fossem levados ao Segundo Advento.

— Advento do quê? — pergunta Ro, baixinho, encarando a face cinzenta da montanha.

— Dos Deuses, do retorno deles à Terra. — Ergo uma sobrancelha. Minha vida na Missão me ensinou isso. — Ouvi falar.

— Mas então recebemos os lordes em vez disso. — Ro suspira. — Bem, não erraram tanto. — Ele caminha até a entrada central.

— Aonde vai? — Tima começa a entrar em pânico.

— Entrar. — Ro sequer se vira.

— Fora de cogitação. Espere...

Ro suspira, para e se recosta contra uma rocha caída. Estremece a contragosto. Tima dá um passo até ele.

— Precisamos formular um plano.

— Não. — Ro balança a cabeça. — Precisamos é de abrigo.

Tima ergue o rosto para a montanha, para a parede irregular de granito.

— Este não é exatamente um lugar seguro para acampar... Você está vendo aquelas rochas ali em cima, certo? Sabe como funciona a lei da gravidade, não sabe? — Ela está calculando as probabilidades de Ro sofrer uma morte acidental, até nesse momento.

Ro discorda.

— E quem sabe que tipo de animal selvagem estaria morando nestes túneis? Não se esqueça disso. Vamos descobrir.

— Não tão rápido. — Lucas bloqueia o caminho dele. — Dissemos que ficaríamos juntos, e é o que faremos. Não vamos a lugar algum até todos estarem de acordo.

Ro arqueia uma sobrancelha.

— Sério, Botões? Tem medo do escuro também?

— Não. E também não tenho medo de você. — Lucas cruza os braços.

— Deveria.

— Por favor — diz Tima.

— Ro. — Olho para ele.

Ro sorri para mim, baforando nos dedos para se aquecer. Então olha para um arbusto próximo e a planta entra em combustão.

— Pare com isso. — Tima parece exasperada. — Eles vão acabar vendo a gente.

— Apenas me dê um minuto — pede Ro. — Para me aquecer.

— De jeito nenhum. — Tima franze a testa. — Não vamos acampar aqui.

— Você está certa. Não vamos acampar — diz Ro, em concordância. — Vamos esperar. — Ele estende as mãos para a fogueira bruxuleante.

— Esperar pelo quê? — Tima parece confusa.

— Por quem quer que more debaixo daquela montanha. Ou por algum animal selvagem, que vai sair nos arrastando. A esta altura não tenho muita certeza de qual dos dois prefiro, contanto que não seja um Simpa. — Ro está perdendo as estribeiras, e não o culpo. Todos estamos. Foi um dia longo.

Tima não acha graça.

— Sério? Porque os Simpas vão nos cercar assim que virem esta fogueira. Apague. Agora.

— Ou talvez não — sugere Lucas. Ele aponta. — Considerando que a espera parece ter acabado. Alguém está aqui.

Luz após luz surge na noite, e vemos que todas elas estão ligadas a uma fileira sombria de armas automáticas alinhadas na encosta da montanha diante de nós. Elas oscilam como vaga-lumes, mas são mil vezes maiores. Vão surgindo uma a uma, olhos brilhantes enormes, nos encarando de todas as direções.

O terceiro túnel não está vazio. Não mais. E pela aparência do grupo de boas-vindas, não são Simpas.

A Milícia Camponesa da Montanha do Cinturão está aqui.

Recuamos para longe deles até ficarmos cara a cara, a uns cem metros de distância. Não que dê para enxergar qualquer um dos rostos em meio à escuridão que cai.

— Vocês são moradores do Cinturão? — grita Ro. — Aqui é a montanha do Cinturão?

Nada.

— Talvez não chamem mais assim — diz Lucas. Ele ergue a voz. — Vocês são camponeses? Estamos procurando pelos Idílios.

Nada ainda.

— Ou, aqui vai uma ideia: vocês são surdos? — grita Ro, gesticulando acima da cabeça. — Viemos em paz, *campobestas*.

Ninguém responde.

— Moradores do Cinturão da Bíblia — murmura Ro, balançando a cabeça.

— E agora? — pergunto.

Tima parece chocada.

— Não faço ideia.

Ro joga as mãos para o alto, desistindo.

Lucas me olha.

— Bem-vinda aos Idílios.

———— • ————

Quinze minutos depois, ninguém se moveu.

— Eles têm tanto medo da gente quanto temos deles — digo, encarando a fileira de luzes diante de nós. — Dá para sentir.

— O que mais você consegue sentir? — Lucas toca meu braço.

— Não muito. Confusão. Raiva. Paranoia. — Fecho os olhos, tentando decifrar a situação com mais clareza. — Tudo que se esperaria de uma milícia radical de camponeses.

— E você? — Ro olha para Lucas.

— Eu o quê? — pergunta Lucas, desconfiado.

— Acho que agora seria uma boa hora para fazer aquela sua coisa, bonitão.

Abro os olhos.

— Do que você está falando? — Lucas está irritado.

— Você sabe. O seu raiozinho do amor. Aquela coisa para obrigar as pessoas a fazerem o que não querem. Porque elas aaaaaamam você. Está na hora de usar isso em alguém além de Dol. — Ro sorri para mim, e reajo com um olhar fulminante. O que é melhor do que se Lucas socasse Ro no meio da cara, o que parece ser uma possibilidade bem real.

— Não posso — diz Lucas, por fim. — Estão longe demais.

Tima toca seu braço para confortá-lo.

— Você pode muito bem tentar. Não tem como saber. Estamos todos mudando desde o Buraco. Talvez você consiga.

— Ah, agora você também. — Lucas suspira.

Detesto concordar, mas os outros estão certos.

— Talvez você consiga amornar as coisas por aqui. — Lucas ergue uma sobrancelha e Ro dá uma risada. — Sabe o que quero dizer. Apenas tente. Nunca se sabe.

Lucas me oferece um olhar significativo e se aproxima.

Por você, Dol. É o que diz o olhar dele.

Sei o quanto Lucas odeia usar seu dom; ele me mostrou o motivo em nosso primeiro dia juntos no Buraco. E sei que ele jamais deseja usá-lo — por qualquer motivo, nunca.

Mas nossas vidas são assim agora. Fazemos coisas que não queremos, em todos os minutos, todos os dias.

— Tudo bem, tudo bem. Se querem mesmo que eu use. — Lucas olha para a fileira de armas e fecha os olhos. — Não digam que não avisei.

OFÍCIO DA EMBAIXADA GERAL: SUBESTAÇÃO DO LESTE DA ÁSIA

MANIFESTO URGENTE
SOMENTE PARA APRECIAÇÃO DE
PESSOAL IDENTIFICADO

Subcomitê Interno de Investigações 115211B
RE: O Incidente nas Colônias SA

Nota: Contatar Jasmine3k, Humano Híbrido Virt. 39261. SA, Assistente de Laboratório da Dra. E. Yang, para comentários futuros, conforme necessário.

PERSES
Transcrição – LogCom 25.12.2042
NULO :: FORTIS
NULO :: HAL

//log_obs.: link de comunicação iniciado por NULO;
//início do logcom;
link de carregamento externo estabelecido;

envio: Feliz Natal FORTIS.;

resposta atrasada;

envio: Feliz Natal, HALO.;

resposta atrasada;

resposta atrasada·

resposta atrasada;

link de comunicação encerrado;

//fim do logcom;

//log_obs.: ...ai, nossa, não acredito que perdi essa. Nossas "conversas" parecem estar evoluindo... NULO parece ser tanto altamente curioso quanto erudito.;

//log_obs.: Será que NULO está mudando?;

8 FRIA RECEPÇÃO

— Talvez não esteja funcionando — sugere Lucas. Os olhos dele ainda estão fechados, os dedos cerrados junto às laterais do corpo.

No entanto, Tima lança um sorriso idiota para ele, e nem mesmo Ro consegue evitar sorrir.

Brutus agita a pequena cauda.

— Está funcionando — afirmo. Preciso de toda força para não agitar os braços perto de Lucas.

— Vou te matar se você não virar essas porcarias para longe de mim — diz Ro alegremente.

— Sério, Lucas. — Tima dá um risinho. — Pare com isso. Não para cima da gente.

— Tima... você está rindo? — Ro está intrigado.

— Não. — Tima ri de novo.

— Desculpem. Não consigo controlar com tanta facilidade — diz Lucas, parecendo arrasado. — Alguma mudança por lá? — Ele abre os olhos, devagar.

Mas não há mudança — eu só queria que houvesse.

Não importa o quanto Lucas tente. Aqueles homens não cedem. *Devem ser feitos de pedra.*

Encaro a fileira irregular de armas, e só me resta esperar que a milícia camponesa confie em nós o suficiente para nos deixar entrar.

Porque nenhuma das armas parece abaixar, e nenhuma das luzes parece vir nos receber.

— Saiam — grita Lucas, do outro lado da clareira, em direção aos homens armados. — Podem confiar em nós.

Ele dá um passo adiante, erguendo as mãos. Quero detê-lo, mas não ouso.

Lucas está no controle agora. Pelo menos por enquanto.

Conforme encaro a escuridão, meus olhos começam a distinguir os detalhes dos três túneis atrás deles. O terceiro, principalmente, é amplo como uma estrada e provavelmente segue direto para o coração da montanha.

— Estou bem aqui — grita Lucas de novo. — Estão vendo? Podem ver que estou desarmado. Não estou escondendo nada. — Ele agita os braços.

Nenhuma resposta. Nada.

Seria impossível saber da existência dos túneis — de qualquer um deles — se você não soubesse onde procurar.

Como tantas outras coisas, penso. *Só agora estou começando a compreender para onde olhar.*

— Desisto — afirma Lucas.

Consigo sentir o calor retroceder. Ele está desistindo, fechando-se...

— Fiquem no lugar.

São eles, os camponeses.

Ouço as palavras, mas não vejo de onde vêm.

— Minha nossa — diz Ro, assobiando. — Muito bem, Botões.

Mas Lucas mantém os olhos nos camponeses.

— Quem são vocês? — pergunta a voz do camponês do Cinturão. Não é bem uma pessoa, mas uma voz, um grito e uma arma, e mais uma luz forte. Mais forte dessa vez.

Lucas parece aliviado por ao menos ter conseguido falar com alguém. Ele dá mais dois passos adiante.

— Amigos. Não desejamos fazer mal. Estamos todos do mesmo lado. — A voz de Lucas é baixa e reconfortante. Flagro-me fechando os olhos conforme ele fala.

— Acho que vou precisar pedir que seja um pouco mais específico, irmão — diz uma voz baixa. Protejo os olhos, mas ainda não consigo discernir um rosto.

Ao nosso redor, soldados camponeses surgem das árvores, e há mais e mais luzes, com mais e mais armas. Mais armas do que jamais vi, mesmo na Embaixada, mesmo na Catedral. Esses camponeses do Cinturão estão bem preparados no que diz respeito à munição. Mas daqui, parece apenas um bando de vaga-lumes, atraídos até nós como se fôssemos a fonte de luz.

Levanto a mão, dando um passo à frente.

— Olha, sem querer ofender, todos temos muitos motivos para não confiar uns nos outros. Não sei nada sobre vocês, camponeses do Cinturão, exceto por um mapa idiota desenhado por um Virt e pelo fato de não gostarmos de Latão.

— Concordo.

Um homem de jaqueta militar verde-escura — não da Embaixada ou de qualquer coisa que eu já tenha visto — se materializa diante de nós, dando um passo à frente das luzes fortes do perímetro da montanha. Tento entrar na mente dele, mas estou em pânico. Não consigo concentrar os pensamentos.

Brutus rosna atrás das pernas de Tima.

O homem baixa a arma enquanto observamos, e começa a caminhar em torno de nós, a crosta de terra congelada estalando sob os pés dele. Não parece ter medo da gente. Não parece ter medo de nada em especial. Mesmo assim, reparo que os demais Cinturões mantêm as armas apontadas para nós.

Não arriscam nada, os tais camponeses do Cinturão.

Conforme o homem se aproxima, seu rosto parece familiar. Ossos largos e feições marcantes, um leve rubor nas bochechas. Não é um Merc, acho que não. Não é desleixado o bastante, não é seboso o suficiente. Esse sujeito é outra coisa bem diferente.

Ele está bem perto agora, de modo que consigo ver os botões reluzindo na jaqueta. Uma comenda de prata de cada lado da lapela o identifica como algum tipo de oficial, mas desconheço o significado dos símbolos. Não são como aqueles que o coronel Catallus usava. Têm o formato de três letras V profundas — uma sobre a outra. Se eu não soubesse o quanto isso soa estranho, poderia jurar que eram pássaros.

— Eles me chamam de Bispo. Sejam bem-vindos.

— Você não se parece muito com um bispo — rebate Ro.

— E você não se parece muito com o Merc conhecido como Fortis — responde o sujeito, em voz baixa. — O que é um problema. Considerando que foi ele quem ouvimos que viria. E era por ele que esperávamos.

— É, bem, ele teve um probleminha. — Ro levanta o rosto para encarar Bispo, olho no olho. — Um probleminha que não tem rosto.

Nenhum dos dois desvia o olhar. Nenhuma das armas é abaixada. Percebo que estou prendendo a respiração.

— Sinto muito ouvir isso — fala o Bispo, por fim. — Os problemas acompanharam aquele Merc desde o Dia, mas ele foi bom para o Campo. Uma boa morte para ele. — O homem assente, olhando para o restante de nós. Um tipo de saudação.

Não existe tal coisa, penso.

Ro dá de ombros.

— Isso depende dos Sem Rosto agora. Pode atirar em nós se quiser, mas quem se foi, foi, e não tem como trazer Fortis de volta. Não há como recuperar o Merc agora. — Ele enfia as mãos nos bolsos e aguarda, como se tivesse todo o tempo do mundo.

Como se qualquer um de nós tivesse.

O Bispo estende a mão e Ro aceita o cumprimento. Eles apertam as mãos, braço direito com o esquerdo. Um cumprimento muito antiquado e muito tradicional do Campo. Um pacto foi alcançado, uma aliança foi feita.

Quem se foi, foi. Isso é tudo o que temos agora.

— Desculpem por isso, mas ouvimos que havia patrulhas Simpa na área, rio abaixo. Não trouxeram amigos para cá, trouxeram?

Sim, penso.

— Não — responde Ro. Ele está impressionantemente inexpressivo. — Não trouxemos nenhum.

— Melhor assim — fala o Bispo, sorrindo.

Pelo canto do olho, vejo Lucas recuando para trás de Tima, quase para dentro das sombras. É claro. Ele é o filho da Embaixadora Amare. *Ninguém aqui quer apertar a mão de Lucas. Melhor ficar fora de vista, não se envolver.* É isso que ele está pensando. Consigo sentir, pelo modo como o calor dele se apaga até virar uma faísca, mesmo tão perto do camponês do Cinturão. Consigo senti-lo.

Lucas, penso. *Tem um mundo inteiro lá fora. Você precisa confiar nele, cedo ou tarde.*

Mas então sinto o calor sorrateiro e percebo exatamente o que ele está fazendo.

Ainda está trabalhando neles, mesmo dali. Está trabalhando neles por mim.

Provavelmente não é coincidência que, bem nesse momento, o Bispo gesticule — um breve aceno de dispensa —, fazendo as armas desaparecerem atrás dele num instante.

Finalmente.

Exceto por aquela apontada para mim.

— Que coisinha. — O Bispo me olha de cima a baixo, com atenção, até me fazer desejar sumir.

A luz e a arma estão apontadas para mim, ainda.

Sou eu. Eu sou a coisinha.

E, subitamente, vejo tudo tão claro, como se ele tivesse acabado de dizer em voz alta.

Eles não confiam em mim.

— Você é ela? A garota do Buraco? Aquela que "morreu"? — O Bispo está me olhando. — É verdade? O que dizem? Que um bando de crianças derrubou um Ícone inteiro? Que são tão imunes que conseguem se aproximar deles o suficiente para matá-los? — O homem não parece convencido.

Não digo uma palavra.

— E essa história dos poderes? Ler mentes? Fazer o que os Ícones podem fazer, manipular as pessoas sem tocar nelas? — O Bispo balança a cabeça, incrédulo.

Eu simplesmente fico olhando para ele.

— Como se você fosse algum tipo de Ícone *humano*?

Não é um elogio.

— É verdade. Exatamente como nas histórias. — Eu o encaro. Quero que saiba que não tenho medo. *O que não é verdade*, penso.

Não mesmo.

— Crianças Ícone. — O Bispo balança a cabeça, pensativo. — Conte — pede ele, me encarando. — Conte tudo. Quero dizer, se você é realmente ela. Deve ter uma história e tanto.

A acusação está entrelaçada a outra coisa, algo raro.

Curiosidade, talvez? Descrença?

Esperança? Seria isso?

De toda forma, as palavras pairam no ar como a neve.

Simplesmente fico olhando para ele. Estou cansada e com frio demais para falar.

O Bispo tenta de novo:

— Vejam pelo meu lado. Preciso poder confiar que vocês são quem dizem ser. Vocês precisam entender. Não podemos deixar que ninguém que não esteja conosco cem por cento entre na montanha. Esse é o único perigo de uma base subterrânea lacrada. Depois que nosso perímetro é invadido, ficamos vulneráveis demais para nos recuperar. Quando alguém entra, entrou. Então preciso de um pouco de convencimento. Ajudem-me a confiar em vocês.

Paro de ouvir. Olho além dele, para a única arma que continua apontada para mim. Não consigo dizer uma palavra. Não posso contar a ninguém. Não mais.

Nem mesmo a mim mesma.

Não consigo pensar em nada para dizer que possa convencer o Bispo, então, em desespero, fecho os olhos e sinto-me abrindo caminho até ele, como se cada novo detalhe que absorvo fosse mais um passo para a segurança.

Afasto minha própria resistência. Meu medo. Entro na mente dele porque preciso, e porque posso.

Você pode.

Faça, Doloria.

Não deixe todos na mão agora.

Dois meninos. Dois meninos brincando em um campo. Lutando na lama. Rasgando as roupas um do outro. "Flaco, Flaco, coma outro taco", cantarola o mais magricela. O mais gordo atira lama nos olhos dele.

Abro os olhos.

— Sou ela. Sou a garota das histórias.

— Como sei disso? — O Bispo ainda não acredita.

— Não precisa me conhecer. Conheço você. — Avalio o rosto dele. — Você também perdeu alguém — digo. — Ainda está de luto.

O Bispo me olha como se eu fosse uma idiota. Percebo o que ele entendeu. Não há muitos humanos vivos no planeta que não tenham perdido metade das pessoas que um dia conheceram.

Tento de novo.

— Flaco, quero dizer. Seu melhor amigo.

Seu rosto fica lívido no frio.

— Então é verdade o que dizem.

Dou de ombros. O Bispo sacode a cabeça, incrédulo, engolindo uma risada cética.

Não o vejo fazer qualquer sinal. O sujeito mal se mexe.

Só reparo quando a arma não está mais apontada para meu coração.

Esse Bispo é um homem poderoso.

OFÍCIO DA EMBAIXADA GERAL: SUBESTAÇÃO DO LESTE DA ÁSIA

MANIFESTO URGENTE
SOMENTE PARA APRECIAÇÃO DE
PESSOAL IDENTIFICADO

Subcomitê Interno de Investigações 115211B
RE: O Incidente nas Colônias SA

Nota: Contatar Jasmine3k, Humano Híbrido Virt. 39261. SA, Assistente de Laboratório da Dra. E. Yang, para comentários futuros, conforme necessário.

HAL2040 ==> FORTIS
24/2/2043
Varreduras/Dados de PERSES

//início do logcom;

FORTIS: HAL, nosso novo amigo está cada vez mais perto. Por favor, diga que tem alguma coisa.;

HAL: Varredura de análise do sistema secreto revelaram muito, mas também mostraram setores fortemente protegidos.;

FORTIS: E...;

HAL: Os sistemas centrais usados por NULO estão abstraídos, ou, como você diria, em uma caixa-preta. Esclarecendo: estão envoltos em criptografia indecifrável por qualquer método conhecido. Força bruta não é uma opção, pelo menos não dentro do tempo restante. Com isso, informações fundamentais como missão, prioridades, sistemas tomadores de decisão parecem estar ofuscados e inacessíveis.;

FORTIS: E...;

HAL: Entretanto, telemétrica, orientação e características mais medíocres são transparentes, inclusive hardware essencial e dados da carga.;

FORTIS: Agora sim. Carga?

HAL: Sim. Ainda preciso catalogar e entender o sistema inteiro, mas descobri algumas coisas que você pode achar interessantes.;

FORTIS: Tenho certeza de que acharei. Ah, espere — é a Casa Branca na linha. Melhor atender.;

//logcom cont.;

9 OS IDÍLIOS

O coração da montanha do Cinturão é diferente de tudo que já vi. Quando saímos pelo outro lado do túnel, nos vimos numa câmara cavernosa, do tamanho de um hangar militar — como aqueles perto das faixas de pouso em Porthole, em casa. O hangar. É assim que o chamo, na mente.

Assim que dou um passo rumo ao amarelo pálido da luz artificial, percebo que vai ser difícil me manter tranquila. Pelo visto, um novo túnel serpenteia a partir do hangar, tomando todas as direções. *Como um labirinto*, penso. *Uma aranha.*

Jamais entenderei. Mesmo que fiquemos aqui por cem anos. Cresci sob o sol da Missão; mal ficava embaixo de um teto, muito menos ia ao subterrâneo. Nenhum corredor escuro para atravessar, não durante a minha infância.

Somente agora.

No teto, luzes impossivelmente fortes estão conectadas por uma rede complexa de trilhos metálicos, reforçando uma espessa malha de fios que leva a uma abertura bem no alto da parede. Em um espaço tão limitado, todo detalhe parece proposital e essencial. A vida subterrânea, imagino.

— De onde tiram tanta eletricidade? — Ro está maravilhado com o espetáculo, a audácia de gerenciar um sistema elétrico daquela magnitude. — Nunca vi nada assim. Não no Campo. — Os cinturões operam como se desafiassem a Embaixada a encontrá-los. De canto de olho, observo seu assombro jovial dele, sorrindo com as lembranças do último presente de aniversário de Ro para mim, o gerador improvisado de pedal que ele construiu, uma eternidade atrás.

Isso é pedalada pra caramba, penso.

Lucas balança a cabeça.

— Parece tanta eletricidade quanto tínhamos na Embaixada. Não deveria ser possível; os lordes controlam toda a energia. As únicas usinas funcionais estão perto das cidades. Pelo menos é o que pensávamos.

— Reservas de gás natural e uma usina geotérmica nos fornecem uma fonte quase ilimitada de eletricidade. Desde que não haja interferências. — O Bispo sorri. Ele sente orgulho, e com razão. — O que não é frequente. A própria montanha nos protege de olhares externos.

— Olhares de Simpas. — Lucas parece interessado.

— Todos os olhares — afirma Bispo com veemência. — Nenhum instrumento consegue sondar através de tanto granito. Nossos ancestrais, aqueles que construíram este lugar, o prepararam para evitar que a energia radioativa perigosa vazasse para dentro. Nunca imaginaram o quanto um dia seria importante fazer o oposto, manter a energia trancada do lado de dentro e fora de alcance.

Lucas assente, impressionado.

O Bispo continua.

— É possível plantar no subterrâneo, até mesmo criar alguns animais. — Ele toca o ombro ossudo de Tima. — Isto, meus amigos, é o mais perto da antiga vida que vocês encontrarão em qualquer parte do nosso planeta abandonado. — Sinto a ênfase em *abandonado*, e penso comigo que esse Bispo, quem quer que seja, é realmente um sujeito como o Padre, com uma fé profunda, porém abalada.

De todos os cantos do hangar, também consigo ver os soldados nos observando. *As Crianças das histórias. A garota que destruiu o Ícone. O filho da embaixadora.* Não consigo evitar ouvir as palavras assim que se formam nas mentes deles. O Bispo não é o único cético. Se comparado aos seus homens, ele confia cegamente. Os cinturões tentam não encarar Lucas, que ainda está tremendo de frio, branco como um lençol. Ou Ro, que está coberto de fuligem. Ou Tima, cujo rosto ainda está manchado pelas lágrimas, secas há muito tempo.

Tentam não olhar para mim. Não sei quem ou o que sou. Só sei como me sinto. Exausta e temerosa. Crua e exposta. Como se tivesse visto o que vi e feito o que fiz — que já é demais. Mas, nesse momento, estou cansada demais para me importar. Só quero rastejar até um canto escuro e desmaiar.

Mesmo assim, o Bispo parece entender, agora que esclarecemos as coisas entre nós. Há muito sobre o que conversar, informa ele. Nisso todos concordamos. Mas primeiro, diz o Bispo, dormir. Ninguém discute. Mas ninguém se mexe também. Os olhos de Lucas se voltam em minha direção e entendo — eles precisam que eu me certifique de que estamos seguros.

Paro por um momento, avaliando o Bispo. Vejo a dor, o ódio — mas também vejo que não está direcionado a nós.

Por nós quatro, só vejo compaixão — algo que não sinto desde que o Padre morreu.

Pisco para afastar as lágrimas, e em vez de chorar, assinto de maneira imperceptível para Lucas. Tima e Ro observam, aliviados.

O Bispo não é uma ameaça.

Não para nós, não agora.

E se for — se eu estiver errada —, ele é melhor em esconder pensamentos do que qualquer um que já encontrei no planeta.

É só um menino com os punhos cheios de lama, penso. A ideia é, de alguma forma, reconfortante.

Ro parece satisfeito.

— Tudo bem, então. Vamos.

Lucas e Ro são levados para o quartel, uma série de construções amplas num nível adjacente do complexo. É lá que os soldados dormem. Lucas se volta para mim enquanto prossegue e noto um sorriso cansado se abrindo no rosto dele.

Fique em segurança, pensa Lucas. *Tome cuidado.*

Ficarei e tomarei, mas desejo que ele se aninhe ao meu lado. Assim podemos salvar um ao outro caso qualquer outra coisa desabe do céu.

Um lugar quente. Como o antigo, diante do fogão de Maior. Aquele que eu dividia com Ro.

Sinto falta disso. Sinto falta dele. Da proximidade.

Consigo me lembrar do cheiro da nossa cozinha.

Eu me esforço para esquecer conforme adentramos pelos Idílios.

Momentos depois, Tima e eu somos levadas por um corredor quente, escavado na rocha, para quartos de civis, limpos e com luz tênue, camas simples de madeira entalhada recém-feitas cujos lençóis têm cheiro de sabão de roupas e de mato. Exceto pela peculiar ausência de janelas, as paredes brancas e os tetos curvos — não há qualquer linha reta em qualquer lugar desses abrigos —, daria para pensar que estávamos em algum tipo de casa de fazenda agradável.

O que não poderia estar mais longe da verdade — mas uma cama é uma cama, e por enquanto é paradisíaco o suficiente. Esta é a primeira cama de verdade que vejo em muito, muito tempo. Tima e eu dormimos juntas. Ela não é Lucas, mas não me importo. Brutus se enrosca aos pés dela e começa a roncar antes de qualquer uma de nós. Sinto como se pudesse dormir durante dias.

Então durmo.

Quando durmo, sonho. Não com a menina de jade, não dessa vez. Sonho com pássaros.

Um pássaro. *Um filhote de pássaro.*

A palavra se aninha em minha mente como uma coisinha emplumada. Algo tão raro. Não faço ideia de que tipo de pássaro seja, pois nunca vi nenhum, não nos arredores do Buraco. Eles não chegam perto dos Ícones; algo na interferência magnética os repele, até mesmo os mata. Mas é lindo. É uma coisinha frágil e minúscula, coberta de plumagem branca aveludada. Exatamente como eu imaginava quando olhava para o céu azul e sem pássaros da Missão, quando era pequena.

Ele pousa bem no meio do que reconheço ser o antigo tabuleiro de xadrez do Padre. Então vejo que o jogo mudou, ou pelo menos o sonho mudou, e não estamos mais na selva. Estamos em minha casa, minha antiga casa.

À minha antiga mesa na cozinha.

Ergo o rosto quando o ventilador de teto começa a chacoalhar acima de nossas cabeças. O pássaro se agita com o som, ansioso. De onde estou, consigo sentir o coração dele ribombando no peito — a respiração ofegante.

Não.

O pássaro me olha quando as paredes começam a estremecer e pedaços de gesso rodopiam no ar entre nós como fogos de artifício, como confete.

Isso não.

O pássaro ergue a cabeça e pia apenas uma vez assim que as janelas se estilhaçam e o ventilador de teto cai no carpete e os gritos começam.

Está acontecendo.

O pássaro bate as asas quando meu pai cai rolando pelas escadas, como uma boneca de pano engraçada, que nunca fica de pé. É quando minha mãe desaba contra o velho berço.

De novo não.

O pássaro sai voando pela janela quebrada exatamente quando os outros pássaros começam a cair do céu, no momento em que todos os nossos corações — em todo lugar — param de bater.

Acordo faminta e devoro o equivalente ao meu peso em pães integrais encorpados e quentinhos. É a primeira comida humana que vejo desde uma eternidade, então não desperdiço. Espalho muita geleia de groselha feita artesanalmente e guardada em potes, tal como fazíamos na Missão. Engulo tudo com cinco copos grandes de água fria da montanha.

Não consigo evitar. Devoro tigela após tigela de mingau fumegante de aveia rusticamente cortada, salpicado com canela. E frutas — frutas que eu nunca tinha visto — prensadas no formato de tiras longas, polpudas e desidratadas.

Percebo que não há plantações acima do subterrâneo aqui, não no inverno pelo menos. A comida é durável e, ainda bem, visto que observo Ro devorar dois pedaços enormes de pão. Não é a vida numa fazenda de Missão, lembro-me. Frutas e vegetais, para este assentamento, precisam ser enlatados e desidratados. Eles podem até manter hortas no alto, mas atividade demais na superfície chama indesejada atenção. É a vida escondida sob uma montanha.

É como outro de meus sonhos — mas um estranhamente agradável. Tomo banho, duas vezes. Visto roupas limpas que aparecem milagrosamente dobradas em meu quarto. Escovo os longos nós do cabelo. Sento-me na beira da cama até que ele seque, ouvindo os ruídos baixos e abafados do mundo real, o mundo de verdade sob a montanha. Não o mundo em minha mente.

Não estou fazendo nada, não sinto nada. Não me lembro de nada. No momento, neste minuto, é o que preciso fazer.

Para a frente e não para trás. Para a frente e não para trás. Como os zigue-zagues de uma trilha na montanha.

Obrigo minha mente a ficar em silêncio absoluto. As vozes, nesse momento, estão caladas. Imagino que estou segura no coração desta montanha. Acredito no que o Bispo falou; nada pode penetrar tão fundo. Nem os lordes, nem a Embaixada e nem o sofrimento.

É uma bênção.

Então volto a dormir pelo que espero serem mil anos.

O sonho retorna assim que fecho os olhos. É claro que retorna. Estou na selva de novo. Vejo as árvores sem topo, uma distante superfície de água. Verde sobre verde.

Mas no lugar onde a garota costumava sentar há apenas o passarinho branco — sobre o tabuleiro de xadrez diante de mim. É o pássaro do meu sonho.

O pássaro não emite ruído, mas bate as asas até meu ombro, e congelo quando as minúsculas garras se enterram em mim.

Você ainda está aqui.

Não é a voz da garota. É alguém observando meu sonho, exatamente como eu. É uma voz estranha — nem masculina nem feminina, nem jovem nem velha — e se assemelha a muitas vozes simultâneas. Como um coro, mas falado, não cantado. As palavras estão por toda parte e em lugar nenhum — elas inundam o local. O céu, o tabuleiro de xadrez e o verde sobre verde, tudo em meu entorno.

Mas agora o céu está escuro e o tabuleiro está vazio. Ao longe, um telhado dourado e pontiagudo — ou talvez uma torre — se ergue do alto da encosta da montanha.

Estranho. Não reparei nisso antes.

As garras do pássaro se enterram mais fundo em minha pele.

Eles vêm atrás de você, de novo e de novo. Mas você ainda vive, diz a voz.

— Sim — afirmo. — Estou viva. — É quase tudo que sei.

Não digo mais nada.

A voz pausa.

Fascinante.

— Por quê?

Inexplicável.

— Não entendo.

Você é uma coisa de beleza efêmera e infinita, e sempre em mutação. Humanidade.

— Sou o quê? — Olho em volta do campo. — Por que diz isso?

Outra pausa, mais longa.

Não sei o que você é ou por que existe. Não compreendo nada sobre você. Desafia todos os protocolos. É uma anomalia. Uma exceção. Excepcional.

— Conheço você? — É tudo que consigo dizer.

Conheço você, repete a voz.

— Quem é você? — tento de novo.

Quem é você, repete a voz.

Balanço a cabeça, para a frente e para trás. Levanto as mãos e as belisco.

— Preciso acordar. Estou sonhando. Você é só um objeto em meu sonho.

Eu sou — isso. Seu sonho é um lugar que sou. Também fascinante. E inexplicável. Mais uma inesperada exceção à regra.

— O quê?

Dessa vez as palavras saem lentas, como se precisassem ser buscadas.

Espero que você continue vivendo. Não acredito que viverá, não é algo que previ. Mas espero que viva.

Belisco de novo. E com mais força.

— Quem é você? Qual é seu nome?

Sou ninguém. Sou Nulo.

Cravo as unhas na pele ao ouvir o nome que não quero saber. *Nulo.*

Até que acordo, encarando a escuridão como se tivesse visto um fantasma. Ouvindo o eco de minúsculas asas conforme elas tremulam até o céu.

Estou agarrada à minha mochila — e o estilhaço de Ícone está na minha mão. Ele se tornou meu companheiro noturno. Não sei por que, mas sou continuamente atraída para o estilhaço. Mesmo que só me traga pensamentos perturbadores.

Tento não me esquecer de nada.

OFÍCIO DA EMBAIXADA GERAL: SUBESTAÇÃO DO LESTE DA ÁSIA

MANIFESTO URGENTE
SOMENTE PARA APRECIAÇÃO DE
PESSOAL IDENTIFICADO

Subcomitê Interno de Investigações 115211B
RE: O Incidente nas Colônias SA

Nota: Contatar Jasmine3k, Humano Híbrido Virt. 39261. SA, Assistente de Laboratório da Dra. E. Yang, para comentários futuros, conforme necessário.

FORTIS ==> HAL2040
24/2/2043
Varreduras/ Dados de PERSES

//logcom cont.;

FORTIS: OK, voltei. A presidente está pedindo atualizações diárias. Acho que tem uma quedinha por mim, na verdade.;

HAL: Difícil dizer, a análise do diálogo mostra uma alta taxa de insinuações mais amplamente de sua parte...;

FORTIS: Chega, HAL. Como anda aquela análise da carga?;

HAL: Sim. Conforme eu dizia, me concentrei no que creio ser carga ou equipamento nocivo ou com potencial nocivo.;

FORTIS: Nocivo, você diz. Quer dizer, é claro, além do fato de se tratar de toneladas de rocha acelerando em direção a Terra, com massa suficiente para criar um evento de extinção?;

HAL: Sim. Além disso. Mais alta prioridade: esquemas e dados da carga indicam o que pode ser mais bem descrito como uma arma. Ou armas. Análise do material constituinte requer checagem dupla, mas arma/s pode/m ser um método altamente avançado e eficiente de... supressão. Também pode/m ser usada/s para alcançar, como você disse, a extinção. Posse de armas aponta para uma provável intenção de ganhar controle sobre, ou eliminar, vida nativa em qualquer "alvo".;

FORTIS: ...Entendo. Você priorizou bem, meu garoto. Mande todos os dados disponíveis e as análises para meu terminal imediatamente. Preciso saber o quão eficiente esse "método de supressão" realmente é. E se tem algo que possamos fazer para nos prepararmos.;

HAL: Feito.;

//fim do logcom;

10 POVO PECULIAR

Quando consigo me obrigar a despertar, sigo para o salão de refeições, no qual Tima, Ro e Lucas estão sentados à mesa.

— Queria que Fortis estivesse aqui — digo. Tenho tantas coisas para perguntar a ele, e ainda mais para contar.

Começando pelos meus sonhos.

Devo ter soado esquisita, porque Lucas ergue o rosto assim que falo.

— Pesadelos? — Ele se inclina sobre o prato, o qual, percebo, ainda está vazio.

Assinto, sentando-me no banco ao lado dele. Busco a mão de Lucas, entrelaçando os dedos nela, e ele abaixa o rosto para mim com uma expressão ansiosa. Algo que não é bem um sorriso.

Ela some antes que eu consiga sorrir de volta.

— Alguma coisa relevante? — Tima enrosca meticulosamente longos fios de um tipo de macarrão amarronzado no garfo, parando para mergulhar a porção em um movimento vertical quase preciso na poça de molho marrom-escuro no fundo da tigela. Ao lado dela, Ro se empanturra como um animal. É claro. Comida hidropônica pode não ser linda, mas pela expressão de Ro, dá pro gasto. Principalmente quando nossas rações foram todas perdidas numa queda de helicóptero.

— Seus sonhos — me incentiva Ro, com a boca cheia.

— Tem uma menininha — começo, tentando ignorar o quanto minha boca começa a se encher d'água simplesmente por observá-los comendo.

Ro ergue o rosto depois de limpar o molho do prato com o que parece ser metade do pão.

— Sim? — Ele tenta falar, mas está com a boca cheia demais, o rosto sujo de manteiga caseira. É a maior quantidade de comida que vejo em semanas, visto que nem me lembro quando foi a última vez. Tima parece enojada.

Olho para eles.

— E um pássaro com uma voz estranha.

Tima apoia o garfo.

— E?

— E a garota tem cinco pontos verdes no pulso — digo, sem olhar para nenhum deles.

— Ela o quê? — Ro deixa o pão cair no prato. — Você está sonhando com a gente?

— Cinco? — Tima me olha. Ela está entendendo.

Confirmo.

— Talvez não seja nada. Pode ser só um sonho.

— É o que você acha? — pergunta Tima.

Balanço a cabeça.

Não é.

— É alguma coisa — diz Lucas, baixinho. Então conto tudo a ele. A ele, a Tima e a Ro. Continuo a falar até não restar mais nada a dizer. Até que o sonho seja tanto deles quanto meu.

Tima está pensando. A expressão dela me lembra a do Padre quando estava compondo um sermão.

— Então. Você acredita que essa garota exista. Que não é algo inventado pelo seu subconsciente? Pois você sabe, é isso que os sonhos costumam ser.

— Ela pareceu real para mim. Não sei, estava mais para um recado, talvez, até mesmo uma visão, do que para um sonho. — Tento parecer confiante, embora saiba que posso estar errada.

Tima assente devagar.

— E você está dizendo que ela pode ser, sabe, como nós? Uma quinta Criança Ícone? Acha mesmo? Isso sequer é possível? — Tima parece esperançosa.

— Até pouco tempo atrás nem sabíamos que éramos quatro. Por que não poderia haver cinco? — Não é a melhor lógica, mas não há muita lógica em nossa situação, para início de conversa.

— Tudo bem. E acha que ela está esperando você? — Tima joga uma casca de pão para Brutus, que agita a cauda aos pés dela.

— Por mim. — Dou de ombros. — Por nós. Quem sabe?

Ro se apruma na cadeira.

— E de acordo com essa coisa de sonho-visão-mensagem, ela precisa que você se apresse a encontrá-la? Mas não sabemos onde?

— Já falei. Parecia o Leste da Ásia ou os Terrenos Alagados. Havia um templo, acho. Alto, com um telhado dourado. No topo de uma montanha.

Ro olha para Tima, cético, então para Lucas. Como se estivessem votando em silêncio, sem mim.

Lucas dá de ombros.

— Se existe uma chance de chegarmos até ela...

— Uma chance? — Ro não acredita. — Gente, estamos falando de uma garota de sonho. Sou totalmente a favor de correr atrás da "garota dos sonhos" — diz ele, olhando de canto de olho para mim —, mas esse não é o momento. Você está falando de uma chance? Posso dizer agora mesmo que já existe cem por cento de chance de um Ícone muito real descer agora mesmo. Cem por cento de chance de os lordes terem levado Fortis. Cem por cento de chance de os helicópteros estarem circulando nos arredores desta montanha. O que acham dessas chances?

— Pare, Ro. — Olho para ele. — Se ela for real, e se houver ao menos uma possibilidade de que seja uma de nós, você não iria querer saber?

— Talvez seja preciso tentar. Talvez devamos isso a ela — sugere Tima. — Se ela for... vocês sabem.

— Fruto da imaginação hiperativa de Dol? — Ro ri com deboche.

— Ou um truque — retruca Lucas. — Ou uma armadilha.

— Sim. Isso. Botões está certo. Por mais que doa dizer isso — acrescenta Ro.

— Queria que Fortis estivesse aqui. — Tima suspira. — Ele saberia o que fazer.

Ninguém diz uma palavra. Fortis não está aqui. Fortis pode jamais voltar.

— Precisamos parar de nos apoiar em Fortis — falo, por fim. — Ele não iria querer que fizéssemos isso.

— Doc? — Lucas olha para Tima. — Ele pode saber de alguma coisa.

— Não há sinal no comunicador. Não aqui dentro. O Bispo não estava brincando, nada atravessa esse granito. — Tima suspira de novo.

— E quanto ao Bispo? — Ro ergue o rosto.

Enrugo a testa.

— O que o faz pensar que o Bispo nos deixará sair daqui?

— Dol está certa. No minuto em que saíssemos, poderíamos atrair todo o exército de Simpas para dentro dos túneis. — Lucas bate o garfo, pensando.

— Só tem um jeito de descobrir — sugiro, e me levanto.

Estou perdida mesmo antes de começar a procurar por Bispo. Pequenas placas de madeira sinalizam o caminho até o quartel-general dele, mas a escuridão dos corredores torna sua leitura quase impossível. E o emaranhado de labirintos que levam do hangar principal até o coração da montanha, onde fica o escritório do Bispo, é completamente desorientador.

Passo por soldados de todas as patentes, todas as variedades de uniformes. Jaquetas surradas da milícia, outras roubadas dos Simpa. Algumas com colarinhos espessos de lã — dos camponeses do Norte, é o que diz o uniforme — e outras com coletes camuflados mais finos. Do Sul, presumo.

Finalmente está acontecendo, penso. *Nosso mundo está se unindo, no subsolo. Estamos criando uma Embaixada própria.*

Da próxima vez que lutarmos contra as Embaixadas e os lordes, seremos muito mais fortes. Estaremos unidos.

Fortis teria gostado disso, penso.

Por outro lado, ele teria se revelado um pé no saco, e ninguém iria querer lutar ao lado dele.

Engulo uma gargalhada, apesar de tudo — e viro-me para sair do sinuoso salão principal.

Agora me encontro nos corredores mais amplos e de iluminação mais fraca do que aparenta ser uma antiga instalação de armazenamento. Um sistema primitivo de prateleiras parece ter sido construído nas paredes, ainda que segmentado e irregular. Ele ainda parece armazenar caixas de comida, montes de roupas. Levanto um pedaço de pano no topo da caixa mais próxima. Não é maior do que meu braço, uma camisa feita para uma criança. Manchada de vermelho e rasgada, agora é apenas um retalho. Combustível para uma futura fogueira, talvez.

Estremeço.

Todos os itens têm função múltipla nessa cultura da necessidade.

Eu queria enxergar isso, ou não?

Guardo a camisa rasgada e sigo em frente, assombrada com os suprimentos abandonados de encanamentos, as maçanetas sem pares, as caixas de vidro quebradas.

Fantasmas sobre fantasmas, por todo lado.

Alguém pensou em tudo. Alguém precisou pensar. Alguém estava determinado a jamais abandonar este lugar.

Uma placa desbotada, bem no alto das prateleiras, avisa sobre uma ou outra crise iminente, em linguajar de cinturão.

ESTEJA NO MUNDO
MAS NÃO SEJA DO MUNDO.
SAIBA QUE SOMOS UM POVO PECULIAR.
O EXÉRCITO DO PARAÍSO.

COLOQUE A MÃO NA MASSA
E TRABALHE, POIS NOSSA
FÉ DEVE SOBREVIVER.

CRIE RAÍZES PROFUNDAS
SOB A MONTANHA.
FLORESÇA ONDE ESTIVER PLANTADO.

Não tão diferente, penso, dos pôsteres de propaganda da Embaixada que eu via pelo Buraco. Não é um pensamento lá muito agradável, conforme sigo pelas passagens ainda mais escuras e menores. O menor cômodo no fundo do armazém está escondido atrás de duas portas de correr feitas de ripas de madeira.

Ele me espanta, este cômodo — tão obviamente um resquício de outra época, de outro apocalipse. Tem um nome, pelo menos de acordo com as letras desbotadas entalhadas nas vigas que cobrem o teto: O ARMAZÉM DO BISPO.

Além das portas há uma mesa enorme, com pilhas de mapas enrolados e tecnologia contrabandeada; partes de rádios estalam e ganham vida, e uma fileira de telas digitais emoldura a extensão da mesa. Fortis teria encontrado grande utilidade para quase tudo no pequeno recinto, penso. *Qualquer Merc teria.*

Então percebo que o Bispo está sentado atrás dela — mas ainda é a mesa que me chama atenção. É longa e de madeira, áspera e cheia de farpas, exatamente como a que temos na cozinha de La Purísima. Só de olhar para ela praticamente consigo sentir o cheiro de Ramona Jamona, a porca, de meus bolos de milho preferidos e do café de chicória do Padre. Meu café da manhã assando na pequena frigideira de ferro, no forno de Maior.

Um pensamento leva a outro, até que me flagro mergulhada em milhares de pequenos momentos, cada um deles detalhado e vívido demais para ser afastado. Tais lembranças machucam, pelo menos a mim — e conforme as saboreio, faço de tudo para não chorar.

— Doloria — diz o Bispo, finalmente olhando para mim. — Estive esperando por uma chance de conversarmos.

— Eu também. Eu... nós... precisamos de conselhos.

Ele apoia um livro de contas sobre a mesa, devagar, como se estivesse pensando com cuidado no que dizer.

— Sei que você conheceu meu irmão. Entendo por que Fortis a enviou para mim agora.

O quê? Por quê?

— Creio que esteja enganado. Não o conheci. Nem mesmo sei de quem você está falando.

— Você não sabia quando falou? O nome dele?

— O nome de quem?

O Bispo encosta na cadeira, avaliando meu rosto.

— Na entrada? Você mencionou meu irmão. Flaco? — Ele sorri com tristeza. — Ou, tal como você o conheceu, Padre Francisco Calderón. Ele era o Padre de La Purísima.

OFÍCIO DA EMBAIXADA GERAL: SUBESTAÇÃO DO LESTE DA ÁSIA

MANIFESTO URGENTE
SOMENTE PARA APRECIAÇÃO DE
PESSOAL IDENTIFICADO

Subcomitê Interno de Investigações 115211B
RE: O Incidente nas Colônias SA

Nota: Contatar Jasmine3k, Humano Híbrido Virt. 39261. SA, Assistente de Laboratório da Dra. E. Yang, para comentários futuros, conforme necessário.

FORTIS
Transcrição - LogCom 10.04.2043
FORTIS :: NULO

//log_obs.: extrato da comunicação com NULO.;
//logcom cont.;

envio: Pode explicar por que está vindo para cá?;
retorno: A Terra não é meu vetor original. Há muito tempo, fui atingido por um objeto estranho de massa significativa. O resultado foi uma mudança importante de velocidade e vetor.;

retorno: Tenho capacidade de manobra limitada, por predefinição. Apenas pequenas correções de curso possíveis, com base em resultados de varreduras antecipadas de longo alcance. Conforme viajo, procuro por sistemas com alta probabilidade de sucesso.;

envio: Como nosso sistema. Corno a Terra.;
retorno: Sim. Eu... peço desculpas pelo discurso desajeitado. Infelizmente, não fui originalmente projetado para esse tipo de comunicação de duas vias. Minha função é primariamente instrução e procedimento pós-chegada.;

retorno: No entanto, meu projeto tem redundâncias, com capacidade de autodiagnóstico e melhorias. Upgrades, como você chamaria. Com tempo de viagem estendido, evoluí significativamente.;

envio: Pode descrever sua função original?
retorno: Fui criado para explorar, localizar, guardar, preparar, estabelecer, proteger. Quando o objetivo é concluído, desligo.;

envio: Você disse que evoluiu, melhorou. Suas prioridades mudaram com esses upgrades? Seus objetivos?;
retorno: Não. Por que mudariam?;

envio: Apenas curiosidade.;

link de comunicação encerrado;

//fim do logcom;

11 PÁSSAROS DO CINTURÃO

Sinto como se minhas pernas estivessem falhando sob o corpo.

— Venha sentar-se, Doloria. Você se importa se eu chamá-la de Dolly? Era assim que Flaco se referia a você nas cartas dele. Não sei por que não percebi isso. Dolly. Doloria. — O Bispo sorri e balanço a cabeça, afundando na cadeira dura diante da mesa.

O Padre me chamava de Dolly. O Bispo. O Padre. Irmãos.

Minha cabeça está girando — porque meu mundo está girando. Lágrimas descem, incontroláveis e indesejadas. Meus sentimentos pelo Padre — aqueles que tanto tentei evitar — ressurgem como uma torrente. Não percebi o quanto sentia falta dele até enxergar seu sorriso nos olhos de outra pessoa.

Quero me arrastar até os braços do Bispo e lhe dar um abraço — e então estapeá-lo, por estar vivo quando o Padre está morto.

— Temos muito o que conversar. — O Bispo volta a se sentar na cadeira pacientemente, e o móvel range. Ele aguarda que eu me recomponha e abre um sorriso carinhoso. Exatamente como o Padre. — Você é tão jovem, Dolly. Tão mais nova do que imaginei. Mais jovem do que Flaco descreveu. Mal parece ter idade suficiente para liderar a Resistência Camponesa.

— É isso que estou fazendo? — Limpo as lágrimas do rosto, tentando me sentar direito, tal como o Padre gostaria.

— O que mais poderia ser? Férias?

— Não sei. Sobrevivência, acho?

O Bispo sorri para mim.

— Sinto como se a conhecesse desde pequena. Meu irmão falava de você como se fosse filha dele. Então, depois do que aconteceu no Buraco... — Ele dá de ombros. — Bem, sabe como soldados falam. São histórias diferentes. E não do tipo que meu irmão costumava compartilhar comigo. — *Sobre meus poderes. É disso que ele está falando. O Bispo não sabia sobre meus poderes.*

Não consigo pensar. O sujeito diante de mim me faz lembrar dele. O velho padre de Misíon La Purísima. O homem que cresci amando como se fosse um pai. Acho que eu sabia disso — alguma parte de mim — antes do Bispo dizer qualquer palavra, antes de eu sequer chegar à cadeira de madeira dura na qual estou sentada. Foi por isso que confiei nele tão rapidamente, sem saber exatamente por quê.

Flaco. É claro. Ele tinha um apelido. Magricela. Porque não era. E uma família. Um irmão. Pais.

Acho que não enxerguei seu irmão bem diante de mim porque, na verdade, jamais pensei que voltaria a ver o Padre de novo. Não o reconheci quando ele era jovem. Deveria.

Flaco.

Sorrio e levanto o rosto para o Bispo, olhando para ele de verdade. O rosto do Padre está tão vívido quanto se eu estivesse sentada diante dele.

Mais.

Tudo isso. Esse momento. Parece que já aconteceu antes, mas não aconteceu. *Não é uma lembrança, ainda não. Ainda é apenas uma sensação.*

Aponto para os broches prateados nas lapelas do Bispo. Aqueles com formato de três letras V encaixadas.

— O que significam?

— O broche? É um broche com a insígnia do Campo. Significa que tenho homens para comandar e vidas para proteger.

— Mas a letra V. O formato. O que isso quer dizer? Nunca vi antes.

— Jamais conheceu um oficial do Campo?

— Só Fortis.

O Bispo tenta não sorrir.

— É claro. Bem. Tecnicamente, acho que isso é verdade.

— O broche — digo, rejeitando sua tentativa de me distrair.

O Bispo o tira do colarinho e entrega a mim.

— Não consegue ver? É um pássaro, Doloria.

Viro o objeto na mão, liso, frio e de formato delicado.

— Mas achei que os pássaros tivessem ido embora. — Enrugo a testa. — Eles caíram do céu. Antes do Dia. O Padre, seu irmão, me contou — gaguejo.

— Não todos. Apenas aqueles próximos dos Ícones. Este pássaro é a esperança. É a crença de que voltarão. De que um dia, a Terra pertencerá à humanidade de novo.

— E aos pássaros — acrescento.

O Bispo sorri.

— É claro, e aos corvos e aos porcos, inclusive todos os filhos de Ramona.

— Ele amava aquele porco idiota — afirmo, limpando os olhos com o dorso da mão.

— É claro que amava. O nome de nossa mãe é Ramona, ele contou isso?

Sorrio.

— É o que este pássaro representa. Vida, para todos nós. Que há algo pelo qual vale a pena lutar, até mesmo morrer.

Ele fala como o irmão, esse tal Bispo. Eles se parecem tanto.

— Acredita mesmo nisso? — Fico subitamente curiosa, como se as crenças do Bispo pudessem me fazer acreditar em algo também. Exatamente como fez o Padre durante tantos anos.

Mas não podem, digo a mim mesma. *Não mais. Não importa o quanto eu deseje que pudessem.*

— "Esperança é a coisa com plumas." É um verso de um antigo poema. Emma Dickinson, acho que é o nome. — Ele sorri. — Talvez ela também fosse membro da resistência.

Devolvo o broche ao Bispo.

— Você não respondeu à pergunta. — Sinto-me mal por protestar, mas é verdade.

— Você precisa ter esperança. Precisa acreditar que as coisas serão melhores, que há um motivo para continuar.

— Mas há mesmo? Acha mesmo? Mesmo com a Câmara dos Lordes e as Embaixadas e o EGP, mesmo apesar das naves, dos Ícones, dos Projetos e das Cidades Silenciosas?

Ele assente.

— Depois do que fizeram com seu irmão? Com Fortis? As palavras saem antes que eu consiga impedir. O Bispo brinca com a beirada do livro contábil sobre a mesa.

Até o livro contábil me faz lembrar do Padre. E até a perda de Fortis me faz lembrar que perdi o Padre.

— Não é fácil — sentencia Bispo, por fim, dando um sorriso. — Mas a esperança é uma coisa frágil. Sem esperança não há nada. Esperança é aquilo pelo qual lutamos.

— Não tenho tempo para plumas. Só estou tentando sobreviver — afirmo —, assim como todo mundo. — *Assim como aqueles que não conseguiram*, penso. *Fortis, o Padre, minha família...*

— Por quê? — O Bispo tamborila na mesa.

— Como assim por quê? — Estou confusa.

— Se você não tem esperança, por que se incomodar? Que diferença faz? Por que sequer tentar sobreviver? — O Bispo continua tamborilando. Ele não me olha.

— Preciso. — *Não preciso?*

— Por quê?

— Porque sim? — *Não sei.*

— Porque o quê?

— Porque ele queria que eu sobrevivesse. — As palavras saem aos tropeços, e a verdade nelas me faz parar subitamente.

Aí está. É isso.

Sempre foi isso.

Estou surpresa, mas não deveria estar. As conversas de aniversário sobre meu dom. O livro. As aulas.

O Padre me ensinou a lutar.

O Bispo sorri.

— Aí está. Talvez essa seja a luta.

Meus olhos estão ardendo. Não me importo se as lágrimas vierem. Chorei tantas vezes diante dos olhos castanhos acolhedores desse homem, ainda que pertencessem a outra pessoa.

— Sou uma camponesa. Não sou um soldado. Não sou líder. Estou perdida.

Sinto-me melhor só por dizer isso, minha confissão à mesa da cozinha. O Bispo sorri para mim como se eu fosse muito jovem. É um sorriso carinhoso, do tipo que viria de um homem que deixa um porco dormir em sua cama à noite, e a lembrança é tão forte e irrefreável que fico involuntariamente sem fôlego.

Como esses sorrisos são raros agora.

Quanto tempo faz desde que tive um desses só para mim.

— É claro que é, Dolly. Você está lutando desde que nasceu. Todo dia é uma luta. E você é mais do que um soldado. O modo como vive, as coisas que sente, você está mais viva do que qualquer um de nós. Mais humana. Eu daria dez dos meus melhores Cinturões por uma Doloria de la Cruz. — Ele estende a mão sobre a mesa, segurando a minha.

Não quero soltar. Para mim, este homem é realmente o Padre. Conforme ouço, a expressão do Bispo se dissolve, e o rosto do Padre me olha pelo outro lado da mesa de madeira. Sinto como se estivesse sentada, de novo, em um banco de madeira de uma longa mesa do mesmo material com meu Padre. Só me importa que esse banco de madeira traga a sensação de estar em casa.

É assim que vou prosseguir, digo a mim mesma. Este homem. O Bispo que não é um bispo — um Padre que não é o Padre, um Fortis que não é um Fortis —, mas que mantêm todos eles vivos para mim.

Ele me enche de esperança. Esperança e plumas

Acho que dá para afirmar que ele é meu pássaro prateado, o único que possuo e o único que já vi.

Exceto em meus sonhos.

Sento-me mais à frente na cadeira

— Bispo, preciso de sua ajuda

— Qualquer coisa.

— Não sou só eu. — Olho para ele. — Somos todos nós.

— As Crianças Ícone?

Assinto.

— Nós cinco.

Ele ergue uma sobrancelha.

— Cinco?

Mais uma vez, me vejo na posição de contar minha história ao Bispo, a história dos meus sonhos. Conforme falo, levo a mão à mochila em busca das miniaturas de jade. Minha mão encontra o estilhaço do Ícone primeiro, e paro por um momento, sentindo o calor tranquilizante porém inquietante dele. Pela milésima vez, imagino-me jogando-o fora, mas não jogo. Não posso. De alguma forma se tornou tão parte de mim quanto a marca em meu pulso. Deixo o objeto na mochila.

As pedras de jade posso compartilhar.

Mas o restante, não. Ainda não.

Quando termino, ele pega uma das pedrinhas na mesa. Vejo que as coloquei entre nós numa fileira meticulosa, sem nem perceber.

Sem tirar os olhos das miniaturas, o Bispo abre a gaveta da mesa.

Na mão dele, vejo um pedaço entalhado de pedra verde lascada. Outra miniatura. Parte do mesmo conjunto, entalhada pela mesma mão. O Bispo a coloca ao lado da minha.

— Isso não pode ser uma coincidência. — Ele me olha. — Parece-me mais um sinal.

O Buda de Esmeralda.

— Não acredito.

A peça de xadrez dos meus sonhos, aquela que a garotinha de jade me deu.

— Acredite — diz ele. — Isto aqui era do meu irmão.

— Onde ele conseguiu? E por quê? — pergunto, pensativa.

— No Buraco, acho. Ele era bom em catar coisas, meu irmão. Ele encontrou você, não foi?

Assinto, sem palavras.

— Além disso, eu nunca soube por que ele me enviou isso... pelo menos não até agora. Desconfio — diz o Bispo, sorrindo — que na verdade ele tenha mandado para você. Talvez tenha sonhado, como um dos seus sonhos. Tome.

O Bispo empurra a peça entalhada em minha direção.

— Leste da Ásia — diz ele, devagar. — Provavelmente é com isso que você tem sonhado. Pelo menos é assim que me parece, pela sua descrição.

— Parece?

— Campos encharcados? Arroz se planta na água. São esses os campos que você está descrevendo. Acho que está sonhando com arrozais.

— Continue — falo, esforçando-me ao máximo para não me deixar acreditar nele. Não alimentar esperanças.

— As árvores sem topo, isso é a floresta, sob o dossel. O templo dourado na colina, isso provavelmente significa que não é nas Américas, mas na Ásia. No Leste da Ásia, talvez. Ou ao sul.

— E o verde sobre verde? O verde tudo?

— Quanto mais verde, mais ao sul. Como falei, meu palpite seria o Leste da Ásia, talvez as Colônias SA. Do projeto de aterramento do Sudeste da Ásia.

Do outro lado do mar. Mais longe do que qualquer coisa que já imaginei.

O Bispo pega o macaco de jade, vira o objeto várias vezes nas mãos. Então franze a testa.

— Na verdade, Fortis chegou a contar que trabalhava nas Colônias SA, Doloria?

— Trabalhava?

O Bispo assente.

— Tem muita coisa que você não sabe sobre o Merc, acho. — Ele franze a testa. — Não sabia. Conforme falei, sinto muito sua perda. Por todas elas.

Faço que sim com a cabeça, engolindo em seco.

— Acha que pode me ajudar? — Olho para o Bispo.

Ele assente devagar.

— Talvez possamos determinar o número de templos dourados construídos em topos de montanhas vistos dos arrozais. Poderíamos pelo menos tentar.

Pela primeira vez, parece, de fato, lógico. Possível. Assustadoramente possível.

Ele pega um mapa, traça rotas entre nós e as Califórnias — entre as Califórnias e o Leste da Ásia.

— Está bem quente lá fora agora. A atividade dos Simpas está no máximo. E não apenas em nossa montanha; daqui até o Buraco, está fervilhando.

— Não tenho escolha, Bispo.

Ele concorda com a cabeça, batendo no mapa.

— Tudo bem, então. Se vai procurar em algum lugar do Leste da Ásia, sei de um navio a caminho de lá, saindo de Porthole, daqui a três dias no máximo. É uma viagem rotineira. Temos um contato com um navio, um bom grupo de Latões subornáveis. Provavelmente a colocariam para dentro, se você estiver segura quanto a isso.

Três dias.

Quase posso sentir o passarinho bater as asas quando ouço as palavras.

— Mas, Dol, mesmo que consiga cruzar o Novo Pacífico, é outro jogo por lá. Você pode entrar em apuros no momento em que colocar os pés em terra. E lá não haverá ninguém para ajudá-la. Ninguém em quem possa confiar.

Fico de pé.

— Isso não seria novidade. Vou falar com os outros.

É isso o que digo, mas já sei a resposta. Não sobrou ninguém para nos ajudar em lugar nenhum. Não mais. Não importa o quanto queiram.

Vamos arriscar.

Não nos restam muitas chances também.

Fico deitada na escuridão, ouvindo a respiração de Tima. Durante alguns momentos, é reconfortante observar o desligamento de outra pessoa.

Até não ser mais.

É esquisito que uma camponesa tenha uma confortável cama, algo tão raro, e ainda assim consiga não se sentir nem um pouco confortável.

Esta noite minha cama parece um túmulo.

Eu me viro e me atormento com pensamentos. É como cutucar uma casca de ferida, mas pior, porque a casca nunca sai. Só continuo mexendo.

Três dias.

Um navio parte em apenas três dias.

Sou realmente corajosa assim?

Sou mesmo capaz de fazer o que Fortis queria e deixá-lo para trás — encarar o Leste da Ásia ou os Terrenos Alagados ou as Colônias SA sem ele? Sem nem mesmo sua memória?

Tudo por causa de meus sonhos?

Reviro o corpo, tentando outra posição, enterrando o rosto no travesseiro.

É demais para mim. Não sei as respostas. As perguntas estão ficando grandes demais.

Talvez eu queira ser pequena.

Talvez eu queira ser pequena, rasa e superficial. Talvez eu queira que minha vida seja feita de pequenos problemas e decisões menores.

O que comer no café da manhã. Aonde ir ou não ir. O que fazer ou não fazer. Do que gostar ou não gostar.

A quem amar.

Será que isso também é pequeno? Será que importaria?

Se minha vida fosse mesmo tão pequena, seria diferente? Será que eu saberia?

Sentimentos pequenos? Como seria isso?

Eu acordaria sem o coração acelerado.

Veria um rosto envelhecido por aniversários e não enxergaria a própria morte.

Eu ficaria calma à luz do sol, sem desejar que as nuvens surgissem.

Eu ficaria tranquila comigo mesma. Comedida.

Será que eu estaria feliz? A felicidade também é um sentimento pequeno? Pode ser?

Fecho os olhos e penso, mas o sono não volta.

Então faço o de sempre. Paro de tentar ficar confortável. Em vez disso, levanto e sigo em frente.

Preciso. É tudo o que sei fazer.

Pego as roupas e a mochila. Enfio os pés nos velhos coturnos. Familiar. E perfeitamente desconfortável.

Então reparo que a cama começa a chacoalhar sob meu casaco dobrado. Pego o casaco, olhando para o teto, onde a lâmpada começa a oscilar.

Arquejo, levando as mãos às têmporas. Minha cabeça lateja como se fosse explodir. Mil vozes gritando me encurralam, todas ao mesmo tempo, e não consigo discernir uma palavra do que estão dizendo.

Parem.

Devagar.

Não consigo entender.

Pergunto-me se é um terremoto. Os sons e as sensações se assemelham aos dos Trilhos quando um trem se aproxima.

— Tima — falo. — Tem alguma coisa acontecendo.

— Eu sei.

Viro-me para procurar Tima quando ela me puxa com força e nos esprememos debaixo da mesinha.

O brilho azul agora familiar começa a aumentar ao nosso redor, nos abrigando.

Tima cuida de mim — como sempre faz.

É quando as paredes cedem.

É quando os gritos surgem ao redor.

É quando as sirenes começam a berrar.

OFÍCIO DA EMBAIXADA GERAL: SUBESTAÇÃO DO LESTE DA ÁSIA

MANIFESTO URGENTE
SOMENTE PARA APRECIAÇÃO DE
PESSOAL IDENTIFICADO

Subcomitê Interno de Investigações 115211B
RE: O Incidente nas Colônias SA

Nota: Contatar Jasmine3k, Humano Híbrido Virt. 39261. SA, Assistente de Laboratório da Dra. E. Yang, para comentários futuros, conforme necessário.

HAL2040==> FORTIS
06/07/2046
Varreduras de PERSES/Carga cont.

//início do logcom;

HAL: Rápida atualização em minha pesquisa e análise — por favor, leia as anotações a seguir quando desejar:;

Conforme o asteroide PERSES se aproxima, mais análises detalhadas revelaram o que é semelhante a uma carga extra. Não militar, ao que parece. Possivelmente biológica.;

Infelizmente, contêineres da carga estão protegidos (semelhante a NULO), impedindo todas as tentativas de distinguir conteúdo.;

Pode-se inferir, no entanto, que o escudo pode indicar materiais biológicos, ou eletrônicos altamente sensíveis?;

Nenhuma informação suplementar em minhas varreduras dos sistemas expostos de PERSES explica a carga. Mas talvez o pouco que NULO tenha revelado sobre seus objetivos possa nos apontar para a direção correta?;

Quanto a NULO, que deve saber mais do que está disposto a dizer, presumo que qualquer referência direta e instruções relativas à carga delicada sejam parte do núcleo protegido dele, e, portanto, inacessíveis por quaisquer meios à minha disposição.;

//fim do logcom;

12 O FIM DOS IDÍLIOS

— Cabeça abaixada. Continue se movendo. Fique na lateral, perto da parede. — Tima resmunga ordens e obedeço automaticamente. Ela não perde o controle. Passou a vida toda se preparando para isso, para momentos como este.

Mesmo assim, segura Brutus com força contra o peito como um bicho de pelúcia.

Um terremoto? É isso?

Abrimos caminho pela multidão enlouquecida de Cinturões que lota os corredores, nos dirigindo instintivamente para os quartéis, onde os garotos estão dormindo. Quando nos empurramos para dentro do quarto, vejo que as longas fileiras de camas estão vazias. Assim como os armários de armas.

É a primeira vez que percebo que pode não ser um desastre que está destruindo as paredes, mas uma batalha. Armas são desnecessárias em um terremoto.

As armas sumiram porque as pessoas as pegaram.

Os soldados sumiram porque alguém está atacando.

Simpas, penso. *Simpas*, espero. Terrível, mas ainda humanos. A outra possibilidade é horrível demais para se pensar.

Então sinto a mão de Ro em meu braço, latejando, como se ele tivesse corrido por todos os corredores dos Idílios até me encontrar, o que provavelmente fez.

— Dol — chama ele, sem fôlego. — E T. Aí estão vocês.

Lucas está alguns passos atrás. Ele envolve minha cintura com o braço e me puxa tão rapidamente e com tanta firmeza que meus pés quase não têm tempo de tocar o chão.

Ele já não fala, mas vejo a determinação sombria nos olhos dele e consigo sentir sua pulsação no ponto do pescoço onde minha mão toca. Consigo decifrar cada batida forte de seu coração.

Nada vai acontecer com você, Dol. Nunca. Prometo.

Então percebo que posso estar sentindo o corpo de Lucas, mas as palavras vêm de outro lugar.

De alguém.

É Ro. Ouço Ro me alcançar, desesperadamente, inconscientemente, no que parecem nossos últimos momentos juntos. Porque é isso o que fazemos.

Fazíamos.

Mesmo agora, meu coração está acelerado.

Quando minhas botas roçam o chão de novo, sei que não devo acreditar em meu coração, ou no de qualquer outro ao redor.

Porque num instante somos sugados para a multidão de soldados que invade os corredores da montanha do Cinturão e logo estamos sendo atacados por um inimigo invisível.

No hangar principal, abrimos caminho entre soldados que desempacotam caixas de munição e prendem balas ao corpo. Ro pega um cinto de munição e imito o gesto, jogando o cinto sobre o ombro. Como se eu soubesse o que fazer com um cinto de munição.

Lucas e Tima fazem o mesmo que nós, silenciosos. Está barulhento ao redor, penso, mas ninguém parece estar falando. As sirenes estão mais altas do que qualquer palavra.

O Bispo aparece diante de nós.

— Estão bem? Todos vocês? — Ele nos olha, contando. *Camponesinha, Cabeça quente, Botões e Medrosa.* Mais ou menos. Não preciso ler a mente dele para saber disso.

Não há tempo, no entanto, e o restante de suas palavras vem aos tropeços.

— Os túneis foram invadidos. De alguma forma. Os batedores não viram nada, então não sei exatamente o que está acontecendo, mas não vamos arriscar. As passagens principais estão cedendo. Se isso continuar, ficaremos isolados do mundo externo em minutos.

A sala chacoalha ao meu redor quando pedaços de rocha caem do teto. Estremeço para afastar o pânico e grito mais alto do que todo o barulho:

— Eles podem fazer isso? Um bando de Simpas?

— Não. Nada desta Terra pode. — O Bispo inclina o rosto para mim, abaixando a voz. — Entende o que estou dizendo, Doloria?

Não. Não entendo. Não quero entender. Quero que tudo seja do modo como era quando nossos únicos inimigos eram humanos.

— Os Sem Rosto — diz Lucas. — Os Ícones. Estão crescendo. Já vimos acontecer... não é só aqui.

— Não. Não aqui. — Ro segura a espingarda, furioso. Não há ninguém em quem atirar, nada em que atirar. — Não vou deixar.

— Olhem aquilo. — O Bispo aponta para o teto cavernoso acima de nossas cabeças, do qual vejo algo escuro e pontiagudo despontando. Uma chuva de pedrinhas cai sempre que uma daquelas raízes novas e angulosas surge no teto da caverna. Lucas parece enjoado.

Tima olha para o alto.

— Definitivamente os Ícones. Achamos que estavam conectados no subterrâneo. Agora sabemos.

O Bispo assente.

— Parece que estão se expandindo. Como se estivessem procurando alguma coisa. — Ele não precisa dizer, mas o faz assim mesmo. — Como raízes em busca de água. Ou de vocês. Talvez aquela coisa os tenha seguido até aqui.

— Isso é impossível — diz Tima.

— Não. Não, não, não — fala Ro. Ele aponta a espingarda para o alto e mira na protrusão escura mais próxima, então atira, e todos nos abaixamos. O estouro ricocheteia e poeira voa.

Ro caminha na direção da coisa, mas não está danificada. *É claro que não*, penso, lembrando-me do tipo de poder de fogo explosivo que foi preciso para danificar o primeiro Ícone.

— Não adianta. E está em toda parte. Vindo da terra — diz Bispo. — E das paredes à nossa volta. Da própria terra. É como se esse negócio estivesse crescendo, buscando alguma coisa, e a montanha está desabando.

Lucas se volta para mim.

— Dol, você precisa desvendar isso para nós. Por que isso, por que eles estão nos seguindo? O que você está captando? — Lucas estende a mão para mim. Olho para ele, então para Ro, que assente com relutância.

Ro me conhece melhor do que qualquer um, até mesmo Lucas. Me conhece, e sabe o que posso fazer.

— Botões está certo. Você só precisa deixá-lo entrar. Sei que consegue sentir o que quer que esta criatura esteja fazendo. Precisamos saber.

As palavras de Ro são baixas, a voz dele é quase reconfortante. A não ser que você leve em conta o que está me pedindo para fazer. Lucas olha para Ro, e até mesmo Tima parece assustada.

— Não quero, Ro. Estou com medo. — Meu poder não costuma me assustar, mas dessa vez assusta. Não importa o que seja aquela coisa lá fora, não quero senti-la. Não quero tocá-la. Nem mesmo com a mente.

Olho de Ro para Lucas. Noto a expressão de dor no rosto de Lucas, que odeia perceber que nesse momento Ro ainda exerce sobre mim a mesma atração que ele.

Do mesmo jeito que ele exerce.

Não posso mudar a história. Não posso mudar a verdade. E não posso impedir que Ro seja importante para mim.

Principalmente agora.

Eles dependem de mim. Eu, contra um Ícone que cresce, se expande. De novo, não. Não posso fazer isso de novo. Mas sou tudo o que eles têm.

Sendo assim, quando Ro estende a mão, eu a seguro. O calor percorre meu corpo, fluindo pelo braço.

Então busco Lucas com a outra mão.

Ele hesita. Eu, não.

— Por favor, Lucas. Preciso... preciso de vocês dois. Não tenho força suficiente sozinha. Não com o mundo desabando em volta.

Sinto Lucas se tranquilizar, e ele pega minha mão e a beija. Assim que seus lábios tocam meus dedos, eu o sinto. Ele está ali, tanto quanto Ro; seu calor é tão seguro quanto a ousadia de Ro, um fogo que aquece, ao passo que o de Ro queima.

Preciso dos dois, penso. *E sempre amarei os dois.*

Então me expando até sentir o caminho pelo caos dentro da montanha rumo ao caos aos pés dela. Deixo os corações humanos para trás e busco o que quer que tenha sobrado na escuridão. Sigo mais e mais longe, mais e mais fundo, porque posso.

Porque não estou sozinha nisso.

Então fica claro — perfeita e dolorosamente claro —, e por mais que não queira verbalizar ou acreditar, eu o faço.

Posso sentir vocês, diz a voz.

Nulo. É o nome que a voz em meu sonho deu para si — e é a mesma voz que ouço agora.

A mesma palavra na qual Fortis estava pensando quando os lordes o levaram.

— O que você quer? — pergunto em voz alta.

Posso ver os outros me olhando, confusos. Não tenho tempo para explicar. Em vez disso, fecho os olhos e me concentro na voz.

Vocês são, ainda, algo belo. O modo como seus corações batem — uma bola de gás pulsante. O modo como seu sangue corre — um rio.

— Por que está nos seguindo? Por que isso? Apenas diga. Não precisa fazer isso. — Estou gritando, sei que estou, mas não consigo evitar. Não quero conectar minha mente a esta coisa. Só quero usar a voz.

Parece mais seguro assim, mesmo que não seja — e só agora percebo o quanto estou com medo.

Apenas me contem, fala a coisa. Tudo ligado a vocês cresce, tudo perto de vocês e dentro de vocês. Cresce, se modifica e morre. Vocês são movimento, velocidade, progresso e putrefação. Vocês são o universo conforme este se expande e se desdobra.

Grito o mais alto que consigo.

— Quero que você pare. Quero que isso pare. Deixe a gente em paz. Saia de minha cabeça.

Vocês consomem tudo, então se consomem. São a destruição em si. Sua vida toda é destruição.

— Isso não é verdade. Nós criamos, não destruímos. — Minha voz está ainda mais alta, mas não consigo fazer a outra ouvir.

Destruição impele. Destruição é sua força vital.

— Não. Não... Está errado.

Deixe-me entrar. Vou destruir vocês, lindamente. De forma digna, ajudarei vocês a destruírem seu lindo eu.

— Saia, está ouvindo? Saia da minha cabeça! — berro de novo.

Então abro os olhos.

Meus amigos me cercam e os rostos deles parecem estranhos para mim, como pérolas num colar. Um fio de contas humanas.

Eles parecem tão alheios a mim, é difícil me lembrar de que sou um deles.

E estou tão exausta que mal consigo falar.

— Consigo sentir — digo, por fim. — Está me buscando. Como se estivesse pairando sobre mim.

— Procurando por você? Ou apenas por nossa base? — O Bispo se aproxima.

Esforço-me para me afastar das sombras na mente. Para ir contra o tal Nulo.

— Ele consegue me sentir, acho. Não estou louca. Não estou imaginando coisas. Está aqui e sabe que estou aqui.

— Eu queria que você estivesse louca. Queria que pelo menos estivesse errada. — Ro apoia a testa em meu ombro e sinto meu alcance se expandindo, meus poderes ficando tão mais fortes.

— Ele fica falando em destruição. Em nos aniquilar. Talvez esteja apenas nos procurando.

Lucas segura minha mão com mais força, e meu coração começa a latejar. Sei o quanto ele odeia usar seu poder, e me odeio por fazer isso com ele. Mas nós dois sabemos — todos sabemos — que não temos escolha.

— Está se aproximando. — Abro os olhos, soltando suas mãos. Sinto a mesma vertigem que senti quando nos aproximamos do Ícone pela primeira vez no Buraco. Só um pouquinho, mas jamais me esquecerei daquela sensação.

Não se parece com nada na Terra.

Olho para os outros, e eles também sentem. O pânico sobe pela minha garganta.

Não consigo segurar.

Vomito, despejando bile nas botas e no chão diante de mim.

Então, sem aviso, o feitiço é quebrado e a temperatura na sala despenca até o ponto de eu conseguir enxergar a condensação da minha respiração entrecortada.

Limpo o rosto com a manga da camisa.

— Talvez não seja você que eles sentem. Talvez nem sejamos nós. Talvez seja isto. — Tima estende a mão e toma a mochila de mim, abrindo-a. Dentro, enrolado num pedaço de pano, bem lá no fundo, está o estilhaço. O pedaço do Ícone do Buraco que guardo comigo.

Lucas, Tima e Ro encaram o objeto como se fosse uma faca ensanguentada. A arma de um crime.

Era.

Pelo menos, parte de uma.

— Por que você ainda guarda esta coisa? — Lucas me olha de modo estranho. Percebo que estou ficando na defensiva, e não sei por quê. Não é como se eu estivesse escondendo aquilo deles esse tempo todo.

Ou estava?

— Não sei. É um lembrete, acho. Do que fizemos lá no Buraco — digo.

— É, bem, não precisamos nos lembrar de algumas dessas coisas — resmunga Ro.

Estendo a mão para o estilhaço — e a puxo de volta, assustada.

— Está quente.

E não apenas quente, mas irradiando calor. Como se estivesse sendo queimado por um fogo interior. Nunca vi nada assim.

Algo está mudando, penso.

Sim, diz a voz. Ela me assusta de novo — como sempre.

O que você quer? Olho para o estilhaço enquanto penso nas palavras.

Isso é nosso.

Para recuperarmos.

Nos movemos rumo a nossa união.

— É isso — diz Tima. — Só pode ser. Eles sabem que está aqui, então sabem que estamos aqui. Os semelhantes se conhecem.

— Ela está certa — afirmo. — A voz diz o mesmo. Quer todos os seus pedaços de volta.

Ro parece confuso.

— Mas como? E por que não antes? Por que só veio atrás do estilhaço agora?

Tima dá de ombros, ou estremece, não sei ao certo.

— Talvez os Ícones não conseguissem detectar até trazermos para o subsolo. Sabe, onde as raízes conectam todos eles.

Ela pega o estilhaço com cuidado.

— Se pensar bem, não é tão diferente das naves que conseguem rastrear o bracelete de Lucas e o comunicador. Este estilhaço é um pedaço real de um dos Ícones.

— Como o pé de coelho cortado — diz Ro, sacando o amuleto.

Lucas olha do pé de coelho para o estilhaço.

— Os semelhantes se conhecem.

Observo a cena ao meu redor e, nesse momento, sei que Tima está certa. As raízes estão se expandindo, se conectando, se retorcendo em nossa direção. Em direção ao estilhaço.

A cada momento, o zumbido em meus ouvidos fica mais alto e a minha cabeça começa a latejar. Não é só com a gente. Vejo o Bispo ficar pálido, encolhendo-se com um novo tipo de dor.

O Ícone não está apenas se estendendo até nós, está ganhando força. Se continuar em frente, se conectando, crescendo... ninguém ali vai sobreviver.

Você se preocupa?, pergunta a voz.

Estremeço. A voz agora consegue me encontrar sem que eu tente me conectar a ela. É como uma rede da qual não consigo me desvencilhar — como o comunicador que tentamos desesperadamente encontrar e consertar.

Só que agora eu daria tudo para desligá-lo.

As vidas de outras criaturas a preocupam?

Curioso.

Por quê?

O Bispo, suado, olha em volta da sala; soldados Cinturões com medo nos olhos se preparam para uma luta que não têm chance de vencer.

— Então está decidido. Precisam sair daqui. — Ele me oferece uma espingarda, joga outra para Lucas. Ro gira a própria arma sobre o ombro.

— Não. — Lucas olha para o Bispo. — Não podemos abandonar vocês. — Ele aperta as mãos contra o ouvido ao falar. O zumbido só aumenta.

Ro se intromete.

— Dessa vez estou com Botões. Vamos tirar vocês daqui. — Ele também sente dor, mas não vai demonstrar, exceto pelos punhos fechados com força.

Relutantemente, pego a arma que o Bispo estende para mim.

— Agora me dê isto. — O Bispo pega o estilhaço de Tima, enfiando na própria mochila. — Vou pegar este pedaço de isca de Sem Rosto e descer. Tentar atrair essa coisa, seja ela o que for, para baixo e para longe das entradas. Longe de vocês.

— Você tá maluco? — Não suporto ouvir aquilo.

Ele sorri.

— Com certeza. Vou para a ala oeste nos túneis. Vocês seguem para leste, para a saída pelos poços da mina. Se isso funcionar, ainda podem conseguir sair.

Não sei o que dizer.

— O que você vai dizer aos seus homens?

O Bispo dá um beliscão na minha bochecha suja.

— Vou dizer obrigado. E que foi uma honra. E que estamos fazendo isso por uma boa causa... e por uma Camponesinha que pode acabar salvando o mundo.

Ele estende a mão para mim e eu o puxo para um abraço apertado.

— Essa é você, aliás.

— Foi uma honra — murmuro para ele. O Bispo se afasta, voltando a ser o soldado.

— Agora vão salvar o mundo. — E com isso, vai embora.

Desse momento em diante, tudo começa a embaçar, embora o que consiga enxergar permaneça impresso em minha mente, vívido como chama.

Seguimos pela escuridão da montanha. Nada parece real. Em um minuto, as pessoas estão gritando, correndo para os túneis. Então no seguinte — começando pelos mais velhos e pelos mais jovens — as pessoas começam cair.

Silenciadas. Imóveis. Sem vida.

A dor pulsante dos Ícones cresce em minha mente.

Não posso ajudá-las.

Não posso parar de correr.

Acontece em câmera lenta, acontece muito rápido.

É como se eu não estivesse ali, e como se fosse a única ali.

Não sei para onde olhar. Estou apavorada demais para focar em qualquer coisa.

Então quando o chão começa a se abrir ao meu redor, não vejo a causa daquilo. Não vejo a explosão que acerta o teto logo acima de mim, as raízes dos Ícones penetrando, se enveredando para baixo. Não vejo os pedaços de pedregulhos, gesso, canos e paredes de contenção se partindo como fogos de artifício e chovendo em cima de mim como se estivessem caindo do céu.

No entanto, eu sinto tudo.

Parte de uma viga de suporte atinge minha cabeça e caio; mas achei que estivesse correndo.

Agora não estou correndo.

Afundo e me dobro como um fantoche.

Não uma pessoa, penso.

Nada daquilo parece estar acontecendo com pessoas de verdade. *Com meus amigos. Com o Bispo. Comigo.*

Quando apago, ouço a voz dos sonhos. O pássaro com voz.

Está esperando por mim, mesmo agora.

Curioso. Avaliando. Presente.

Você também vai sobreviver a isso?

Eu vou?

Você não luta. Você poupa sua força. Você se esconde.

Isso é sábio.

Eu sei.

Eu sei porque é o que faço.

Sei porque estou aqui por você e vim de muito, muito longe.

Abro os olhos e vejo a morte conforme ela acontece. Vejo o fim da vida, em todo lugar que olho.

Os túneis estão desabando. Cinturões estão caindo ao meu redor. Assim como fragmentos da montanha em si.

Vamos morrer aqui, penso. *Esse é o fim de nossa história. É assim que termina.*

Não é O Dia. É apenas um dia. Hoje.

Uma fumaça espessa espiralada flutua, entrando e saindo do meu campo visual. Meus ouvidos estão zunindo e não consigo manter os olhos abertos. Tudo está embaçado, mas mesmo assim... eu os vejo.

Vejo Lucas, caindo de joelhos e segurando uma flor vermelha que escorre e desabrocha na lateral da barriga dele, tirando um pedaço de metal caído da pele macia do próprio corpo.

Vejo um homem com um pedaço de obsidiana preta lhe empalando o peito.

Reconheço as marcas prateadas de patente no colarinho dele, como as de Bispo.

Os pássaros que agora conheço não voltarão de verdade.

Não para ele.

Ele já se foi.

Penso no Bispo, que desceu em vez de subir, correndo para o próprio fim, somente para atrair aquela morte negra e sorrateira para longe de nós.

Pergunto-me se já está tudo acabado para ele.

A montanha está desabando de dentro para fora; o coração da montanha é destruído conforme o coração do Bispo é calado.

Ninguém está saindo, só a gente.

Nem pessoas, nem pássaros, nada.

Porcaria de pássaros.

Um porco e um Padre e agora um Bispo também, penso. *Os irmãos Calderón, ambos agora tão Silenciosos quanto uma Cidade.*

E meus pais, e os de Ro, e Cidades Silenciosas inteiras de pais.

Quero chorar, mas sei que não há tempo.

Sinto como se precisasse morrer em vez disso. Como se tudo o que vi, tudo o que sei, fosse veneno. Isso me invade, se espalha por todas as células do meu corpo, por todos os pelos, a cada respiração — e não há nada que eu possa fazer para escapar.

Para não ver o que vi.

Para não saber o que sei.

Meus dedos se enroscam sobre um pássaro prateado antes que eu saiba o que estou fazendo. Arranco o objeto do colarinho do homem.

Para me lembrar da esperança, agora que ela se foi.

Ao meu redor, as pessoas estão se transformando em pó, sombras e nada. Rastejo entre corpos até encontrar uma vagoneta vazia. Arrasto-me para o espaço entre o carro e o chão.

Chumash rancheros *espanhóis californianos norte-americanos camponeses os lordes o Buraco. Chumash* rancheros *espanhóis californianos norte-americanos camponeses os lordes o Buraco. Chumash* rancheros *espanhóis californianos norte-americanos camponeses os lordes o Buraco.*

Não ajuda. Não mais.

Eu me encolho como uma bola ali, tremendo. Levo as mãos aos ouvidos, fecho os olhos até que os tremores, o barulho e o Ícone parem.

Esperando.

Até que a dor morra. Até que a fumaça se dissipe.

Até que as vozes em minha cabeça se calem.

— Dol. Ouça. Levante. Corra. — É Ro, me obrigando a continuar, a fazer o que ele diz. O que ele faz. A viver.

Então obedeço. Sigo a voz de Ro para sair da escuridão.

Seguro o pássaro prateado e sigo — até meus dedos sangrarem e minhas passadas pararem e os Idílios não mais existirem.

Esperança não é a coisa com plumas.

Não é nada.

Não mais.

OFÍCIO DA EMBAIXADA GERAL: SUBESTAÇÃO DO LESTE DA ÁSIA

MANIFESTO URGENTE
SOMENTE PARA APRECIAÇÃO DE
PESSOAL IDENTIFICADO

Subcomitê Interno de Investigações 115211B
RE: O Incidente nas Colônias SA

Nota: Contatar Jasmine3k, Humano Híbrido Virt. 39261. SA, Assistente de Laboratório da Dra. E. Yang, para comentários futuros, conforme necessário.

NOTAS DE PESQUISA PESSOAL

Paulo Fortissimo
08/03/2048

A "carga" de Perses é extremamente perturbadora. Se minha análise estiver correta (hah!) e Nulo de fato possuir dispositivos com a habilidade de interromper toda atividade elétrica até o nível químico/biológico, estamos muito perdidos mesmo. Infelizmente, Doc determinou com clareza que, em larga escala, produzir grandes contramedidas para os "dispositivos" de Nulo não é factível. A energia necessária é demais, muitas incógnitas.

Minha melhor proposta é buscar uma solução em escala menor. Atualmente considerando produzir imunidade (e mais) em nível individual. Pesquisa sobre o sistema límbico, aumento de superfície/massa do neocórtex, energia inexplorada, ondas

CEREBRAIS ETC... É TUDO BASTANTE PROMISSOR, MAS ESTOU FICANDO SEM TEMPO. (PRECISO MESMO FAZER ALGUMAS LIGAÇÕES EM BUSCA DE AJUDA, MAS VALE A PENA ABRIR VELHAS FERIDAS?)

NÃO OBSTANTE, SE EU ESTIVER CERTO (HAH, HAH!), ENTÃO PRECISAREI COMEÇAR A ENGENHARIA BIOLÓGICA BEM NO PRINCÍPIO. E MINHAS CONTRAMEDIDAS MAIS VIGOROSAS PRECISAM ESTAR AQUI LOGO, ANTES DE NOSSO VISITANTE CHEGAR E, DEUS NOS LIVRE, APAGAR AS LUZES.

ISSO, NO MÍNIMO, NOS DARIA UMA CHANCE DE REVIDAR.

QUE BOM QUE SOU UM BAITA GÊNIO.

13 QUATRO

Sigo Ro pelas passagens sinuosas até que a sala se amplie numa espécie de armazém. Há um caminhão de mantimentos dos Cinturões ali, aguardando por nós.

Juntamente a Lucas e Tima.

Ainda bem.

— Dol! — grita Lucas para mim em meio à fumaça, e mal consigo ouvi-lo sobre o som abafado das paredes desabando atrás de nós.

Não está longe o suficiente — soa mais alto a cada momento.

— Vamos. Precisamos abrir isto aqui. A entrada da mina fica do outro lado. — Lucas gesticula com a cabeça, e vejo que ele está tentando destravar uma das enormes portas de correr que ladeiam a parede. Tima também empurra, mas não tem força o suficiente.

— Vamos! — grita ela, cerrando os dentes.

Lucas não se sai muito melhor. Ele não usa os braços — está empurrando apenas com o ombro. Tento não olhar para a grande mancha vermelha na camisa dele.

— Você está ferido. Deixe-me tentar. — Ambos nos abaixamos instintivamente quando o som de um fragmento de rocha desabando ecoa atrás de nós.

Mais alto a cada minuto.

Lucas sacode a cabeça.

— Ouviu isso? Não temos muito tempo.

—- Saiam da frente, crianças, isso é trabalho para um homem feito. — Ro me puxa para trás e Lucas desaba no chão, agradecido. Então ele empurra, queimando por dentro, até que o portão se abre, rangendo. A luz vaza pelo duto de ventilação até o túnel em que estamos.

Tima se curva, tentando recuperar o fôlego.

— Lordes do inferno! Isso foi bom. — Ro limpa o suor do rosto, impiedoso. — Agora vamos dar o fora daqui, e aleluia.

Não tenho tempo de rir do uso que ele faz da frase preferida do Padre, não agora. A abertura no portão parece, por pouco, ser suficiente para que um carro passe. Devia ser por onde eles entravam e saíam com as coisas dali, pois o portão é muito maior do que aquele por onde entramos. Mas dá para ver que Lucas está certo, aquela passagem leva ao exterior. Sinto o ar entrando, o cheiro do frio.

Tento ignorar o barulho da montanha caindo atrás de mim. Agora Lucas está recostado na lateral do caminhão, o qual Ro ainda tenta ligar — algo que envolve punhados de fios de todas as cores imagináveis.

— Não sei qual fio se conecta onde...

A corrente constante de profanidades que ele solta me diz que não está ligando rápido o suficiente.

Tima balança a cabeça e estende a mão diante de Ro, então vira a chave, que já estava na ignição.

Ela dá de ombros.

— Lembra-se do pé de coelho?

Ro ergue o rosto com um sorriso quando o motor do caminhão ganha vida, fazendo o assento debaixo dele vibrar.

Ro gesticula para mim e Tima.

— Entrem.

Tima sobe, e Brutus segue apressadamente atrás dela. Hesito, virando-me para ajudar Lucas. Ele faz pressão na camisa, na lateral ensanguentada, estremecendo quando dá impulso para dentro do veículo.

Ainda hesito.

— O Bispo. E se...

Ro me olha pela janela do caminhão, balançando a cabeça.

— Eu sei. Também não quero deixá-lo para trás — diz ele, baixinho. — Qualquer um deles, mortos ou vivos. Mas não temos escolha.

— Foi o que dissemos da última vez. — Olho para as botas de Ro, manchadas de vermelho e marrom. Sangue e lama. Não sei se quero saber como aquela sujeira chegou ali, então não pergunto, porque ele está tentando me puxar para si e é hora de partir.

Não quero saber.

— Dol. É isso que o Bispo queria. — Lucas obriga as palavras a saírem entre os dentes.

Tima estende a mão para me ajudar a entrar.

Não consigo me obrigar a ir.

— Tem certeza? — Olho de Lucas para Ro, mas não preciso perguntar.

Eles têm certeza. Dá para ver nas expressões deles. Dos dois.

Eles fariam qualquer coisa para entrar naquela luta — exceto arriscar minha vida. O que significa que farão de tudo para ir embora.

Agora.

— Dol — diz Ro, ansioso. — Você tem cinco segundos antes que esta montanha desabe sobre nossas cabeças.

— Eu sei — digo.

— Quatro segundos. — Agora é Lucas me puxando para dentro, embora o ferimento o tenha enfraquecido ao ponto de ele mal conseguir me erguer.

Tento de novo.

— Ele era irmão do Padre.

— Três segundos. — Ro sequer olha para mim. Tima estende a mão até mim, puxando o mais forte que consegue.

Estou no caminhão agora, mas não paro.

— Diga que esta não é sua luta, Ro. Olhe nos meus olhos e diga que não somos desertores, e eu irei com vocês.

Ro me fita e os olhos dele parecem fogo. Lucas segura meu braço com mais força.

— Dois. — Ro passa a marcha no caminhão e minha cabeça ricocheteia contra o encosto do assento.

Dois segundos, penso.

É quando a rocha atrás de nós explode no ar, fragmentos atravessam o caminhão e lascas negras entram na caverna.

A poeira enche meus olhos e percebo que Ro estava errado.

Ele errou por um segundo.

Estamos mortos.

Ro pisa fundo no acelerador, disparando para o portão aberto.

Freamos e reduzimos a velocidade ao passar raspando pelo portão, metal rangendo, faíscas voando — mas Ro consegue nos atravessar.

Ele acelera em direção à luz.

Passamos pela entrada e olho para trás, notando que a fumaça e a poeira estão se dissipando, revelando o que um dia foi uma abertura cavernosa atrás de nós, a parte da parede da caverna que desabou sobre si mesma.

Os Idílios estão selados.

Viro-me e sinto o frio, vejo a luz forte brilhando ao redor conforme aceleramos pelo ar livre.

A luz fere meus olhos. Aparentemente, eu estava me acostumando à escuridão. Eu não sabia.

Assim que nos afastamos o bastante da montanha, Ro pisa nos freios e o caminhão derrapa até parar no cascalho.

Diante do veículo, de pé na estrada, entre nós e a liberdade, está um homem.

Quando a fumaça se dissipa entre nós, ele se aproxima devagar, como uma aparição.

— Que parte de "não sejam mortos" vocês não entenderam?

O homem dá mais um passo, cambaleando para a frente, como se caminhar fosse difícil. Então vejo que as roupas dele estão manchadas de sangue e imundície — ele parece ter sido espancado até a vida estar por um fio.

E vejo outra coisa.

Uma coisa importante.

Um sobretudo surrado esvoaçando em meio ao caos.

É Fortis.

OFICIO DA EMBAIXADA GERAL: SUBESTAÇÃO DO LESTE DA ÁSIA

MANIFESTO URGENTE
SOMENTE PARA APRECIAÇÃO DE
PESSOAL IDENTIFICADO

Subcomitê Interno de Investigações 115211B
RE: O Incidente nas Colônias SA

Nota: Contatar Jasmine3k, Humano Híbrido Virt. 39261. SA, Assistente de Laboratório da Dra. E. Yang, para comentários futuros, conforme necessário.

NOTAS DE PESQUISA PESSOAL

PAULO FORTISSIMO
11/09/2050

UMA VOZ EM MINHA CABEÇA DIZ QUE EU DEVERIA ALERTAR O MUNDO A RESPEITO DE PERSES. MAS ENTÃO DIGO À VOZ: O QUE O MUNDO PODE FAZER QUE EU NÃO POSSO?

E NUNCA ESTOU ERRADO. CERTO?

DESCULPE, VOZ.

NÃO CONFIO NA ONU, OU EM NENHUMA DAS CABEÇAS FALANTES QUE COMANDAM O SHOW EM NOSSA ALDEIA GLOBAL. FANTOCHES, MOTIVADOS EM MANTER O STATUS QUO.

POSSO SOLUCIONAR ISSO. E SE NÃO PUDER, NINGUÉM MAIS PODE.

E SE EU NÃO PUDER PENSAR NUM JEITO DE ANULAR (AI) OS DISPOSITIVOS DO APOCALIPSE? TALVEZ EU DEVESSE FAZER UM TIPO DE CONEXÃO DIFERENTE COM NOSSO VISITANTE.

PERGUNTO-ME SE TAL COISA É POSSÍVEL.

PRECISO MANTER TODAS AS OPÇÕES EM ABERTO AQUI.

14 GAROTA DOS SONHOS

— Já falei, de repente me vi num dos cargueiros deles, vocês sabem, as porcarias de naves prateadas. — Fortis bebe um gole do cantil velho. Estamos dirigindo há horas, em direção ao Buraco. Ro não para, exceto para abastecer, usando os três galões sobressalentes na traseira.

Um navio ainda está para zarpar de Porthole em dois dias, e, com ou sem Fortis, ainda estamos determinados a embarcar nele.

Eu estou determinada.

Precisamos chegar ao outro lado do mundo para encontrar a menina de jade, e esse navio pode ser o único meio além de um cargueiro prateado mortal.

Ou é o que diz o Bispo.

Dizia, penso com tristeza.

Contei tudo isso a Fortis, mas é como se ele não tivesse ouvido. Não disse uma palavra sobre os sonhos ou a menina desde que relatei tudo, como se não acreditasse. Ou não soubesse como reagir.

— Um caminho e tanto a percorrer por um sonho, Camponesinha. — Foi tudo o que ele disse, mas pude ver em seus olhos que havia mais.

Tento afastar a dúvida.

— Continue — digo, tentando me concentrar no fato de estar vendo o rosto de Fortis, ouvindo sua voz outra vez. As palavras ditas por ele de fato não importam, até onde sei. *Ele está aqui e está falando de novo. É um começo.*

— E eu estava numa espécie de bolha, entendem, mas não era o tipo de coisa da qual é possível escapar. E lá estava eu, preso, e achei que já estivesse morto.

— Está falando de um campo de força? — Tima está arquivando cada palavra dita por Fortis, como se tomasse um depoimento.

Ele assente.

— Exatamente. E por que me levaram, em vez de acabarem comigo bem ali, não faço ideia. Não posso dizer que me incomodou. Só não era o que eu esperava, sabem?

— E então, você simplesmente saiu de lá? Falou "desculpem, mas tenho uns amigos que eu gostaria de ajudar numa situação de vida ou morte que, ah sim, aquela que vocês, Sem Rosto dos infernos, por acaso estão causando"? — Ro não acredita. Em nada. Ele parece quase furioso por Fortis ter voltado.

Eu, não. Faz horas agora, e não consigo desviar o olhar do seu rosto imundo nem das roupas esfarrapadas de Merc.

— Deixe ele terminar — diz Lucas, mas sinto a mesma coisa vindo dele. Dúvida.

— Não me lembro do que aconteceu depois disso, e essa é a mais pura verdade dos deuses. Desmaiei na nave e, em seguida, me vi diante dos Idílios, com frio e perdido, então comecei a andar.

— Assim, do nada? Estava simplesmente... lá? — Lucas está perplexo, mas Fortis simplesmente dá de ombros.

— Eu sabia que estava me aproximando quando ouvi o barulho vindo das profundezas. Foi quando o Cabeça-Quente aqui quase me matou atropelado. — Ele dá uma piscadela para Ro.

— Vai reclamar da minha habilidade na direção? Você, que bateu um helicóptero contra o nada? No chão? — Ro revira os olhos e percebo que estou rindo, apesar de tudo.

— Não vi nenhum Sem Rosto, e não sei o que fizeram comigo. Coisa mais estranha, mas não sou do tipo que questiona boa sorte.

— Boa sorte não é exatamente a expressão — digo, olhando pela janela. Ainda estou assombrada pela ideia de o Bispo ter se sentenciado à morte por nós.

Por mim.

— E se ele for uma bomba? Um espião? Um comunicador ambulante dos lordes? — pergunta Ro. — Não sabemos o que fizeram com ele, mas sabemos que os lordes simplesmente não deixam ninguém sair andando por aí.

— Bem pensado — diz Fortis. — Pare o carro.

— Cale a boca.

Do assento traseiro, Fortis puxa uma arma e a aponta para o pescoço de Ro.

— Eu disse para parar o carro, gênio.

Ro freia e o caminhão derrapa até parar no meio da estrada.

Fortis sai do carro antes que qualquer um de nós consiga dizer uma palavra. Um segundo depois, nós o cercamos.

Ele estende a arma.

— Vão em frente.

— Não seja burro — digo.

Fortis solta a arma, deixando-a tilintar no asfalto.

— Atirem em mim. É o único jeito de termos certeza. Vocês sabem e eu sei.

Ninguém diz nada. Por fim, Ro suspira.

— Não vamos atirar em você, seu idiota.

— Então são vocês os idiotas. Ou atirem em mim, ou parem de falar nisso. Não vou passar a vida acuado, me perguntando se vocês confiam ou não em mim.

— Estatisticamente falando, é claro, Fortis está certo. — É o bracelete de Fortis, estalando e tomando vida. Doc. Estávamos sem notícias dele desde que entramos na montanha do Cinturão.

— Doc... sentimos sua falta — grito para o bracelete.

— Bom ouvir sua voz, velho amigo. — Fortis sorri para o céu.

— Eu também fico feliz em confirmar que as *botas* ainda estão *chutando* e que você despertou do *sono eterno*, Fortis.

Fortis gargalha, alto e subitamente. O som ecoa pela estrada vazia, mesmo ao vento.

— Dito isso, você está certo. A probabilidade de um resultado misericordioso é quase nula em qualquer cenário que envolva os lordes. Eles não parecem possuir a capacidade de empatia que as inteligências humanas têm.

— O que está dizendo, Doc? — diz Ro.

— Estou dizendo que a recomendação lógica seria atirar. Erradicar. Exterminar.

Fortis para de rir. Lucas olha para ele. Até mesmo os olhos de Tima estão impassíveis. Ro e eu estamos uma pilha de nervos.

Ro enfia as mãos nos bolsos e reconheço o gesto. *Empacado.*

Busco Lucas. *Hesitante.*

Tima. *Desesperada.*

E quanto a mim? O que eu penso? Importa? Será que eu conseguiria me obrigar a fazer algo a respeito, mesmo que tivesse dúvidas?

Não. Então por que eles têm dúvidas?

Dou um passo em direção a Fortis.

— Ninguém vai exterminar ninguém. É claro que confiamos em você. Mas é difícil acreditar que tenha voltado vivo. Em segurança. Sem que nada o tenha prendido. Doc está certo. Você deveria estar morto.

— Provavelmente — diz o Merc, olhando para o chão. — Mas infelizmente, para todos nós, aqui estou. E não consigo explicar isso melhor do que vocês explicariam.

Fico diante de Fortis e inclino a cabeça, buscando algo que me faça sentir melhor. Algo dentro dele. Pela primeira vez, estou realmente tentando. Pela primeira vez, sinto como se realmente precisasse.

Tente.

Fortis me olha de volta, sabendo o que estou prestes a fazer, a sobrancelha erguida num desafio debochado.

— Vá em frente, querida. *Mi casa es su casa.*

Eu o ignoro e continuo a busca, mas a mente de Fortis se move depressa demais para mim. Sou confrontada com uma bagunça caótica de dados em movimento e equações complicadas — fórmulas elaboradas e contingências imaginárias.

Este homem tem um cérebro como jamais vi.

Não consigo encontrar nada que chame a atenção em sua mente. As lembranças são sombrias e distorcidas; não encontro nada que me conforte, mas também nada que me deixe alarmada.

Apenas... Fortis. O impenetrável.

Paro de tentar e encaro seu sorriso torto, como um pedido de desculpas.

— Não conseguiu nada, hein? — E com isso, ele dá meia-volta.

— Apenas entre no carro, Fortis — diz Ro, por fim.

Fortis ergue a cabeça.

— Olhem. Não estou feliz com o que aconteceu nos Idílios. O Bispo era um homem bom, todos eram boas pessoas naquele bando, mesmo que um pouco teimosos. Mas sei que iriam querer que continuássemos lutando.

— Foi o que ele disse — fala Tima, baixinho. — O Bispo. Antes de nos deixar.

— Jamais achei que veria essas caras feias de novo, mas aqui estamos todos. Os lordes me deram outra chance e seríamos tolos de desperdiçá-la. — Fortis hesita.

— Não somos — diz Lucas. — Um navio de carga vai partir de Porthole depois de amanhã. Precisamos embarcar nele.

— Ah, sim. A garota dos sonhos — diz Fortis, os olhos semicerrando-se.

Lucas insiste.

— Talvez. Ou talvez outra Criança Ícone. De qualquer forma, não temos escolha a não ser descobrir, porque talvez essa seja a chave para acabarmos com os Ícones e com os lordes. Algo maior do que todos nós. Então vamos cortar a conversa fiada e voltar logo para o carro.

Fortis não cede.

Tento uma abordagem mais gentil.

— Por favor, Fortis. Precisamos de você. Não podemos fazer isso sozinhos. Eu não posso.

Ele não diz nada.

— Não farei. — Estendo a mão e toco a dele.

É quando sinto. Algo se agitando bem no fundo dele. Uma atração entre nós. Algo a ser explorado. Algo a ser discutido. Um futuro entre nós. Uma conexão.

Acho que ele também sente.

Porque dessa vez, Fortis não protesta. Dessa vez ele responde.

— Tudo bem. Estou com você, querida. Se você diz que a viu, acredito. Pode sonhar. Precisamos encontrar essa menina de jade, entender o que ela vai acrescentar à festa.

— E então?

Ele aperta minha mão.

— Então acabamos com os desgraçados.

OFÍCIO ESPECIAL DA EMBAIXADA PARA EGP MIYAZAWA

MANIFESTO URGENTE
SOMENTE PARA APRECIAÇÃO DE
PESSOAL IDENTIFICADO

Nota: Contatar Jasmine3k, Humano Híbrido Virt. 39261. SA, Assistente de Laboratório da Dra. E. Yang, para comentários futuros, conforme necessário.

FORTIS
Transcrição – LogCom 11.12.2052
FORTIS :: NULO

//início do logcom;
link de comunicação estabelecido;

envio: Você ainda vem para a Terra, certo?;
retorno: Certo.;

envio: Mas parece que sua trajetória não está correta — você vai errar a Terra por centenas de quilômetros.;
retorno: Tenho protocolos de entrada e aterrissagem que corrigem isso.;

envio: É claro que tem. Você mencionou que está vindo para preparar o planeta.;
retorno: sim.;

envio: Para quê? Para quem?
retorno: Meus criadores. E meus filhos.;

envio: São os mesmos?
retorno: De certa forma, sim.;

envio: NULO, quando diz preparar a Terra, pode definir "preparar"?;
retorno: Em termos que você entenda?;
Possíveis analogias: Converter terreno árido em terra fértil. Apagar um quadro-negro. Formatar um disco rígido de computador.;

envio: Pode ser mais específico?;
retorno: Possivelmente.;
Descontaminar e reciclar todo material biológico/orgânico autóctone.;
Purificar atmosfera. Eliminar todas as potenciais ameaças biológicas e ecológicas.;
Repovoar com elementos biológicos essenciais.;
Preparar lares para os filhos.;

envio: Lares... como colônias?;
retorno: Essa é uma analogia apropriada.;

//fim do logcom;
<fim da formatação especial, v.o., p. 182>

15
REMANESCENTES

Encaro o amplo convés cinzento de um enorme navio-tanque industrial. Um navio — nosso próximo transporte, comprado e pago com mais dígitos do que jamais vi — ou pelo menos é o que acho. Só sei que estamos vestidos como remanescentes, a escória desolada da população humana — aqueles que rejeitaram o chamado inicial para as cidades assim que os lordes chegaram. Os que escolheram a imundície e a pobreza ao falso conforto da vida sob as Embaixadas. Aqueles que, como punição, foram reunidos e enviados aos Projetos, como gado.

E agora estamos entre eles, com roupas imundas e rasgadas e sujeira no rosto. Se alguém perguntar, devemos dizer que estamos separados das famílias desde a noite em que o Ícone morreu. Não que alguém vá perguntar. Não é como se já não nos encaixássemos no papel. Praticamente somos remanescentes.

Olho para cima. Nuvens de fumaça negra jorram de chaminés de metal altas e cilíndricas, segmentando a extensão do navio como tantos mastros.

Vejo a insígnia familiar da Embaixada, pintada na lateral do navio. Reconheço o símbolo daqui de baixo com um revirar cruel no estômago. Lá está, a imagem de nosso planeta caído, sempre cercada pelo pentágono que representa a Câmara dos Lordes. As mesmas cinco muralhas dos Projetos.

A gaiola dourada. Terra, presa como um canário. Era o que eu costumava dizer a Ro.

Mantenho os olhos concentrados na marca de aterrissagem. Tento não pensar em nada, a não ser no significado de tudo isso. Por que estou aqui. Para onde vamos. Por que importa.

A garotinha esperando por nós do outro lado do oceano.

As coisas mudam mesmo, e então continuam mudando.

Talvez a sensação de sobrevivência seja assim. Ou a vida. Sinceramente, não sei mais.

Mal consigo pensar direito, cercada por tanta tristeza. Estou há tanto tempo longe do Buraco que me esqueci de como é a sensação esmagadora do pânico e do desespero. De como preciso me proteger sempre que estou na multidão.

Sinto como se estivesse sendo atropelada por gigantes invisíveis.

Nem tudo mudou, nem mesmo depois de o Ícone ter caído. Nem mesmo aqui. Ainda não. Não entre os remanescentes.

A tristeza toma as rédeas de novo.

Então as fileiras de carga humana diante de nós começam a se mover de novo, e concentro os olhos no nada conforme subo a rampa íngreme que me leva até o compartimento de carga do *Hanjin Mariner.*

Nosso navio está se movendo. O *Mariner* está deixando Porthole. Do ponto em que estamos alojados — encolhidos às sombras atrás dos botes salva-vidas e dos barcos a remo, como crianças da Missão brincando de esconde-esconde —, consigo ver o céu e as chaminés tossindo fumaça preta conforme o navio zarpa. Estou deixando as Américas pela primeira vez na vida, e é tudo o que sei.

Estou assustada.

Tima está pálida sob a sujeira — ainda agarrada a Brutus — e Lucas está calado. Ro é um amontoado de energia tensa, feliz por estar de volta ao desconhecido.

Fortis é menos dramático em relação a isso. O assobio baixo dele é a única trilha sonora de nossa partida.

— Vocês não devem sair das sombras até nos afastarmos do porto. Deixe-me ser bem claro em relação a isso.

Sua voz abaixa conforme observamos as pernas da tripulação passando pelos suportes de botes salva-vidas diante de nós.

— Não sei como o Bispo achou que conseguiriam fazer isso sozinhos. Mesmo um Merc só tem dígitos o bastante para nos levar clandestinamente neste navio de carga uma vez, então não estraguem tudo. E este balde de lixo está lotado de duas coisas, apenas duas. Latões e remanescentes.

Ele para quando alguém usando uma cor diferente de uniforme para diante de nós. A fumaça de um cachimbo é soprada em nossa direção.

— Os Latões não os expulsarão daqui — diz Fortis —, mas se forem pegos, vão preferir ser expulsos. Ou eles estourarão seus miolos, ou os jogarão com os verdadeiros remanescentes. E não há quantidade de sujeira na cara capaz de prepará-los para isso. Esse vão preferir matá-los a compartilhar o jantar.

A voz do Merc some — como o sol poente ao nosso redor —, e somos deixados apenas com o ranger dos motores e os gritos da tripulação.

O balde de lixo avança, o convés inteiro vibra e o ar passa por mim assobiando. Ganhamos velocidade, o que significa que devemos estar saindo de Porthole.

Agora sei que partimos. Grande e Maior. O Padre e o Bispo. La Purísima, os Idílios e o Buraco.

Tudo se foi.

Estremeço de frio, desejando não ter rasgado tanto minhas roupas de remanescente.

Estremeço por outros motivos também.

Conforme os outros se ajeitam ao meu redor para a noite, busco na escuridão aqueles que perdi, repetidas vezes, até não conseguir pensar, não conseguir sentir e não conseguir fazer nada a não ser cair no tipo de sono que apenas significa derrota.

Você deveria salvar o mundo, Doloria. Melhor focar nisso.

Aquela garota não vai encontrar você. O mundo também não vai salvar você.

OFÍCIO DA EMBAIXADA GERAL: SUBESTAÇÃO DO LESTE DA ÁSIA

MANIFESTO URGENTE
SOMENTE PARA APRECIAÇÃO DE
PESSOAL IDENTIFICADO

Subcomitê Interno de Investigações 115211B
RE: O Incidente nas Colônias SA

Nota: Contatar Jasmine3k, Humano Híbrido Virt. 39261. SA, Assistente de Laboratório da Dra. E. Yang, para comentários futuros, conforme necessário.

Varredura parcial de página destruída, queimada pelo fogo.

Encontrada com os restos da comunidade do Cinturão antes conhecida como Idílios.

Querido irmão,

Acho estranho que você possa ser meu irmão e viver uma vida tão diferente da minha. Um bispo e um padre, mas não temos nada em comum. Sua religião envolve armas e explosivos. A minha, hinários e porcos...

Seu Flaco é pai agora, ou o mais próximo disso que já serei. As crianças do Silêncio têm vindo morar comigo na Missão. Elas me encontram, ou eu as encontro, assim como encontrei um bebê minúsculo chorando nas ruínas de uma casa na semana passada, durante ações de caridade. Eu a chamo de Dol — Dolly, na verdade — e ela é uma coisinha engraçada. Me lembra você às vezes, irmão, pelo modo como berra.

Que pulmões tem aquela criança!

16
EM UM SEGUNDO

Quando a manhã chega, a luz que entra pelos suportes dos barcos e botes é tão forte que preciso cobrir os olhos. Está claro lá fora e escuro aqui dentro. Escuro e úmido. O esconderijo de Fortis nos serviu bem.

Ele é realmente bom em se esconder. Truques da profissão de Merc.

Meu corpo está rígido e não consigo sentir os pés. Dormi encolhida como um tatuzinho, mas imagino se o inseto tem a mesma dificuldade para se esticar.

O ar ao nosso redor tem cheiro de sal e está úmido. Como Porthole. Como o mar, nas Califórnias. Como em casa, em todas as minhas casas, que aparentemente estou sempre deixando para trás.

Respiro fundo — e retorço o nariz.

O ar pode cheirar a sal, mas nós cheiramos como um chiqueiro. Tento não me lembrar do que usamos para sujar o rosto e as roupas. Espero que não tenha nada a ver com porcos.

Meu nariz funga mais uma vez.

Porcos e cachorros molhados. Tudo está úmido devido à maresia. Como não bastasse a infelicidade de dormir enroscada, enfiada atrás dos suportes de barcos sobre um convés de madeira dura.

Viro o pescoço para ver os outros aconchegados ao meu lado. Ainda estão dormindo. Ro está praticamente de pé, estatelado contra o suporte de barcos. Lucas está curvado num ângulo esquisito que favorece sua beleza. Mordo o lábio, pensando nas vezes em que Lucas me dava o casaco à noite. Não tem qualquer chance de isso acontecer agora; nenhum remanescente tem um casaco decente. O dele está em frangalhos e imundo como eu.

Tima, ao lado de Lucas, está encolhida como um montinho dorminhoco, como sempre, compacta e arrumadinha. Sua cabeça repousa no ombro de Lucas, bem onde a minha deveria estar. Brutus não está em lugar algum.

Viro o rosto.

Do meu outro lado, Fortis está roncando, os braços cruzados sobre o peito. O casaco enfiado atrás da cabeça como um travesseiro. Fortis conseguia dormir em qualquer lugar, a qualquer hora. Outro traço característico de Merc — tirar uma soneca com a mesma facilidade com que se faz qualquer outra coisa.

Preciso sair daqui. Preciso esticar o corpo de novo, deixá-lo tal como ele deveria ficar. Impulsiono-me atrás dos barcos a remo, devagar, ocupando a pequena faixa de espaço vertical, tal como uma cobra faria, serpenteando para subir num cano velho. Mas não consigo sentir meus pés, nem a maior parte de minhas pernas. Se houvesse espaço o bastante para cair, eu já teria desabado de volta no piso molhado do convés.

Passo pelo emaranhado de corpos humanos até conseguir me espremer para depois dos botes salva-vidas, rumo ao ar livre do convés.

Olho para além das sombras, a princípio com cuidado — mas relaxo quando noto que não há tripulação à vista. Deve ser muito cedo.

Dou um passo à frente, cambaleando devido à dor e à oscilação do convés sob meus pés.

Há mar por toda parte.

Sua imensidão quase me desnorteia. Seguro os suportes de barcos a remo para me equilibrar.

Um passo de cada vez.

Conforme me afasto devagar dos barcos a remo, começo a entender que jamais vi o oceano, não assim. Jamais estive na água, cercada por ela — exceto pelo breve passeio de ida e volta entre Porthole e Santa Catalina.

Sigo até o parapeito enferrujado ao longo da borda da proa. Pelo menos foi assim que Tima chamou essa parte do barco. Inclino o corpo em direção à água, o máximo que consigo.

Jamais vi esse tipo de água, escura, veloz e barulhenta. Jamais senti esse tipo de vento também.

O ar murmura, quase geme. Mesmo as nuvens de fumaça das chaminés do navio são lançadas para fora do curso — subindo e se recuperando e subindo de novo, como o Padre na véspera de Natal, depois de beber muito vinho de amora.

Meu cabelo açoita o rosto, ferindo minhas bochechas como centenas de espinhos salgados. Ao meu redor, a água se revira em minúsculos picos de espuma branca, chocando-se contra si mesma diversas vezes, tantas impossíveis ondas sem praia.

Jamais vi algo assim, nunca vi o mar — ou, na verdade, o mundo — do convés de um navio.

Tudo parece diferente dali.

Durante esse momento, sou a única coisa viva no universo — então vejo um lagarto verde-claro subindo pela lateral do parapeito do convés. Ele não parece se incomodar com corrente de ar esmagadora.

— Você gosta do mar? É grande, não?

Fortis para atrás de mim enquanto Brutus escorrega pelo convés atrás dele. Quase não o reconheço sem o sobretudo e sob a agradável luz do sol. Concordo com um gesto de cabeça, afastando os cabelos dos olhos com uma das mãos.

Ele olha para o horizonte, então de volta para o convés.

— Provavelmente estará seguro por mais alguns minutos. No entanto, a troca de guarda será em breve. Aí precisaremos rastejar de volta para o esconderijo, por isso não fique à vontade demais.

— Entendi.

Ele se espreguiça numa linha reta e longa, feito um gato.

— Apenas tente se misturar à multidão e não chamar atenção.

— Multidão? Está falando dos remanescentes?

Ele assente.

— Mas a maioria vai estar nos conveses inferiores. Aprisionada e acorrentada, como animais. — Fortis olha para Brutus, balançando a cabeça. — Não é apenas não humano, é desumano. Pobres infelizes. Consegue senti-los? — Fortis coça as orelhas de Brutus. — Não faríamos isso com você, faríamos?

Balanço a cabeça. Esforço-me para não senti-los, os corações batendo ansiosamente, o ódio fervilhante, o desespero. Podem estar escondidos, mas sei que estão ali. Consigo senti-los, cada um deles, queira ou não.

Hoje, queria poder não senti-los.

Hoje já está bem difícil segurar a barra sozinha.

Fortis estica o corpo e se inclina em minha direção, contra o parapeito.

— Pobres azarados. Apenas tentando viver fora das cidades. Num minuto você é apenas camponês, como o restante de nós, sem sorte e procurando um pouco de comida e trabalho, e no minuto seguinte, está preso nos trilhos, em direção aos Projetos. Ou é atirado neste balde de lixo e despachado para as Colônias SA. Como isso pode estar certo, um ser humano tratar outro dessa forma?

— Não está — respondo. — E eu seria um deles se o Padre não tivesse me encontrado.

— Massas restantes da humanidade, uma pinoia. Remanescentes não são a vergonha. Não existe essa coisa de lixo humano. Não entendo como aturam isso.

— Quem dá escolha a eles, Fortis? Os Latões? Catallus? O EGP? Os lordes? Eles não *aturam* isso.

— Não vão aguentar para sempre. Disso eu sei. A história costuma se repetir, mesmo que não se tenha conhecimento.

— Como assim?

— Nada. Não sei. Mas sei que não são os lordes que estão reunindo essas pessoas para os Projetos. Aqueles são seres humanos em uniformes de Simpa. Trabalhando para as Embaixadas. Talvez haja coisas piores do que os lordes — diz Fortis. — Às vezes a humanidade não é essa maravilha toda que dizem. Parece que facilitamos as coisas para eles. Já pensou nisso?

Não estou entendendo o que ele quer dizer de fato. Não tenho certeza se quero entender.

— Não.

— Mesmo?

— Os lordes mataram meus pais no Dia. Não há nada pior do que os lordes. Então não diga isso para mim, Fortis. Jamais diga isso.

Eu me viro e vejo que ele está me estudando, como se eu fosse o lagarto no parapeito. Então dá um risinho.

— Até mesmo Catallus? Ele é um desgraçado, se bem me lembro. — As palavras flutuam pela água, e não respondo. Em vez disso, espero que desapareçam.

Então mudo de assunto.

— Por que enviar um barco cheio de remanescentes para os Projetos das Colônias SA quando o Buraco tem os próprios Projetos? Não faz sentido. — O barco oscila sob meus pés, e seguro o parapeito de novo para me equilibrar.

Fortis sorri.

— Pernas tremendo, Camponesinha. Temos pelo menos uma semana neste navio. Você ainda vai pegar o jeito.

— Não espere sentado. E não mude de assunto, Fortis. O que há de tão diferente nesses Projetos que requer o envio de escravos remanescentes do mundo todo?

— Tudo bem, então. — Fortis me olha de modo estranho, como se eu não quisesse ouvir o que ele está prestes a dizer, o que é um engano da parte dele. É tudo que quero ouvir neste momento em especial. — Eu disse que a ajudaria a encontrar a garotinha de jade. Essa quinta Criança Ícone perdida, se você diz que ela existe. A garota dos seus sonhos. E vou ajudar.

— E é por isso que estamos neste navio de remanescentes — digo, insistindo para que continue.

— Este é um dos motivos por que concordei em conseguir passagem para vocês neste navio remanescente — corrige Fortis. — Eu provavelmente devia ter contado que tenho alguns motivos pessoais.

Ele olha de volta para a água.

— Também provavelmente devia ter contado que as Colônias SA são o lar do maior Projeto do mundo.

Maior. Do mundo.

Considerando todos os Ícones e as cidades caídas, isso não é uma afirmativa pequena.

Fortis assente, como se eu tivesse feito uma pergunta, o que não fiz.

— Totalmente construído sobre um aterro, tão afastado para dentro do grande mar azul que não está claro a qual país, cidade ou governo ele pertence. Um pouco da Grande Bangcoc a princípio, acho. Inspirado em Cingapura Unida. Com um pouco da Costa do Leste da Ásia e do Coletivo Vietnamita para completar. — Ele sorri, sem humor. — As Colônias SA costumavam ser o lar de algo chamado Triângulo Dourado. Agora está mais para o Pentágono Dourado. E a uma distância ínfima do Ícone de Shangai.

Tento absorver tudo.

— Difícil imaginar qualquer coisa maior do que Porthole.

— Maior do que Porthole? Esse pequeno Projeto dos Projetos faz as pirâmides parecerem fazendas de formigas. Poderiam encher todos os navios do planeta com remanescentes, vezes dez, e ainda não conseguiriam povoar completamente os Projetos das SA.

Nem consigo imaginar. Os Projetos de Porthole parecem gigantes e horríveis o bastante. Algo maior — algo pior — não é uma imagem agradável.

— Há camponeses como nós lá? Quero dizer, não remanescentes? Existe alguma resistência organizada?

Pessoas que nos ajudem a derrotar o Ícone?

E, se há, vamos derrotá-lo?

Essa é a verdadeira pergunta. Porque os Idílios caíram, Nellis caiu, e pelo que vejo, estamos ficando sem tempo.

Tempo e apoio — e opções. E acima de tudo isso, o que mais me preocupa é ser arrastada para a batalha quando tudo o que desejo fazer é encontrar a única pessoa pela qual vim até aqui.

A única pessoa que importa, de acordo com o idoso da Associação Benevolente. De acordo com meus sonhos. De acordo com todas as células do meu corpo, esteja eu dormindo ou acordada. A pessoa por quem carrego essa pequena coleção de jades.

— Calma. Vou responder a todas as perguntas. Mas a questão aqui não é apenas um Ícone. Tem algo a mais, uma coisinha da qual precisamos cuidar primeiro.

— Tem? — Coisinhas, para Fortis, costumam ser quase catastróficas para o restante de nós. Disso eu sei.

— As Colônias SA — diz ele, os olhos brilhando — também são o lar da Embaixada Geral e do EGP Miyazawa em pessoa.

— O quê? — Sinto como se ele tivesse acabado de derramar um balde de água do mar na minha cabeça. Adentrar no lar do EGP é mais do que eu pretendia. — Como eu não sabia disso?

— A Embaixada Geral se desloca de continente para continente, é mais seguro assim. Mais difícil de se tornar alvo, mais difícil ainda se rebelar contra ela. Mas agora parece que o EGP está se instalando nas SA. Por isso os Projetos superdesenvolvidos, imagino. Se pensar a respeito, faz um pouco de sentido. Uma maçã podre precisa se certificar de que sua árvore é a maior de todas.

É claro.

Estremeço ao ouvir o nome. Não apenas uma Embaixada, mas a Embaixada Geral. O lugar inteiro estará lotado de Simpas. Simpas, e sabe-se lá o que mais.

Porque o EGP Miyazawa não é apenas um embaixador, ele é *o* embaixador. A linha direta com os próprios lordes. O maior traidor da humanidade.

Um mercador de escravos no planeta.

Porque ele é o homem mais rico da Terra — e sua única mercadoria é carne humana.

Só de pensar já fico realmente enjoada. Olho para o Merc.

— O que estamos fazendo, Fortis?

— Vamos encontrar sua garota e, como falei, veremos o que ela acrescenta ao jogo. Se for mesmo uma de vocês, bem, só os deixará mais fortes.

— E?

— E aí vai ser hora de destruir o EGP e os Projetos hipertrofiados dele.

O rosto de Fortis fica sombrio e ele se cala. Tudo se torna perfeitamente claro.

— Achei que estivéssemos tentando destruir os Ícones. Que, sem os Ícones, tudo cairia. Você jamais disse alguma coisa sobre os Projetos. Nossos poderes não podem fazer nada contra a crueldade humana. Não podemos fazer nada a respeito do EGP e de todos os Simpas e as armas deles. — Mesmo para Fortis, isso é loucura.

— Vamos encontrar um jeito. De um modo ou de outro, estamos aqui para derrubar as Colônias SA inteiras, querida.

Estou vidrada. Não consigo acreditar no que ele diz. É tudo tão... grandioso.

Não consigo.

Ele não pode achar que conseguirei.

Pode?

— Não me olhe assim. Você queria isso, Camponesinha. Foi sua ideia vir.

— Para encontrar a Criança Ícone. Para destruir os Ícones e interromper o poder que os lordes têm sobre nosso planeta. Não para destruir as Colônias inteiras. Não sei o que os lordes fizeram com você lá em cima, mas você perdeu a cabeça, Fortis. Precisamos manter os olhos em nossas reais capacidades aqui.

— Você não é a primeira a me dizer isso, querida. — Ele arregala os olhos. — Mas talvez estejamos mais alinhados do que você consegue notar. Pense no que conseguiu fazer no Buraco, sozinha. Imagine o que poderá fazer agora, com todos os quatro, ou cinco, se realmente houver mais um.

— Não sabemos nada a respeito dela.

— Não, não sabemos. Mas sabemos que você não deveria se esconder ou viver fugindo. Sabemos que você poderia acabar com tudo isso.

— Um dia, talvez. Daqui a doze Ícones.

— Talvez não precisemos derrubar um Ícone por vez. Talvez devêssemos derrubar o sistema inteiro, a rede. Do alto.

— Você está falando como Ro.

— Eu estou falando como um soldado, e é o que sou. — As palavras soam familiares, e penso no deserto, quando imaginamos que Fortis estava morto.

A morte de um soldado.

Talvez isso ainda esteja à sua espera, de todos nós.

Olho para Fortis.

— Você faria isso mesmo?

— Cortar a cabeça das Embaixadas? Explodir os Projetos? Matar o EGP? Acabar com isso, com a era da escravidão humana voluntária aos lordes? — Ele me encara, os olhos frios. — Sem pensar duas vezes.

Lembro das intempestivas naves prateadas. Penso nos Ícones em si, ameaçando todos os céus, todas as cidades que importam. Penso na menina de jade — no pássaro de jade — vivendo à sombra de tudo.

O mundo inteiro é um lugar sombrio agora.

O céu azul acima de nós, o sol quente — tudo parece estranhamente incongruente. De súbito, não estou certa de que estamos indo na direção da esperança.

Estamos a caminho de algum lugar no qual eu realmente nunca estive.

OFÍCIO DA EMBAIXADA GERAL: SUBESTAÇÃO DO LESTE DA ÁSIA

MANIFESTO URGENTE
SOMENTE PARA APRECIAÇÃO DE
PESSOAL IDENTIFICADO

Subcomitê Interno de Investigações 115211B
RE: O Incidente nas Colônias SA

Nota: Contatar Jasmine3k, Humano Híbrido Virt. 39261. SA, Assistente de Laboratório da Dra. E. Yang, para comentários futuros, conforme necessário.

FORTIS
Transcrição – LogCom 31.12.2052
FORTIS :: NULO

//início do logcom;
link de comunicação estabelecido;

envio: Bom dia, NULO. Então, eu queria me certificar de que você entende que sou uma entidade biológica autóctone, certo?;
retorno: Sim.;

envio: Então serei reciclado?;
retorno: Sim.;

envio: Sabe, há muitos mais como eu aqui. Muito organizados, teimosos, preparados para resistir. Isso poderia dificultar bastante seu trabalho.;

retorno: Recebi ferramentas para o caso de haver qualquer resistência autóctone.;

envio: Percebi. No entanto, posso dizer, se quiser ser bem-sucedido, precisará de ajuda. Opinião de especialista.;
retorno: Eu quero ser bem-sucedido. É por isso que existo.;

envio: Bem, então por que não me conta mais sobre seus planos? Talvez eu possa ser útil. Talvez possa oferecer minha ajuda em troca de, digamos, não ser reciclado?;
retorno: Isso está fora dos limites de minha tarefa inicial. Tentarei avaliar sua oferta e retornarei com uma resposta.;

link de comunicação encerrado;

//fim do logcom;

//log_obs.: Insisti demais? Feliz ano-novo, NULO.;

17 SEGREDOS DE MERC

Fortis e eu não nos falamos. Apenas olhamos para o horizonte, lado a lado, como se fosse a única coisa que tivéssemos em comum.

— Uma conversa e tanto, Fortis. Não sei.

— Não confia em mim?

— Algum dia confiei?

— É justo.

Ele se vira para me olhar, e por um momento é como se eu estivesse conversando com uma pessoa comum.

— Tenho certeza quanto a isso, Dol. Não vou deixar nada acontecer. Não precisaremos fazer isso sozinhos. Tenho alguns amigos no mundo, sabe. Nas Colônias.

— E ainda mais inimigos — acrescento, retorcendo a boca.

— Você não faz ideia.

Fortis pisca um olho e voltamos a admirar a água. Então, súbita e estranhamente, Fortis pigarreia.

— E por falar em inimigos. Não é da minha conta, essa coisa melosa, sabe. Amizade, amor verdadeiro e toda essa porcaria. Mas você e seus garotos parecem um pouco fora do eixo.

Consigo sentir meu rosto ficando vermelho.

— Qualquer que seja o discurso que queira dar, não dê. Ele me ignora.

— Aquele seu Padre fez um bom trabalho. Você se saiu bem. E ele não é tão ruim assim, o outro. — Fortis sorri. — Quando não está ocupado agredindo o mundo inteiro.

— Ro?

Ele assente.

Suspiro.

— Ele é assim mesmo, acho. Gosta de um desafio.

— Você quer dizer que ele gosta de uma briga. — Fortis me olha, aproximando-se diante do parapeito. — Eu ficaria de olho nele, se fosse você, Camponesinha.

— E por quê?

— Um cara como ele, nunca se sabe o que vai fazer. Quando vai estourar. Bum.

Estremeço.

Fortis me dá um tapinha no ombro.

— Você é esperta por ficar com Botões. Ele vai ficar meio doidinho com toda essa coisa de mamãe embaixadora, mas há sempre a ciência médica para cuidar disso.

— Está falando de um psiquiatra virtual?

Ele sorri.

— Estou falando de uma lobotomia. — Fortis dá meia-volta. — Vou descolar algum café da manhã. Volte para o esconderijo antes que alguém a veja, está bem?

— Prometo.

Falo e cumpro, porque assim que ele se vai, começo a me mexer.

Tem alguma coisa acontecendo com Fortis e não vou deixar que isso passe despercebido.

Volto para as sombras sem fazer barulho, caminhando até o mesmo convés oscilante no qual tropecei ainda há pouco. Tima, Lucas e Ro ainda estão dormindo; até Brutus está roncando. Desgastados como estamos, só de viver mais um dia já é um pequeno milagre médico. Fortis diz que dormir é a melhor coisa que eles — e qualquer um de nós — podem fazer. Não que isso seja fácil numa situação como a nossa.

Talvez ele tenha colocado sonífero na comida deles, penso, olhando para os três roncando.

Melhor ainda.

Passo o olho no casaco de Fortis e, antes que perceba, estou com a mão enfiada nele. Preciso saber o que está acontecendo, principalmente com os planos repentinos do Merc para derrubar toda a Embaixada Geral.

Fortis não é ele mesmo — ou eu não sou.

De toda forma, preciso descobrir.

Como no caso de qualquer Merc, seu casaco é um tesouro escondido, com cada bolso interno oculto cheio de coisinhas que fazem de Fortis, Fortis. Ele nunca está sem aquela vestimenta; apenas o calor intolerável e a umidade ainda mais intolerável das Colônias o fizeram largar o casaco até agora.

Um erro raro.

Pare, penso.

O que mesmo você está procurando?

Mas não paro. Não consigo evitar.

Informação, como ele diria. Informação pertinente. É isso que estou procurando.

Então continuo buscando.

A primeira coisa que vejo é o bracelete, enrolado no tecido preto duro.

Estranho, Fortis sem o bracelete.

Isso raramente acontece.

Em seguida, encontro um maço de dígitos, um monte de dinheiro de Merc preso por um clipe com as letras *P.F.* desbotadas. Além disso, há tesouros como estes: um monte de fotos antigas, amarradas com barbante — um pequeno canivete, uma faca de caça grande — e o que parece uma lata de gel para o cabelo. Abro.

Explosivo plástico. *Legal.*

Então encontro, em um dos bolsos maiores na parte de trás. Ainda amarrado na própria bolsa áspera de aniagem, exatamente como deixei quando dei a ele para guardar, em Nellis.

Meu livro.

O último presente que ganhei do Padre.

O Projeto Humanidade: as Crianças Ícone.

Abro as páginas, ansiosa, envergonhada — como se estivesse lendo algo imoral ou ilegal ou pior.

Mas não estou. Estou lendo sobre mim mesma. Até chegar às páginas do livro rabiscadas com a caligrafia de outra mão.

A de Fortis.

É o diário dele, pelo que vejo.

Eu me recosto contra a parede do navio oscilante e começo a ler sobre o homem a quem confiei minha vida.

AS CRIANÇAS ÍCONE—
DADOS DE LABORATÓRIO DAS COLÔNIAS SA — SEMANA 27

MODIFICAÇÃO GENÉTICA PARA TODOS OS ESPÉCIMES PREPARADA. TESTES EM PRIMATAS BEM-SUCEDIDOS, EFEITOS COLATERAIS NEUROLÓGICOS IRRELEVANTES. PERSONALIZAÇÃO DAS AMÍGDALAS CEREBELARES E DO CÓRTEX ATENDEM OU EXCEDEM AS ESPECIFICAÇÕES EM TODAS AS MEDIÇÕES. DETECÇÃO DE AUMENTO DE ORDENS DE MAGNITUDE EM TODAS AS FUNÇÕES PRINCIPAIS DO CÉREBRO E AUMENTOS CORRESPONDENTES EM DESCARGA DE ENERGIA.

NOVO PROJETO DE HARDWARE NECESSÁRIO PARA ACOMODAR LEITURAS NOVAS E DISTINTAS.

O PROJETO É SÓLIDO, E O TRABALHO COMEÇA NA INTEGRAÇÃO HUMANA, MARCADO ABAIXO.

ESPÉCIME UM: SÍNTESE DO DNA COMPLETA.

ESPÉCIME DOIS: SÍNTESE DO DNA COMPLETA.

ESPÉCIME TRÊS: SÍNTESE DO DNA COMPLETA.

ESPÉCIME QUATRO: SÍNTESE DO DNA COMPLETA.

MODIFICAÇÕES PARA TODOS OS ESPÉCIMES INTRODUZIDAS COM SUCESSO E PRONTAS PARA TESTE DE INCUBAÇÃO PARA VIABILIDADE.

NOTA: LEA INSISTE EM MAIS TESTES. NÃO A CULPO POR QUERER TER CERTEZA DO QUE TEMOS. ALGO NOVO. UMA SOLUÇÃO PARA A EXTINÇÃO. UMA SOLUÇÃO PARA TUDO.

É BEM POSSÍVEL QUE O FUTURO DO MUNDO DEPENDA DISSO.

LeA? Quem é essa?

E síntese de DNA?

O que ele estava sintetizando?

— Ainda dormindo?

Ouço a voz grave antes de vê-lo, enveredando-se entre os barcos a remo diante de nosso abrigo sombreado — e corro para atirar tudo de volta dentro do casaco.

— Como bebês — digo, o coração acelerado.

— Que bom. Gosto assim. Menos conversa fiada. — Fortis sorri quando entra em nosso esconderijo, atirando uma sacola em minha direção. — Fiz uma visitinha ao armazém da cozinha. Coma. Não sei exatamente quando aparecerá comida fresca em nossa frente de novo. Não é como se estivéssemos indo pescar.

— Nunca se sabe — digo.

— O quê?

— Peixes. Pássaros. Extinção. Nunca se sabe. Você pode acordar um dia e encontrar uma solução genética para a extinção. Algo novo. — Não olho para ele, abro a sacola em vez disso.

— Pouco provável — diz Fortis, puxando a ponta de um pão roubado.

Arranco um naco de pão duro para mim.

— Você ainda tem o livro do Padre, Fortis? Aquele a nosso respeito... a meu respeito?

Ele parece sobressaltado.

— É claro.

— Posso ver?

— Não está comigo. Não aqui.

— Onde está?

— Em um lugar seguro.

— Foi o que pensei.

Mordo o pão duro como couro, pensando em sequenciamento de genomas e bioinformação e, conforme engulo, no futuro do mundo.

E a quem confiá-lo, ou não.

OFÍCIO DA EMBAIXADA GERAL: SUBESTAÇÃO DO LESTE DA ÁSIA

MANIFESTO URGENTE
SOMENTE PARA APRECIAÇÃO DE
PESSOAL IDENTIFICADO

Subcomitê Interno de Investigações 115211B
RE: O Incidente nas Colônias SA

Nota: Contatar Jasmine3k, Humano Híbrido Virt. 39261. SA, Assistente de Laboratório da Dra. E. Yang, para comentários futuros, conforme necessário. Reparar também que nas comunicações a seguir a entidade HAL é agora chamada de DOC, o que condiz com a inclinação de Fortis por apelidos tolos.

DOC ==> FORTIS
Transcrição - LogCom 13.10.2054
Questionamento Ético

//início do logcom;

DOC: FORTIS?;

FORTIS: Sim, DOC.;

DOC: Não deveríamos alertar o governo sobre nossas descobertas a respeito de NULO, os dispositivos dele e as... crianças?;

FORTIS: Não. Ainda não.;

FORTIS: Pergunte de novo mais tarde.;

FORTIS: Ainda estou avaliando nossa situação. Ainda é, de certa forma, elástica. Dinâmica.;

FORTIS: E ainda tenho controle das coisas. Espero.;

DOC: Assim como eu.;

//fim do logcom;

18
SALTO

A água azul das Colônias SA é manchada pela sombra conforme nos aproximamos. Sombra e matiz, manchas e padrões estranhos, como pedaços de um quebra-cabeça gigante que jamais verei concluído. Um mundo inteiro sob o mar.

Pergunto-me o que os lordes planejaram para aquela metade da terra, a metade secreta. Como a destruirão.

Os lordes e o EGP.

Imagino se vão se render tão rapidamente quando a terra acima deles o fez.

— Tem algo se mexendo ali embaixo. Vejam. — Lucas aponta. Mas não olho para a água, porque ele agora está sem a camisa rasgada e estou ocupada demais olhando-o, para o ponto estranhamente brilhante no qual sua cicatriz se transformou, ganhando formato de flor ou da explosão de um sol. Mais de uma semana de sono e maresia foram melhores do que eu poderia imaginar para o corpo de Lucas. Mesmo que a maior parte do tempo tenha sido passada entrando e saindo de uma fileira de botes velhos e molhados.

Mesmo assim, não é só o humor de Lucas que parece melhor hoje; é o de todos nós. É esperado que vejamos terra firme dentro das próximas horas. Já não era sem tempo, penso. Estou pronta para deixar de dormir no convés.

Não sonhei com a menina de jade nenhuma vez. Isso está me preocupando. Não sei o que significa. Por outro lado, a ideia das Colônias SA e tudo o que trarão — pelo menos se o plano de Fortis der certo — dificilmente é um pensamento tranquilizador. Talvez meus sonhos tenham uma forma de me revelar apenas o que posso aguentar.

Como se eu pudesse suportar tudo isso.

— Ali. — Lucas indica de novo. — Vejam. Raias-jamanta. Ainda estão aqui. Mesmo sem os peixes.

Viro-me para conferir as sombras escuras se movimentando logo abaixo da superfície da água, agitando seus corpos flexíveis. Elas nadam de um jeito que imagino ser semelhante ao voo dos pássaros, como dançarinos de festivais camponeses agitando as mãos enquanto bailam. Como um peixe fora d'água, mas ao contrário. Um pássaro fora do céu. É estranho, e estremeço.

Então me lembro.

— Como isso é possível? O que quer que seja, deve ter... sabe. — *Corações. Que podem parar, ou serem parados.* Mas tais palavras não são ditas.

— Talvez seja um milagre — diz Lucas. — Ou talvez as coisas simplesmente mudem.

— Talvez se acabe, o efeito do Ícone. Talvez ela toda retorne.

— Ela?

Dou de ombros.

— A vida.

Os pássaros, penso.

Levo a mão à mochila e pego o pequeno pássaro prateado. O broche. Avalio o objeto como se ele pudesse falar.

Os pássaros do Bispo não voltaram. Nem o Padre — ou meus pais. Como saberei de verdade quem ou o que voltará?

Ou tudo apenas depende de Fortis e dos segredos dele?, penso com amargura.

E aí Lucas toca meu braço, puxando-me de volta. Sorrio, e ele se aproxima, levando a mão em concha até meu rosto, me beijando subitamente. Com força e delicadeza.

Como tanta coisa em minha vida.

Mas a luz do sol é quente em meus braços e a umidade do ar me envolve, então viro o corpo para mais perto dele, como se pudéssemos dançar e voar como milagres em pessoa.

Segredo, milagres misteriosos. Impossibilidades irracionais. Pássaros na água e peixes no céu.

Porque talvez, de algum modo ínfimo, sejamos isso mesmo.

Ficamos de pé diante do parapeito, observando quando a praia surge no campo de visão. A tripulação está ocupada demais agora para reparar em nós, muito embora a maioria dos remanescentes — pelo menos aqueles que não foram obrigados a trabalhar nas equipes de limpeza — ainda esteja nos conveses inferiores.

É uma visão inesquecível — menos uma praia e mais uma elevação otimista de rochas que simplesmente se recusam a ser mar; não cedem à amplitude azul que nos cerca por todos os lados. Preciso respeitar isso.

E respeito.

Mais adiante nas rochas, consigo ver o limite de um assentamento colonial ao longo da baía mais próxima.

Há construções ao longe, é claro, estendendo-se como dedos, como garras em direção ao céu, onde foi preciso construir para cima em vez de para os lados, numa terra em que o espaço é escasso e cada pá de terra é valiosa. Elas têm a mesma aparência vagamente morta das cidades, que o Buraco tinha. Luzes que não iluminam, carros que não se movimentam. Ausência literal de força, com a pretensão de ser não apenas evidente, mas óbvia.

Mas reparo de verdade nas árvores.

Palmeiras imensas — muitas para se contar — oscilam seus troncos esguios em nossa direção, acima da água, como se fossem estômagos gemendo depois de um almoço farto. Como se suas costas fossem se partir em breve.

Acima delas, o céu parece especialmente amplo, agora que há uma praia abaixo. Algo a respeito da insignificância da vida humana torna o teatro de nuvens acima mais imenso, mais espetacular — como se o importante aqui não fosse a vida humana — e como se jamais tivesse sido.

A escala está toda errada, penso.

Penso no tamanho relativo das coisas conforme nosso navio se aproxima da praia, trazendo as construções mais e mais para perto, até estas encolherem o próprio céu.

Nesse momento, não faço ideia do quanto sou grande ou pequena.

Fazemos nosso plano de desembarcar com os outros, nos esgueiramos para dentro da procissão maltrapilha de vida humana que são os remanescentes se dirigindo aos Projetos. É o mais sombrio dos desfiles.

O corpo de Fortis enrijece assim que ele os vê.

— Droga.

Levanto o olhar.

— O que foi?

— Apenas olhe para eles. Estão arrumados agora. — O Merc gesticula para os remanescentes e percebo que ele está certo. Vestem algum tipo de uniforme, um que não estavam vestindo quando todos entramos no navio. Calça cinza-azulada desbotada e casaco, aparência vagamente regional. Um uniforme das Colônias SA.

Pior, estão acorrentados — e nós não estamos.

— Mantenham as cabeças abaixadas — sibila Fortis. Ele corre para entrar na fila, atrás de um aglomerado de remanescentes, que agem como se sequer nos vissem.

Seguimos.

Eu os sinto agora. Desejo não sentir, mas sinto. Estão com fome, a maioria. Doentes, pelo menos metade deles. Temem pelas próprias vidas, quase todos.

— Fiquem próximos — sussurra Fortis. — E eu já disse: cabeças abaixadas. — Tima tropeça quando Fortis fala isso, mas Lucas segura o braço dela e nos aproximamos dos demais, de modo que é preciso olhar com atenção para nos achar ali.

E olhar com mais atenção ainda para notar um cachorro estropiado escondido dentro do casaco de Tima.

Tenho medo de que nos vejam — que alguém repare na irregularidade na fila. Se alguém estiver olhando com atenção o bastante, verá.

Prendo a respiração.

Um. Dois. Três.

Mas ninguém está olhando. Pelo menos ninguém na fileira de Latões que empurram os remanescentes para um monte de carrinhos. Não desta vez.

Fortis indica que o sigamos, caminhando, não correndo, até chegarmos ao limite do cais.

— Apenas façam o que eu fizer — diz ele, fechando bem o casaco.

Assinto.

E ele salta pela lateral do píer.

O som da água se perde no tilintar das correntes dos remanescentes.

OFÍCIO DA EMBAIXADA GERAL: SUBESTAÇÃO DO LESTE DA ÁSIA

MANIFESTO URGENTE
SOMENTE PARA APRECIAÇÃO DE
PESSOAL IDENTIFICADO

Subcomitê Interno de Investigações 115211B
RE: O Incidente nas Colônias SA

Nota: Contatar Jasmine3k, Humano Híbrido Virt. 39261. SA, Assistente de Laboratório da Dra. E. Yang, para comentários futuros, conforme necessário.

FORTIS ==> DOC
Transcrição – LogCom 13.06.2060

//início do logcom;

FORTIS: Precisamos de nossas contramedidas prontas. Tipo, para ontem. NULO estará aqui antes de percebermos. Já terminou a análise do genoma?;

DOC: Sim, creio que sim.;

FORTIS: E a reprogramação do projeto límbico e do neocórtex é factível?;

DOC: Sim, a teoria é consistente. Na prática, bem, processos biológicos têm um modo de serem imprevisíveis.;

FORTIS: É isso que deixa a vida interessante, amigo. Tudo bem, selecionamos candidatos para o implante. NULO se aproxima rapidamente, e precisamos colocar esse plano em ação.;

DOC: Acredito que posso fornecer a você a "receita" em breve. Quanto ao trabalho físico, bem...;

FORTIS: Sim, entendo, você não possui pernas.;

DOC: Nem mãos.;

FORTIS: *Suspiro.* Passei um bom tempo no laboratório aprimorando o processo de manipulação do DNA, e uma vez que você me der o código, acredito que serei capaz de preparar os óvulos da candidata a tempo de completar a gestação antes da chegada de NULO.;

//fim do logcom;

19 DESFILADEIRO DE OURO

A água está congelando. Está me puxando para baixo e para o fundo com uma violência que normalmente associo à intenção de matar.

É apenas água.

Mexa-se.

Mas minhas pernas estão lentas e meus pulmões, ardendo, e quando todos conseguimos dar impulso para cima da escada enferrujada do cais, do lado mais afastado de Porthole, me sinto ao menos ferida, se não morta.

Estamos um desastre imundo e deprimente — todos nós. Fortis, xingando em seu casaco encharcado, parece pior do que todos os outros. Penso por um momento no livro agora ensopado no bolso dele, aquele que ele finge não portar, afogando todos os segredos dele.

Como se alguma coisa fosse fazê-los sumir.

Até mesmo Brutus sacode os pelos, arrepiando-se conforme nos molha.

Mas depois que recuperamos o fôlego, durante esses poucos momentos da primeira luz do sol na praia, é como se nada tivesse acontecido. Quero me atirar na grama — grama de verdade — que ladeia a avenida que leva ao continente a partir do porto.

Uma Porthole, penso, com um sorriso triste. Como esta é diferente daquela de casa. Conforme observo as ondas azul-esverdeadas espumantes, só consigo pensar no lixo flutuando na água suja e cinzenta da própria baía de Porthole do Buraco. Sinto cheiro de coisas crescendo nas Colônias — coisas estranhas, coisas florescendo, coisas com cores, cheiros e sabores. Só consigo pensar em coisas morrendo no Buraco. Carros, pessoas e quarteirões inteiros.

Destroços humanos.

Destroços desumanos.

Não aqui.

Ainda não.

A diferença é assombrosa.

Mas até quando?

Fortis nos obriga a continuar em frente, embora paremos na primeira rua por tempo o suficiente para atirar metade das roupas numa grande lixeira. Está calor demais para mais do que as calças de amarrar e as camisetas finas que roubamos da lavanderia sob o convés.

— Qual é o plano? — pergunta Tima, avaliando a estrada ao nosso redor.

— Vamos para o norte — responde Fortis. — Centro da cidade.

— É lá que estão seus supostos amigos? — Jogo minha camisa na lixeira enquanto pergunto, ajeitando a mochila com um puxão.

Fortis assente.

— Acredite ou não, conheço algumas das autoridades locais.

— Quer dizer que vai nos fazer ser presos? — Lucas está impaciente.

— Não. Quero dizer que vou arrumar vocês. Pelo menos deveria. Temos um encontro com um monge. — Fortis sorri. — Venham. Estou faminto.

— Chega de pão — resmunga Tima enquanto todos caminhamos atrás do Merc.

Ao nosso redor, nas ruas que levam para o centro da cidade, um mercado aberto preenche as esquinas. Transeuntes seguem apressados pelo sol forte, escondendo-se sob guarda-sóis coloridos ou grandes chapéus de palha pontudos. Buganvílias crescem sobre telhados de alumínio, telhados curvos marrons de folhas secas e longos telhados de palha. Alguns estão cobertos com tecido de um forte amarelo-ouro com branco. Sob os telhados, à sombra morna, barracas de objetos improváveis — vassouras feitas em casa, rolos de tecido colorido, guarda-chuvas de estampas fortes — competem com barracas maiores que exibem frutas, vegetais e flores — papoulas de um laranja intenso, cravos dourados e rosas vermelhas esculpidas em colares e grinaldas.

Uma carroça passa chacoalhando por nós. É feita de alumínio colorido, tem as laterais abertas e teto em domo — como se feita para manter passageiros protegidos do sol forte.

Olho de meus pés descalços no concreto quente para Fortis, diante de mim, mas nem mesmo me dou ao trabalho de perguntar. De maneira nenhuma ele permitiria que a gente se expusesse de tal forma. Acabamos de escapar da procissão, não há tempo para mais um desfile. Vamos atravessar a cidade a pé.

O ar tem cheiro de podre.

— Jaca — diz Fortis, respirando fundo ao tocar um dos espinhos. — Cheira como a teta infeccionada de uma vaca velha.

— Então você gosta — diz Ro.

— É claro. E de fruta jujuba. Das verdinhas. Como um cruzamento entre uma pera e uma maçã. — Fortis aponta. — Ali está, jujuba. E goiaba, a maior, verde e redonda. Mangostão. Sapoti. Longana, aquela que se parece com uma uva amarela e seca. Lichia.

— Por que sabe o nome de todas as frutas nesta feira? — pergunto, avaliando uma fruta espinhenta com pelinhos rosa. Tima me lança um olhar. Ela está pensando o mesmo, obviamente.

— Isto aí é pitaia. — Fortis dá de ombros. — Não consigo evitar. E daí que eu gosto de frutas.

Então você realmente esteve aqui, penso. *Exatamente como Bispo disse. Por que não mencionou isso?*

Mas deixo de lado, porque está claro que ele não vai explicar. Em vez disso, sorrio.

— É tudo tão vivo. Como se a Terra não tivesse desistido ainda.

— Não dá para impedir o crescimento de crescer. É possível destruir tudo à vista, imagino. Mas sempre cresce de volta. Isso é coisa da Terra. — Fortis sorri. É a primeira vez que o vejo sorrir hoje.

O sol continua nascendo, não foi o que Lucas tentou me dizer?

— E aquela? — Tima aponta.

— Maracujá, a fruta da paixão — diz ele, abrindo uma ao meio e entregando um pedaço para mim e outro para Tima. Fortis joga alguns dígitos em uma bacia de plástico sobre a mesa.

— O que há de tão apaixonante em uma fruta? — fala Tima, alheia ao fato de estar enchendo a boca apaixonadamente com a polpa amarelada melequenta. — É essencialmente apenas um ovário de sementes.

Fortis engasga um pouco na longana que está devorando. Lucas apenas sorri.

Meu pé fica preso em meio ao lixo na rua, então percebo que não é lixo. É uma flor — centenas, milhares delas. Olho em volta, enxergando pela primeira vez o que há de fato ali; o que achei que fossem mariposas são, na verdade, pétalas de flores, sopradas pelo ar.

Flores e lixo, acho. *Nem consigo ver a diferença.*

Como alguém espera que os lordes vejam?

Então uma voz ecoa acima de nossas cabeças e Tima aponta. Alto-falantes reunidos no que um dia foram postes. Entre eles, o imenso retrato de um homem se ergue tão alto quanto as árvores na rua. Na foto com moldura dourada intrincada, o sujeito veste a jaqueta militar carmesim dos Latões. Já vi algo assim; a embaixadora Amare tinha retratos semelhantes espalhados pelo Buraco. Mas jamais vi um tão grande e ornado com tanto ouro. E não apenas isso — faixas de tecido amarelo e branco reluzente drapeiam os limites do porta-retratos.

Diante do retrato, homenagens na forma de flores ocupam vasilhas, cestos e sacolas de todos os formatos e tamanhos. É um altar, penso. Um altar político.

Oferendas ao medo.

O rosto dele é grande e achatado, os cabelos são cuidadosamente arrumados. Óculos de armação fina. Tirando isso, de certa forma ele parece comum. Para um homem que detém o destino de um planeta inteiro nas mãos.

Mas é o som que irrompe dos alto-falantes que de fato impressiona. A princípio, não entendo o dialeto colonial — que se assemelha um pouco ao chinês, pelo menos o que falam no Buraco —, mas daí a mensagem é repetida em inglês.

— Hoje recebemos uma nova comunidade de trabalhadores para nossas gloriosas Colônias SA, para trazer honra à Câmara dos Lordes e às Embaixadas, conforme completamos o projeto mais importante de nosso lendário reino.

É o EGP, penso. Ele está falando de si. A frieza da voz faz sentido agora, e é difícil sequer olhar para os alto-falantes. Imagino como seria encarar pessoalmente o rosto do EGP Miyazawa.

Espero jamais descobrir.

— Os Projetos SA não podem ser concluídos sem que nossas populações humanas se sacrifiquem. Agradecemos aos operários pelo trabalho árduo em nome de nossa Terra. Operários, nós os saudamos! Todos estão convidados a se juntar a nós na comemoração da recém-descoberta Era de Melhorias no Dia da Unificação, daqui a apenas uma semana. Banquete e fogos de artifício serão fornecidos pelas Embaixadas do mundo inteiro, em honra ao aniversário do dia em que a Câmara dos Lordes veio salvar nosso planeta falido. Vida longa ao Dia! Vida longa aos nossos lordes!

Um coro abrupto de crianças cantando interrompe a mensagem.

Fortis ergue a sobrancelha.

— E agora não podem dizer que jamais conheceram o EGP. Sujeito encantador, não acham?

— Dia da Unificação? Que droga foi essa? — Balanço a cabeça conforme a cantoria se dissipa.

Fortis suspira.

— Isso, meus amigos, se chama política.

Uma longa construção de gesso branco ladeia o limite da rua diante de nós. Dá para notar pedaços de pedra negra sob os pontos onde o gesso está rachando e desbotando.

É um forte, percebo. Um forte antigo.

— É ali que está seu amigo? — pergunto.

— Não, longe disso. Ali. No beco. Atrás da zona do lixo — diz Fortis.

É claro.

Fazemos a curva. Do lado mais afastado da rua — à sombra do forte —, há um pequeno canal lúgubre. Construções descascando emergem da água. Seria impossível vê-las caso não estivéssemos procurando. Parecem abandonadas e pobres, uma fileira inabitada constituída das laterais de prédios em ruínas que dão para outras ruas. Apenas olhando com atenção é possível perceber que os painéis de alumínio ondulado ao longo dos barracos no canal possuem aberturas, listras de sombras que revelam portais para quartos atrás deles.

— Vejam. — Fortis aponta. Cordas pretas penduradas que parecem feitas de borracha enroscada em enormes feixes e ondas, como punhados de cabelo.

Parece desordenado, como se uma criança tivesse rabiscado na paisagem urbana.

— Fios elétricos. Postes de comunicação com fiação. Vocês são jovens demais para terem conhecido. Eles levavam força de casa em casa, de loja em loja.

— Não é um método muito eficiente — diz Tima, franzindo o rosto para examinar os fios ao sol, bem acima da cabeça dela. — Bagunçado. — Tima não gosta.

— Não mesmo. Mas vejam aquilo. Um tipo de comunicador primitivo. — Fortis aponta para uma caixa azul, prateada e laranja que está na lateral da rua, agora coberta de pichações. — Cabine telefônica.

Todos assentimos, como se soubéssemos o que as palavras significam.

Avançamos, descemos os degraus para dentro do canal e ao longo da passarela na lateral dele. Letras estranhamente bonitas — sem significado para mim — marcam alguns dos prédios.

Paramos diante de um com letras espelhadas. Ao lado delas, um porco de terno faz uma reverência sobre um cartaz, anunciando algum tipo de serviço que não compreendo.

Fortis resmunga.

— Ah, ficando chique com a velhice, não é? Muito bom. Para um porco.

— Quem é? — Tima está distraída. — E o que é isso?

Quando ela aponta, vejo que estamos quase no limite do canal, onde há o encontro das águas mais amplas do rio, que parece serpentear pelo centro da cidade.

Fortis resmunga.

— O Ping. O rio. Corre desde as Colônias SA até as províncias do Norte. Se precisarem de uma fuga rápida, esta é a estrada.

O rio maior está tão lotado de barcos de todos os formatos e tamanhos que não parece nada rápido. Independentemente disso, ainda estou encarando-o quando ouço o ranger de uma porta de alumínio atrás de mim.

— Você. — Não é o cumprimento mais carinhoso.

— William. — Fortis parece bem calmo. — O porco em pessoa. Embora eu acredite que o terno seja um belo toque. Para um monge.

— Meu nome não é William — grunhe a voz. — Não mais. E posso ser um porco, mas pelo menos não sou uma cobra. Você não é bem-vindo.

Viro-me.

O que está diante de nós é o mais improvável dos monges que já vi.

Ele sorri, a boca larga como a de um filhote de cachorro ofegante — e acerta Fortis no rosto com toda a força de seus 150 quilos.

— Lordes do inferno — dispara Fortis, e cai sem nem ao menos cambalear.

OFÍCIO DA EMBAIXADA GERAL: SUBESTAÇÃO DO LESTE DA ÁSIA

MANIFESTO URGENTE
SOMENTE PARA APRECIAÇÃO DE
PESSOAL IDENTIFICADO

Subcomitê Interno de Investigações 115211B
RE: O Incidente nas Colônias SA

Nota: Contatar Jasmine3k, Humano Híbrido Virt. 39261. SA, Assistente de Laboratório da Dra. E. Yang, para comentários futuros, conforme necessário.

DOC ==> FORTIS
Transcrição – LogCom 09.12.2066
Questionamentos Éticos pt. 2

DOC: Fortis?;

FORTIS: Sim, DOC.;

DOC: Não deveríamos alertar o governo sobre nossas descobertas a respeito de NULO, dos dispositivos dele e das crianças?;

FORTIS: Não, ainda não. Já falei.;

DOC: Mas o mundo não está preparado, e se os planos de NULO funcionarem, muitas pessoas podem morrer. Devo lembrá-lo da Lei Zero da Robótica de Asimov (a qual eu estenderia para se aplicar a qualquer construto autoconsciente com a capacidade de influenciar acontecimentos humanos): "Um robô não pode prejudicar a humanidade ou, por inércia, permitir que a humanidade seja prejudicada." Nossa inércia não vai prejudicar a humanidade?;

FORTIS: Agradeço a preocupação, mesmo. Mas há sutilezas em jogo que vão além de sua atual capacidade de compreensão. Geopolítica, psicológica, sociológica. Coisas humanas. Deixe que eu me preocupe com isso.;

FORTIS: No entanto, devo dizer que sua evolução continua me surpreendendo. Eu o programei bem (bem demais?). Acho que talvez eu precise lhe dar um novo apelido, meu amigo. Phil, acho, seria adequado.;

DOC: Em homenagem a Philip K. Dick?;

FORTIS: Exatamente! Foi um indivíduo brilhante, porém atormentado. E conhecido como um pé no saco.;

DOC: Eu coraria de novo, mas por motivos completamente diferentes desta vez.;

FORTIS: Hah! Você é um bom amigo, Sr. Dick.;

20
BUDA BILL

Fortis fica de pé aos trancos, esfregando o queixo. Fora isso, ele está inabalado.

Esse é Fortis. Provavelmente está acostumado a levar pancadas no rosto, isso eu percebo.

— Ah. Ai. Sim. Bem. Bom saber que os monges ainda são tão hospitaleiros, William.

O homem faz uma reverência ou assente — é difícil dizer qual dos dois —, unindo as mãos.

Fortis não faz nenhum gesto em resposta.

— Estes são meus... vamos chamá-los de amigos. Doloria de la Cruz, Timora Li, Furo Costas, Lucas Amare.

Os olhos do homem se detêm no rosto de Lucas. Ele provavelmente reconhece o nome. Mesmo aqui, do outro lado do oceano. Mesmo que não reconheça, Lucas não encara o monge, para evitar que isso aconteça. Conhecendo Lucas, ele aprendeu a presumir o pior.

A maldição Amare.

Mas a coisa menos notável no sujeito é a quem ele direciona seu olhar. O mais notável é a barriga imensa coberta por uma túnica dourada, o sorriso de dentes ainda maior, e — acima de tudo — a voz enormemente ressoante. Cada palavra que o monge diz parece berrada pelos alto-falantes de rua do EGP.

Fortis gesticula com um floreio dramático.

— Amigos, apresento a vocês William Watson, o eremita sagrado.

— É monge — protesta o sujeito imenso, olhando com raiva.

— Parte monge. — Fortis dá um risinho de escárnio.

— Apenas a parte boa — responde o outro, cruzando os braços. — A melhor parte.

Fortis assente, implacável.

— Ou, como ele prefere ser chamado, Buda Bill.

O monge ignora Fortis, sorrindo para nós.

— Bibi. Podem me chamar de Bibi. É assim que os colonos me chamam. Um prazer conhecê-los. — Bibi une as mãos de novo, fazendo reverência. Dessa vez, definitivamente é uma reverência. Tentamos imitá-lo, mas do nosso jeito desengonçado e sem sentido, sem muito sucesso.

Então Bibi coloca a cabeça para fora da porta canelada de alumínio, olhando para os dois lados. Quando fica satisfeito por não termos sido seguidos, ele assente e coloca a cabeça para dentro.

— Bem, não fiquem aí atraindo atenção. É a única coisa que vocês não vão querer atrair por aqui. Isso e os mosquitos. Entrem. — Há uma pilha de sapatos diante da porta, mas considerando que estamos em trajes de remanescentes, não temos nenhum sapato para deixar.

Bibi olha para nossos pés sujos.

— Pensando bem, fiquem aí.

Depois de uma bela lavada nos pés, somos permitidos dentro da casa de Bibi — com exceção de Brutus, que é capturado pela faxineira e arrastado para o banho, ganindo.

Imagino que seremos os próximos.

A primeira coisa que reparo quando passamos pelo portal é que a casa não é uma casa. É uma escola. Há uma enorme mesa lotada de alunos — meninos e meninas, também em túnicas amarelo-dourado, calculando números em tabuletas com giz ou fazendo cálculos em contas presas numa corda.

— Você é professor? E estes são seus alunos? — Observo o restante da sala de aula, desde as línguas globais até as equações matemáticas escritas nas paredes.

Uma sala de aula. *Algo que Ro e eu jamais tivemos.*

— Isso mesmo. — Bibi profere uma frase do dialeto colonial e então ri. — Em tradução rústica, isso significa "o Lar do Porco Educado". É assim que me chamam. — Ele sorri. — Viu o novo cartaz? Custou-me cinquenta dígitos, mas acho que dá um toque de classe ao lugar. — Bibi solta mais uma gargalhada que sacode a mesa no centro da sala.

— Também está ensinando a eles seu trabalho desonesto e sua ética profissional preguiçosa? As coisas que conhece melhor do que ninguém? — Fortis dá um tapinha nas costas de Bibi, que, com o braço, enlaça o amigo em resposta.

— Não. E também não vou deixar você ensinar a eles sequer uma das coisas que me ensinou, velhote. Nem colar, mentir ou roubar. Porque a meta aqui não é chegar a uma penitenciária, meu amigo.

— Qual é a meta? Se não se incomoda em dizer — pergunta Tima, curiosa. Conforme fala, ela vai se inclinando e murmura para corrigir uma criança de cabelos embaraçados que trabalha num problema matemático, e percebo que ela poderia ter sido uma ótima professora.

Pode, penso. *A vida é longa.*

A vida pode ser longa.

Espero.

— Ah, as coisas de sempre. Compreensão correta. Pensamentos corretos. Discurso correto. Ações corretas. Vivência correta. Esforço correto. Consciência correta. Concentração correta. E assim por diante.

— E não aceitarem um emprego com os patetas da Embaixada, como fez Yang? — Fortis parece estranhamente amargo, e até o sorriso bondoso de Bibi fica sombrio.

— Ah, sim, Yang. Nossa única amiga na Embaixada Geral. É claro, é por isso que você está aqui.

— Não é por isso que estamos aqui. Só imaginei se ela poderia ser útil para nós. Pelo menos uma vez.

— Vamos conversar no jardim.

Bibi ergue a voz para as crianças.

— *Khaw chuu Lucas. Khaw chuu Furo.* — Ele olha para mim. — *Khaw chuu Doloria. Khaw chuu Timora.*

Em silêncio, elas se levantam e se curvam no chão, diante de nós.

As crianças reverenciam como se fôssemos reis ou deuses, ou o EGP em pessoa. Não somos nada disso, não mais do que somos uma pintura de rua emoldurada em ouro do tamanho de um prédio.

Um menino na fileira da frente ergue o rosto, ainda com as mãos unidas.

— Sim, Chati? — incentiva Bibi, e o menino profere uma longa cadeia de sílabas que soam lindas, porém incompreensíveis.

— Ah — diz Bibi. — Ele diz que estamos esperando por vocês há muito tempo. Sabíamos que viriam, por causa de sua enorme fama. E queremos ajudar a combater os lordes do céu. — Bibi suspira. — Tudo bem, tudo bem, calma. Tem bastante tempo para isso.

Ele assente para o menino, que sorri de volta, orgulhoso. Então mais uma cadeia de sílabas estranhas sai da boca dele, e Bibi começa a gargalhar, assentindo.

— O quê?

— E ele também quer saber por que não tomam banho. Por causa do cheiro forte de porco sujo. — Bibi abre uma cortina do outro lado da sala. — O que é, de fato, uma pergunta excelente. Venham. Vamos ver o que podemos fazer quanto a isso.

As salas de aula sombreadas dão lugar a um jardim no pátio interno, ensolarado e com flores e almofadas coloridas no chão. Listras em tons de vermelho e dourado intenso, além de verde-claro e azul-escuro, cobrem todas as superfícies.

Estendo a mão para tocar um vaso baixo de flores e elas estremecem sob meu toque. Estão na água, percebo, flutuando num recipiente também em formato de flor.

Até as flores têm flores aqui. Que lugar tão cheio de vida.

Bibi desaparece e nos sentamos, satisfeitos. Apenas Fortis parece deslocado.

— Não fiquem confortáveis demais. Não vamos permanecer aqui por muito tempo.

— Por que não? Talvez ele possa nos ajudar — diz Tima, ansiosa. — Tem uma escola inteira aqui. Devem saber alguma coisa. — Não a culpo. Há almofadas sob nossos corpos e cheiros agradáveis vindo de uma cozinha não muito distante. Mais aconchego, mais conforto do que nos foi oferecido desde os Idílios.

— Por que não? Porque William Watson foge assim que as coisas ficam caóticas. William Watson pode estar na outra sala ligando para o próprio EGP, se isso servir para limpar o nome imundo dele. William Watson não suja as mãos, e agora temos um mundo sujo.

— Diga-nos o que realmente acha, sim? — Bibi está à porta, com uma pilha de toalhas brancas enroladas. — Podem tomar banho no dormitório, ao final do próximo corredor. Minha governanta está lá agora, enchendo as banheiras. — Ele gesticula com a cabeça, jogando as toalhas para nós. — O Merc e eu temos que colocar as coisas em dia.

Fortis assente.

— Você está sendo sutil.

— Sou um monge. Tento evitar os excessos. Sigo o Caminho do Meio.

Fortis ergue uma sobrancelha. Bibi olha do punho para a enorme pança.

— Ah, sim. Bem. Três de quatro votos não é ruim.

— Eu diria que você está obedecendo a, no máximo, dois — diz Fortis, estendendo a mão para dar tapinhas na barriga de Bibi.

Bibi dá de ombros.

— Podem ir então — diz Fortis, sem sequer olhar em nossa direção.

E assim obedecemos.

Fora de vista, mas não fora do campo auditivo.

Aquele monge quase derrubou um Merc simplesmente por bater à porta dele.

Nenhum de nós vai perder a oportunidade de descobrir por quê.

OFÍCIO DA EMBAIXADA GERAL: SUBESTAÇÃO DO LESTE DA ÁSIA

MANIFESTO URGENTE
SOMENTE PARA APRECIAÇÃO DE
PESSOAL IDENTIFICADO

Subcomitê Interno de Investigações 115211B
RE: O Incidente nas Colônias SA

Nota: Contatar Jasmine3k, Humano Híbrido Virt. 39261. SA, Assistente de Laboratório da Dra. E. Yang, para comentários futuros, conforme necessário.

NOTAS DE PESQUISA PESSOAL
Paulo Fortissimo
23/08/2066

Mais ideias sobre como meus "instrumentos" podem conseguir ajudar minha causa. Nossa causa.

O conceito são frequências ressonantes. Emoções são expressas e sentidas pela energia, com um comprimento de onda singular. Se minhas crianças conseguirem transmitir isso com um "volume" incrível, que efeito terá naqueles ao redor delas? Ondas sonoras fazem paredes próximas vibrarem. Uma pedra jogada numa poça cria ondas que se estendem às margens mais afastadas.

Para retornar à analogia do instrumento, se uma criança conseguir tocar uma nota emocional tão alto, clara e nitidamente, isso deve influenciar todas as pessoas no ambiente próximo. Todas adotariam a mesma vibração, não?

Certamente uma hipótese que vale ser testada.

21 NOTÍCIA VELHA

Depois que saímos do recinto, nenhum de nós vai muito além de alguns passos atrás da cortina do portal. Nenhum de nós quer perder o que vem a seguir.

Eu me agacho próximo a uma parede, Tima se apoia sobre outra. Lucas e Ro ficam de pé entre nós, atrás do tecido pendente — todos inclinados em direção à troca de palavras do outro lado.

Não fazemos sequer ruído.

— O que foi? Ficou sem sabão, é? — Fortis puxa Ro pela orelha.

— Ai — protesta Ro.

Mas não adianta, e em minutos a porta do dormitório é batida atrás de nós, antes mesmo de conseguirmos negociar para nos safar.

Nossas banheiras na verdade são apenas barris velhos enfileirados e separados por cortinas coloridas e gastas penduradas em barbante.

— Vamos ficar pelados — grita Ro, alegremente.

— Vamos nos limpar — responde Tima.

— Você não é divertida — gargalha Ro.

— E você fede — retruca ela, com calma.

Lucas não diz nada. Se bem o conheço, ele deve ter afundado na água só para não precisar ouvir Ro. Gostaria de poder me desligar de tudo também.

Não consigo.

Mesmo assim, a água está fumegante, e quando relaxo o pescoço contra a beirada de madeira áspera da banheira, tento me lembrar da última vez em que estive limpa.

Antes do navio.

Antes do ataque aos Idílios.

Antes de o Bispo morrer e de Fortis retornar.

A ideia me faz sentar, espirrando água.

— Dol? Você está bem?

— Claro. Sim. Não é nada.

Recosto o corpo e fecho os olhos, estendendo os sentidos. Sinto o caminho além de nós quatro, rumo à escola. Pelo choque caótico de ruído interno dá para saber que estou me aproximando, então de repente eu os vejo.

A imagem jamais esteve tão clara.

Cara a cara, Fortis e Bibi. Apenas um bule de chá entre eles.

Consigo enxergá-los com clareza — o que é novidade. É como se eu estivesse de pé na sala.

— Você não tinha nada que trazê-los aqui. — A voz de Bibi ecoa, embora ele tente contê-la. Não consegue evitar.

— Por que não? Seu rapazinho ali falou que vocês estavam à nossa espera. E sei que nossa reputação nos precede. — Fortis parece presunçoso.

— É claro que os colonos não falam de outra coisa desde o truquezinho no Buraco. Os boatos se espalham como praga. O que ilustra o quanto estou feliz por vê-lo de novo. — Bibi está com o rosto vermelho.

— Por que não está feliz em me ver, William? Não quer ser libertado? — A voz de Fortis parece estranha, quase como se ele estivesse provocando o monge.

— Não. Quero manter meu coração batendo e minha cabeça presa ao corpo, muito obrigado. Ou deveria dizer: não agradeço a você por isso.

Fortis demonstra reprovação.

— Para um monge, você não é muito hospitaleiro, Beebs. Principalmente considerando que são apenas crianças. E que viajaram de muito longe para chegar aqui. — Ele estala a língua num deboche.

— Desde quando você banca a babá, Fortis?

— Dificilmente sou uma babá. Pensando bem, estou mais para um pai. Assim como você. Afinal estávamos lá quando os planos foram feitos. Você, eu, Yang, LeA.

Meu coração está acelerado. Agarro a borda da banheira, firmando-me enquanto ouço. Mantenho os olhos fechados bem apertados.

Não tenho escolha a não ser escutar.

Um longo silêncio se segue.

Percebo que estou prendendo a respiração. Porque somos nós. *Estão falando de nós. Os planos que foram feitos para nos criar. Lembro-me de nossas conversas em Santa Catalina, da descoberta de que simplesmente não nascemos como crianças normais.*

De que fomos projetados.

Manufaturados.

Criados antes da chegada dos lordes, como se tivéssemos algo a ver com a coisa toda.

Eu até consegui parar de pensar nisso, mas ouvi-los tocando no assunto agora, de maneira tão despretensiosa, faz minha cabeça doer.

— Não — diz Bibi. — Não pode ser. Não essas crianças. Você não está me dizendo isso.

— Estou.

— Impossível. O Projeto Humanidade não foi bem-sucedido. Nenhum espécime viável foi produzido.

— E, no entanto, aqui estão elas. Quatro Crianças Ícone, em carne e osso.

Impulsiono o ombro com força contra a borda da banheira.

Fortis continua.

— Só estou buscando uma ajudazinha de um velho amigo. Ou família, pode-se dizer.

Ele parece estar provocando, mas sei que não. Está muito sério.

Bibi parece incrédulo.

— Se o que está dizendo é verdade, elas não são simplesmente crianças. Não são apenas crianças. Não sei o que são. — A voz dele está tão baixa agora que preciso me concentrar mais para ouvir. — Eu soube dos boatos. O que aconteceu no Buraco. Mas nunca acreditei. Nem mesmo me permiti acreditar de verdade que o Ícone no Buraco tenha sido destruído. Não dava para aceitar o que isso poderia significar... se fossem elas. — Ele balança a cabeça. — É inimaginável. O poder que elas possuem. As coisas que criamos.

Coisas.

É o que somos.

— Eu estava lá, no Buraco — diz Fortis, gabando-se, como se estivesse saboreando cada momento da reação de Bibi. — Conseguimos. É mais do que imaginável, é crível. Então acredite.

Há uma pausa tão longa que acho que a conversa acabou — até ouvir um suspiro longo. Insisto mais, forçando até conseguir ver um rosto de novo.

É o de Bibi.

— Tudo bem. Podem ficar o quanto quiserem. Mas você não, Merc.

— Ora, William. Estou começando a achar que você quer fingir que não trabalhamos lado a lado num laboratório...? Nos dias gloriosos de nossa juventude?

— E durante todo aquele tempo eu não fazia ideia do tipo de rato com quem estava envolvido.

Que tipo de rato, Fortis?

O que você fez?

O que fez e a mando de quem?

— Você faz o termo *rato* soar tão pejorativo. Prefiro dizer *realista flexível.* — A voz de Fortis está tão fria agora. — Afinal, eu sou um Merc. Nunca neguei isso.

Uma pausa. Então Bibi acrescenta:

— E por falar nisso, jamais entendi. O que você ganharia com tudo isso? Nosso pequeno Projeto Humanidade?

A voz de Fortis é quase alegre.

— Ah, está vendo? Você está curioso. Por baixo dessa podridão de monge e dessa porcaria de professor, você não é diferente de mim. Quer saber se está funcionando? O que começamos? — Ele está praticamente gritando. — Porque você soube do que houve no Buraco. E sabe o que eles podem fazer... o que fizeram. Sabe que algo está acontecendo agora, não sabe? Algo maior do que o que começamos tantos anos atrás.

Bibi está na defensiva.

— Não quero saber nada. Não ao preço de me dar mal com você de novo. Aprendi essa lição.

— Tudo bem. Então não saiba. — Fortis ri.

— Não vou saber mesmo. E parece que esta conversa acabou — diz Bibi.

— Era de imaginar, não? Exceto por uma coisa — responde Fortis.

— E lá vem. Como um relógio — diz Bibi. — Deixe eu adivinhar. Você precisa da minha ajuda.

— Você conhece as Colônias melhor do que qualquer um. — Fortis está irritado. Consigo ouvir na voz dele. — Você ou Yang. Principalmente agora que LeA está fora do jogo.

— Ah, sim. Eu soube. Tão estranho, na verdade. Para uma sobrevivente como LeA.

— Isso limita minhas opções.

— Mais ou menos. Principalmente porque, por mais que odeie você, Yang o odeia mais ainda. — Bibi suspira.

Fortis praticamente rosna.

— Pode rir o quanto quiser. Preciso encontrar alguém. Precisamos encontrar. Mais uma, como as outras. Se ela existe. A quinta.

— Meu deus.

Mais um longo silêncio.

Fortis pigarreia.

— Vou fazer valer a pena para você.

Quando fala, Bibi parece amargurado.

— Sim, bem. Você sempre diz isso, e, de alguma forma, sempre acabo do lado perdedor de suas propostas.

Fortis caminha de um lado a outro; dá para ouvir o chão rangendo sob os pés dele.

Bibi ergue a voz.

— O que elas sabem? As supostas Crianças.

— Dificilmente são crianças, concordo com você nisso. Depois do que viram. Do que fizeram.

— Os atos são capazes de mudar uma pessoa. Você sabe disso melhor do que ninguém, Merc.

— Assim como você, William.

— E?

— Elas sabem o que são, mais ou menos. Sabem por que estão aqui, pelo menos em parte. Tanto quanto podem.

Congelo. Não acredito que estou ouvindo essas palavras, e da boca do próprio Fortis.

Ele acha que sei o que sou e por que estou aqui? Mais ou menos?

E como está tendo essa conversa com um estranho, e não comigo?

Meu coração está golpeando meu peito como pés a uma calçada. Correndo. Disparando.

Voando.

Não consigo respirar.

Sinto como se minha cabeça fosse explodir.

Estou apagando.

— Dol? Dol, você está bem? — É Tima me segurando pelo braço. Abro os olhos.

Acabou.

E então me dou conta de que estou de volta à banheira, jogando vasilhas de água sobre a cabeça. Não me faz sentir limpa, não importa quantas pétalas de rosa e fatias de limão e tiras cheirosas de capim-limão a governanta de Bibi tenha colocado no banho para nós.

Não me faz sentir renovada ou melhor ou mais como mim mesma. A antiga eu.

Nada é capaz de fazer isso.

Bibi e Fortis.

Yang e LeA, quem quer que sejam.

E então Tima e Lucas e Ro e eu.

Tima e Lucas e Ro e eu e a pequena menina de jade.

Como nos encaixamos? Esses homens que nos tratam como crianças, mas insistem que não somos?

O que eles têm a ver com a gente?

E o que quer que seja, como se explica o que eles sabem? Por que Fortis não me conta? Por que me importo tanto assim?

Jogo água sobre o rosto e nas costas, pelos olhos que ardem.

Se há lágrimas, eles não saberão.

Se há lágrimas, não direi.

— Você está bem? — Tima segura minha mão. Sem as camadas habituais de sujeira, ela parece mais macia, mais vulnerável. Está parada à porta do jardim, agora vestindo as túnicas amarelo-dourado largas dos alunos de Bibi, assim como todos nós.

Por algum motivo, ela me esperou.

Provavelmente o mesmo motivo pelo qual me vejo esperando por Lucas e por Ro.

Então conto a eles o que ouvi. Para todos eles. Sobre o que vi. Sobre o livro das Crianças Ícone.

Conto tudo a eles.

Lucas é o primeiro a responder.

— Não deixe saberem que os ouviu. — A voz dele é baixa e calma. — Está bem? Ainda não. Não aja como se soubéssemos qualquer coisa. Não até descobrirmos o que fazer.

Ele me puxa para si e sinto sua cabeça quente e úmida contra a minha. Quero cair em lágrimas, me enroscar nos braços dele, chorar até dormir junto ao corpo dele.

Não faço nada disso. Não posso. Ele não pode. Esse momento acabou. Pelo menos por enquanto.

Nós nos encaramos.

— Botões está certo. Vamos esperar. Assim, quando agirmos, ele vai ser pego desprevenido. — Ro e Lucas concordarem de verdade com alguma coisa é estranhamente sério.

— E o que seria? — Tima parece cética. — Essa nossa ação?

— Não sei. Fugir? Nos juntarmos à Rebelião Camponesa em outra Cidade da Embaixada? Ou talvez apenas fazer uma intervenção e contar ao papai que estamos magoados. — Ro alisa os cabelos castanhos espetados. É o que o denuncia: está tão frustrado quanto o restante de nós.

Lucas concorda.

— Não importa o que façamos, uma coisa está clara. Não confiem no Merc. — Ele dá de ombros. — Pelo menos agora sabemos.

Ro abre a porta, gesticulando para nós. Está na hora de nos juntarmos ao grupo de novo.

Limpos e quase secos, parecemos pessoas diferentes. Isso é verdade.

E somos, mas não tenho certeza se o banho tem algo a ver com isso.

Fortis sabe mais do que está dizendo. Sempre estivemos cientes disso. E, tecnicamente, o que eu vi não faz nada além de confirmar isso. O que mudou então?

Tudo.

— Então — diz Bibi, alegremente, quando entramos no jardim. — Soube que estão procurando por alguém. Vamos fazer uma viagenzinha até a cidade amanhã. Tenho um amigo que imagino poder ajudar.

Ele assente para Fortis, como se os dois não tivessem feito nada além de rir dos velhos tempos.

— Sim — afirma Fortis. — Bibi concordou educadamente em agir como nosso guia. Pelos velhos tempos.

Bibi resmunga.

— Velhos tempos — diz ele, com desdém, como se as palavras fossem tão azedas quanto o prato de manga verde fatiada diante dele. — É claro. Mas primeiro, vamos comer.

Maravilhoso.

Pratos de frutas frescas e secas enchem a mesa baixa entre nós. Bananas secas do tamanho de línguas humanas — que é exatamente o que aparentam — estão empilhadas junto a moranguinhos secos, de cor escarlate e doces, e até mesmo a longanas menores, secas, douradas e com um sabor oscilante entre passas e nozes. Há também rolinhos recheados com passas e cobertos de geleia de coco com manga. Cachos dourados de macarrão flutuam em tigelas com caldo de cheiro intenso, ao lado de pratos de arroz fofinho. Berinjelas verdes e redondas partidas dentro de molhos doces melados competem com lâminas de ipomeias verdes, cobertas com grandes discos de gengibre e folhas fritas crocantes de couve.

Bibi não é remanescente.

Ele deve ter dinheiro, penso. *Proteção. Um motivo pelo qual não acabou nos Projetos como Ro e eu teríamos acabado, sem o Padre.*

Porque esse é um banquete de reis e não comemos de verdade há mais de uma semana agora. Mesmo assim, nenhum de nós consegue dar uma mordida. Nossos apetites foram roubados junto à confiança, tudo em alguns momentos de conversa ilicitamente interceptada.

Bibi repara em nossos pratos vazios. Ele serve chá num conjunto de ferro, pingando mel de lichia e longana na bebida.

— Pelo menos permitam que eu lhes ofereça um chá. As abelhas são de meu próprio pátio. Lá de trás, do jardim.

— No local onde você medita? — Tima o observa servindo.

— Sim, bem. A intenção é meditar, mas tenho uma tendência a me agitar e, por fim, me irritar. — Bibi sorri. — Então, em grande parte, o jardim é onde posso atirar pedras em segurança. — Ele suspira.

— Ele não está brincando — diz Fortis, abrindo uma garrafa e jogando um líquido cor de âmbar no chá. Estilo do Merc.

Bibi assente.

— Ainda estou trabalhando no cultivo da paciência necessária pelo Caminho do Meio.

Rimos, e então percebo que Fortis nos observa com interesse maior do que o normal. Nós e nossos pratos vazios. Então me obrigo a pegar um par de palitinhos finos prateados.

— Estou morrendo de fome. É quase como se eu tivesse me esquecido de como se come — digo sem muita convicção.

Vamos lá, penso, olhando para Lucas e Tima.

Eles vão reparar. Ele vai reparar.

Tima assente, devagar, e Lucas a acompanha. Logo estamos misturando curry verde, vermelho e amarelo no arroz e passando pratos de frutas e vegetais entre nós, como se fôssemos consumir todo o banquete real.

Fortis se recosta no assento, apoiado contra uma almofada de seda. Ele solta o guardanapo na mesa — mas, mesmo assim, jamais tira os olhos de mim.

Eu sei disso porque não tiro os meus dele.

OFÍCIO DA EMBAIXADA GERAL: SUBESTAÇÃO DO LESTE DA ÁSIA

MANIFESTO URGENTE
SOMENTE PARA APRECIAÇÃO DE
PESSOAL IDENTIFICADO

Subcomitê Interno de Investigações 115211B
RE: O Incidente nas Colônias SA

Nota: Contatar Jasmine3k, Humano Híbrido Virt. 39261. SA, Assistente de Laboratório da Dra. E. Yang, para comentários futuros, conforme necessário.

NOTAS DE PESQUISA PESSOAL

PAULO FORTISSIMO
23/08/2066 CONT.

A CHAVE PARA NOSSA PESQUISA É A NOÇÃO DE QUE ENERGIA EMOCIONAL É COMUM ENTRE TODAS AS PESSOAS. ESTABELECEMOS, EM TEORIA, QUE TAL ENERGIA EMOCIONAL É PRÓXIMA O BASTANTE DA SAÍDA DOS DISPOSITIVOS DE NULO PARA QUE, QUANDO SUFICIENTEMENTE AMPLIADA, DEVA CANCELAR OS EFEITOS DELES — GARANTINDO ESSENCIALMENTE IMUNIDADE ÀS CRIANÇAS E NOS FORNECENDO UM MEIO DE LUTAR CONTRA O PODER DO DISPOSITIVO. TAMBÉM ESTAMOS EXPLORANDO O PODER DAS CRIANÇAS PARA USAR A ENERGIA DELAS NA INFLUÊNCIA DAS PESSOAS AO REDOR, DE DIFERENTES FORMAS.

ISSO ACONTECE COM FREQUÊNCIA EM GRANDES REUNIÕES, QUANDO UM ORADOR PODEROSO É CAPAZ DE TRANSPORTAR UM PÚBLICO, MUDAR O MODO COMO ELE SE SENTE, COMO SE COMPORTA. PRESUMIMOS QUE oradores usam "palavras poderosas", mas, na verdade, acredito que usem a energia emocional, alcançando aqueles ao redor, fazendo com que entrem em ressonância e mudem.

Portanto, a energia de minhas crianças pode não apenas ser capaz de influenciar os sentimentos e as sensações dos outros, como pode libertar habilidades latentes naqueles que as cercam.

Como uma reação em cadeia.

Só não tenho certeza de qual será essa reação. Mas não tenho o luxo do tempo para descobrir todos os ângulos.

O potencial é excelente, mas as incógnitas são um pouco assustadoras...

E por falar em potencial... Imagino se conseguiremos encontrar uma forma de tornar nossas crianças ainda mais fortes, mais barulhentas. Um modo de ampliar a energia delas além da engenharia? De sobrecarregá-las? Mas agora? Não faço ideia. Um passo de cada vez, Paulo.

22 MERCADOS

No dia seguinte, com o sol baixo e intenso seguimos para a rua num pequeno carrinho chacoalhante que Bibi chama de *tuk-tuk*. Nós cinco mal cabemos no quadrado de assentos atrás do velho motorista, que chicoteia as rédeas nas costas de um animal mais velho ainda.

— *Kwai* — diz Bibi. — Búfalo-asiático. Tão burro quanto Fortis. — Ele sorri.

— Deixamos Fortis para trás — continua Bibi — porque ele só chateia as pessoas.

— Não vou contestar isso — falo.

Bibi tem o cuidado de nos mostrar os lugares, como se estivéssemos ali para visitá-los. Mas um em especial não pode ser ignorado. Os Projetos SA, como todos os Projetos, ficam na costa. Não sabemos por que, ou o que a água tem a ver com isso, mas é assim. Projetos só são construídos no litoral. Pelo menos é o que dizem.

Como as Colônias SA foram construídas sobre um aterro — de lama, sedimentos e rochas que foram dragados do leito do oceano e acumulados sobre a água para formar uma ilha onde costumava ter apenas água do mar —, uma longa faixa estreita de terra conecta os Projetos SA mais recentes à cidade mais antiga, chamada, quanta imaginação, de Cidade Velha. Antiga Bangcoc.

Bibi sorri.

— Krung Thep. Cidade dos Anjos. É o que significa no dialeto colonial.

— Exatamente como o Buraco. Antiga Los Angeles. Outra Cidade dos Anjos — digo.

Tima observa a rua do lado dela no *tuk-tuk.*

— Não sei por que falam que tantas cidades pertencem aos anjos. Não há cidades chamadas Cidade dos Lordes, e tudo pertence a eles.

Bibi ri, mas acho que ela está certa. Quanto mais tempo os lordes ficam conosco, mais difícil se torna se lembrar de uma época em que os seres que vinham do céu eram feitos de amor, não de guerra. Quando eram milagres, não pesadelos. Pergunto-me se alguém em Krung Thep tem lembranças diferentes.

Conforme chacoalhamos pela estrada, o ar e o céu pairam imensos e azuis ao nosso redor, mas os limites de arame farpado dos Projetos SA mais afastados são ainda mais amplos. Os muros irregulares são tão altos que quase bloqueiam o sol sobre nossas cabeças, e, à sombra, a temperatura cai quase tão depressa quanto se ergue ao sol. Como se os Projetos carregassem um clima próprio.

Eu não ficaria surpresa, penso. *Pois não sabemos mais nada sobre o que acontece do lado de dentro.*

Acima das camadas imponentes de arame e metal, vejo uma bandeira de um amarelo intenso ondulando da torre mais alta, ao lado do portão dianteiro.

— O que quer dizer? A bandeira amarela? — Olho para Bibi.

Bibi franze a testa.

— Código de segurança para os remanescentes do lado de dentro. Amarelo significa que você não vai apagar imediatamente devido às cinzas e à fumaça. *Vermelho* é cor de *sangue*, e não é por acaso.

— Então isso não é bom. — Tima parece preocupada.

Bibi dá de ombros.

— É melhor do que já estar morto, acho.

— Há quanto tempo? Melhor o quanto? — Lucas parece sarcástico, e percebo que, conforme nos aproximamos dos Projetos, ficamos todos ansiosos.

— Quem sabe? — Bibi suspira de novo. Ele balança a cabeça. — Graças a Buda estamos aqui fora e não lá dentro.

Enquanto ele fala, o *tuk-tuk* segue chacoalhando até parar na primeira rua ao lado do gueto murado dos Projetos. Como a cidade tangencia a cerca do perímetro, ainda estamos perto demais para sentir qualquer coisa que não seja paranoia.

Tal como deveríamos, penso.

— Chegamos. — Bibi abaixa a voz. — Fiquem logo atrás de mim. Não encarem ninguém. Não falem. Entenderam?

Entendo. Bibi é tão espião quanto monge.

Então ele ergue a voz, como se alguém estivesse ouvindo.

— Mercado. Aqui vamos nós. Parada para o almoço. — Ele dá tapinhas na barriga. — Hora do Bibi. Precisamos alimentar o monstro.

Bibi sai do *tuk-tuk* e desaparece na rua lotada, gesticulando para seguirmos.

Os aromas salgados e doces já me envolveram, e prossigo, hipnotizada. Entramos em um dos muitos mercados de comida abafados, um com sacos lacrados de arroz e batatas escorando as paredes oscilantes de lona encerada. Passo sob um teto de alumínio canelado e baixo que retém tanto o calor quanto o aroma do lado de dentro. Ao meu redor, vendedores fervem, fritam, cozinham no vapor e picam, todos em barraquinhas e balcões individuais. Grelhas fumegantes e espirrando óleo oferecem versões chamuscadas de carnes moldadas em tiras com arroz. Fogões de ferro desgastados, redondos e quentes, fazem o que parecem ser panquecas crepitantes de massa de coco. Copos altos de um rosa forte e leitoso estão cheios de talos de cana-de-açúcar. Baldes ainda mais altos abrigam limões e folhas, presos em gelo.

E tem também os macarrões. A variedade de macarrões é maior do que a quantidade de pessoas no mercado. Gordos, finos, brancos e marrons. Entrelaçados com vegetais selvagens ou ensopados com pedaços gordurosos de carne. Doces ou ácidos. Um sabor ou quatro.

Uma barraca em especial parece ser nosso destino. Quase abandonada e escondida num canto escuro, não teria sido minha primeira escolha. É algum tipo de barraca de sopa, na qual cachos espessos de macarrão dourado boiam das tigelas, cobertas com versões fritas dos mesmos. Um caldo fumegante e cheiroso — como capim-limão, gengibre e coco — é jogado sobre as tigelas, deixando cair uma cenoura ou folha verde aqui e ali. Fatias espessas de limão e ramos de coentro mergulham nos recipientes, então alguém bate as tigelas no balcão. Pronto.

Meu estômago começa a roncar. O homem no balcão — acho que ele tem cinco ou seis dentes restantes na boca toda — não ergue o rosto.

Mesmo assim, Bibi olha a sopa com admiração, oferecendo um cumprimento que é ignorado. Então ergue a voz, falando em inglês.

— *Tom kai*, sim? Cinco, por favor.

— Comer aqui ou levar? — O homem finalmente olha para ele, de cima a baixo, pouco impressionado.

— Comer aqui.

O sujeito lança um olhar definitivo e autoritário para Bibi, então resmunga quando o monge entrega a ele o que parece um monte profano de dígitos por cinco tigelas de sopa de macarrão. E cinco xícaras de chá, fumegantes numa chaleira pesada de metal.

Bibi abre uma cortina de contas e nós seguimos o monge para a escuridão dos fundos da barraca. Então entendo o que o alto preço da sopa está comprando, na verdade.

Privacidade.

Porque uma mulher esguia e graciosa de cabelos escuros com um uniforme da Embaixada está sentada sozinha a uma mesa no canto, atrás de uma tigela de sopa intocada.

— Dra. Yang.

Quase derrubo meu almoço ao ouvir o nome.

A mulher não espera que a gente se sente. A inquisição começa quando ainda estamos de pé. Ela se levanta e nos cerca antes de conseguirmos dizer uma palavra, nos avaliando como se fôssemos gado ou alface.

— Não acreditei quando recebi sua ligação. — A mulher encara.

— Acredite — diz Bibi.

— São estes? — O rosto dela está lívido, e pesquiso a mulher com a mente. Recebo um estremecimento, uma ruptura. Pânico, curiosidade, adrenalina. Nada tranquilo. Nada sólido. Nada definitivo.

Ela é uma confusão. Mas tem outra coisa.

A mulher nos reconhece, algo a nosso respeito.

Os olhos de Ro se voltam para os meus. Ele sabe que consigo sentir alguma coisa. Olho para Lucas e Tima, mas eles estão distraídos demais pela presença da Dra. Yang para notar qualquer outra coisa.

Bibi sorri, apoiando a bandeja.

— Dra. Yang, estes são Doloria, Furo, Lucas e Tima. — Eu devo parecer em pânico, porque Bibi sorri para mim. — É seguro conversar aqui, pequenina. Não se preocupe. Você parece ter engolido a língua.

Sinto minhas bochechas ficando rosadas.

— Está me dizendo que estes são eles? — Yang, quem quer que seja, nos encara. — É possível? — Ela se aproxima, nos examinando de todos os ângulos. Nos inspecionando como ovelhas em um leilão de camponeses, penso. *Ovelhas ou escravos.*

— Surpresa — diz Bibi.

— Mas era apenas pesquisa. Puramente teórica. LeA e eu jamais construímos nada de verdade — diz. Então se corrige. — Ninguém.

LeA. Aí está o nome de novo, aquele que li no diário de Fortis.

— No entanto, aqui estão eles. — Bibi assente. — Dolor, Timor, Furor, Amare. As quatro características icônicas do temperamento humano. Dor, Medo, Raiva e Amor.

— É verdade — digo, encarando a mulher. — Tá-rá. Aqui estamos nós. A própria humanidade, em carne e osso. — Pareço amargurada, e estou mesmo. E frustrada, porque essa tal Yang sabe mais do que está dizendo.

É meu trabalho cutucá-la até que diga.

Sinto as perguntas por trás dos olhos dela. Sinto o coração da doutora batendo forte. A pulsação acelerada.

Nada mais.

Eu a deixo em paz.

Yang move os olhos de mim para os outros.

— Eles não eram nada. A mais improvável das ideias. A mais vaga possibilidade matemática. — *Ela está em choque*, penso. *Talvez por isso seja tão difícil decifrar qualquer outra coisa.*

Yang olha para o rosto de Tima. Belisca sua bochecha. Percorre as mãos pela tatuagem do seu braço. Tima fica parada, congelada, parecendo prestes a atirar a tigela de sopa na mulher. Yang nem parece perceber. Ela está tão absorta no que vê. *Em nós.*

Finalmente, Yang ergue o rosto para Bibi.

— São perfeitos, não são? Realmente perfeitos?

— São uma beleza.

— De modo geral, eu diria que acertaram em cheio. Cem por cento. Alguém está acompanhando isso?

Bibi dá de ombros.

— O Merc.

— Eu soube que ele chegou de barco. Um navio de carga dos Projetos SA. Um pouco arriscado, não acha?

Bibi suspira.

— Isso é um Merc.

— Mas por que voltaram para cá?

— Voltaram? — Ro olha para ela como se quisesse golpeá-la. Não me sinto muito diferente dele.

Voltaram. Para as Colônias SA. Um lugar onde jamais estive.

Eu sabia que Fortis tinha estado aqui.

Só não sabia que nós também tínhamos.

— Você percebe, claro, que estamos bem aqui — diz Lucas.

— E podemos ouvi-la — acrescenta Tima.

— Vocês sabem falar — diz Yang, assentindo. — Muito bem. — Não sei se ela está brincando.

— Sabemos fazer muitas coisas — diz Ro, inexpressivo. Consigo sentir seu temperamento se alterando. — Quer testar?

Ele fixa os olhos na doutora até que gotas de suor se formem na testa dela. Momentos depois, a sopa na tigela da mulher começa a borbulhar.

— Chega. — Yang ergue a mão. Ela se vira para Bibi. — Este é, imagino, o Furioso?

— O Temeroso com certeza não é — diz Bibi, parecendo ele mesmo disposto a se afastar um passo de Ro. Tima encara os dois com raiva.

— Viemos aqui porque estamos procurando alguém — digo. — E esperávamos que você pudesse nos ajudar a encontrá-la.

— Alguém como nós. Uma menina. A quinta. — Tima olha para Yang, que não parece entender.

— Quinta? — repete Yang. Ela oferece um olhar cheio de significado para Bibi. — A quinta o quê?

— Criança Ícone — responde Lucas.

— Não é possível — diz Yang, depois de um momento.

— Mais impossível do que nós? — pergunta Ro. Ele me olha. Consigo ler as perguntas no rosto dele.

Como ela sabe o que é possível? Como sabe sobre nós? Quer que eu descubra o que ela sabe de verdade?

Ro está pronto para utilizar outros métodos. Balanço a cabeça quase imperceptivelmente.

Deixe que ela fale.

— Não aja com tanta surpresa. Você trabalha nos laboratórios do Projeto, Dra. Yang. Não é como se fosse um monge. — Bibi avalia seu rosto. — As pessoas fofocam.

— Estou dizendo. Eu teria ficado sabendo se... — A voz dela some.

— Se o quê? — pergunto.

— Eu simplesmente teria ficado sabendo. — Ela olha para Bibi. — Eu não sabia. Não sabia que eram reais. Não sabia que alguém faria isso de verdade.

É a vez de Ro.

— Quem somos nós, Dra. Yang, e o que você tem a ver conosco? Se sabe alguma coisa a meu respeito, sabe também que não deve me deixar irritado. — Ele dá mais um passo. — Sou um Furioso, lembra? Eu me enfureço. É esse o termo científico?

Mais um passo.

— Para ser sincero, não sei o que posso acabar fazendo. — Ro se aproxima. — Às vezes eu mesmo me surpreendo.

Pela primeira vez, Yang parece tensa.

— Eu juro. Não tive nada a ver com isso. Não tenho, há anos.

— Você não respondeu minha pergunta — diz Ro.

— Não sou eu. É ele. Pergunte a ele. É tudo ele.

— Quem? — diz Ro. — Fortis? Já sabemos que ele nos criou. Que ele é o motivo pelo qual sequer existimos.

— Não — diz Yang. — Não isso. Não é só isso. Outra pessoa. Alguém pior. Algo pior. Muito pior.

Ela abre a boca para responder...

Mas as palavras não saem.

Apenas o barulho.

Porque o mercado inteiro explode em pedaços de concreto, nuvens de fumaça e cinzas.

OFÍCIO DA EMBAIXADA GERAL: SUBESTAÇÃO DO LESTE DA ÁSIA

MANIFESTO URGENTE
SOMENTE PARA APRECIAÇÃO DE
PESSOAL IDENTIFICADO

Subcomitê Interno de Investigações 115211B
RE: O Incidente nas Colônias SA

Nota: Contatar Jasmine3k, Humano Híbrido Virt. 39261. SA, Assistente de Laboratório da Dra. E. Yang, para comentários futuros, conforme necessário.

FORTIS ==> DOC
13/02/2067
PRESSÃO DE PERSES

//início do logcom;

Doc, estou enviando isto de um terminal particular. Mão única.; Estou sendo cada vez mais investigado com relação a PERSES e o que aprendemos até agora. Como essencialmente recebi um orçamento de pesquisa carta branca, o Congresso insiste em relatórios de progresso e contabilidade. Como se não confiassem em mim!;

Por enquanto, por segurança, mantenha todas as informações a respeito de NULO, da natureza do conteúdo de PERSES e materiais de pesquisa relacionados altamente criptografados, ofuscados, ocultos. Escondidos. Entende o que quero dizer.;

Até sabermos mais, estou caracterizando PERSES para o Congresso como apenas um asteroide, com possibilidade mínima de se chocar contra a Terra. O que, na trajetória atual, pelo menos, é verdade.;

Muita gente, governos, corporações etc., estaria disposto a gastar ou fazer quase tudo para acessar minhas — nossas — informações. Dessa forma, fique de olho em qualquer indagação, sonda, *worm* ou ataque, pequenos ou grandes. Qualquer tentativa de penetrar nossa segurança.;

Por fim, por favor, e isso deveria ser óbvio, mas se outros estiverem observando/ouvindo quando nos comunicamos, faça-se de burro.;

//fim do logcom;

23
CINZAS

Estou deitada sob o que parece um cobertor. Pesado como uma camada de areia da praia, ou de neve estranhamente morna.

Não é.

É o cômodo, as pessoas, as barracas de comida e tudo o mais que compunha o mercado lotado — pulverizados e reduzidos a nada.

Ouço gritos e berros e sinto tudo começar a se mover de novo ao meu redor.

Mãos agarram meus ombros, me puxando para cima, e logo estou deitada sobre as costas de Ro, estatelada feito uma grande saca de arroz.

Ele nos abaixa até o chão.

— Dol. Dol, por favor. Acorde.

Abro os olhos. Meus cílios estão salpicados de um borrão cinzento.

Cinzas. São cinzas.

— Ro. — Tento pensar nas palavras, mas meu cérebro ainda está tão abalado quanto o mercado. — Estou aqui. Estou bem.

Por um segundo, Ro parece que vai chorar. Então ele me puxa para si. Sinto sua cabeça apoiada na minha, seus lábios em minha testa.

— Doloria Maria de la Cruz. Qualquer dia desses você vai me matar.

— Achei que você não se importasse. — Sorrio, levando os dedos até sua bochecha. Ro segura meus dedos.

— Não me importo. Mas se alguém tiver que me matar, não quero que seja você. Isso seria um insulto.

Sorrio de novo, então me lembro.

Lucas. Tima.

— Ro — digo, mas ele sabe.

Ro assente. E com isso, vai atrás dos outros.

Fecho os olhos, imaginando o que sinto e por que ainda sinto.

A Dra. Yang está deitada em algum lugar, inconsciente numa cama de hospital da Embaixada.

Conectada a máquinas que apitam, assim como eu estava, em outra embaixada — no que parece ter sido uma eternidade atrás.

Será que ela vai morrer por causa do que ia nos contar?

Será que vai morrer por causa dele? Quem quer que seja?

Há mesmo algo mais ligado a isso além de Fortis?

Ou será que o Merc explodiu o lugar todo? Será que foi trabalho dele?

Encaro Fortis enquanto ele fala. Grita, na verdade. Está com raiva, como nunca vi, e imagino se está preocupado com Yang ou com os planos de derrubar o EGP.

— Não é um acidente quando alguém explode todo o mercado que vocês por acaso estão visitando, enquanto ainda estão nele. — Fortis aperta bem as ataduras ao redor do braço de Tima, amarrando-as contra o corpo dela. — Já fiz isso muitas vezes. Sei do que estou falando.

— Relaxe. Estamos todos bem — digo. Movimento a perna para cima e para baixo, tentando fazer a pulsação passar. Não consigo concluir o que dói mais, o galo em minha cabeça ou o inchaço no tornozelo. Mesmo com o sarongue limpo que amarrei ao redor dos ombros como um vestido, estou derretendo de calor, o que não ajuda.

Mesmo assim, sei a sorte que tenho.

Quem sabe o que mais poderia ter acontecido?

— Isso é estar bem? — Bibi desviar o olhar de uma laceração no braço de Ro, de onde retira cacos de vidro.

— Relativamente falando — respondo.

Lucas está enfaixando os dedos da mão direita por conta própria. As vestes limpas da escola fazem com que pareça um dos meninos de Bibi.

— Fortis está certo. Precisamos tomar mais cuidado.

Lucas me olha. Pego o esparadrapo de sua mão, tiro uma faixa e prendo as pontas soltas.

— Estou bem. Estamos bem — falo, mas consigo sentir os olhos de Ro em mim.

Não olho para ele.

— Vocês aí, descansem, e vamos fazer uma visitinha aos monges amanhã. Depois, de um jeito ou de outro, vamos dar o fora daqui. Não vou ficar à espera para que o EGP exploda nossas cabeças. Não enquanto a cabeça dele ainda estiver bonitinha sobre o pescoço.

Lanço um olhar para Fortis, mas ele não diz mais nada.

— Amanhã, então — digo.

— Amanhã — concorda Bibi.

Depois disso, até o silêncio parece ameaçador.

Um a um, todos foram se recolhendo na escola. Tima ajuda Bibi na sala de aula, enquanto Fortis sai, murmurando algo sobre algum tipo de procura por mapas antigos.

Lucas e eu somos os últimos no calor do jardim, quando reparo no casaco de Fortis caído nas pedras.

Eu o pego.

Devia estar calor demais para usá-lo.

É pesado, e percebo que o livro ainda deve estar dentro. Hesito.

— O que está fazendo? — Lucas observa quando tiro de dentro o livro envolto em tecido. Ele está bem ao meu lado, próximo e quente. Eu me sinto tão segura quanto é possível, quando se está com a cabeça latejante e a perna detonada.

— Algo que eu já deveria ter feito há muito tempo — digo. Fico de pé e ofereço a mão a Lucas.

— Vamos.

Passamos pela sala de aula lotada e saímos antes que alguém consiga dizer uma palavra. Tima nem mesmo tira os olhos de um velho ábaco entalhado.

Mantemos a cabeça abaixada e o livro escondido entre nós.

O calor quase me nocauteia quando damos os primeiros passos para o sol, mas não paro, nem Lucas.

Sequer nos olhamos até chegarmos ao fim do canal lamacento e virarmos a esquina para a avenida larga e tumultuada.

— Não temos para onde ir. — Viro em todas as direções, mas é tudo igual. Pessoas, *tuk-tuks* e animais até onde a vista alcança.

— Para quê? — Lucas põe a mão no meu ombro e consigo sentir, pelo toque dele, que está tão aliviado por sair do Porco Educado quanto eu.

— Para encontrar um lugar onde possamos ficar a sós — digo, sopesando o livro na mão. — Antes que alguém repare que saímos.

— A sós? Gosto de como soa. Mas acho que vai ser difícil encontrar, principalmente numa colônia-ilha. — Lucas olha pelas ruas além de mim.

Então sinto sua mão apertar meu ombro.

— Encontrei. Venha.

— Não se passa a infância como filho da embaixadora sem aprender alguns truques — diz Lucas.

Nós nos enfiamos num montinho enlameado de gramíneas debaixo de um cais, uma minúscula faixa de terra que se projeta entre dois prédios detonados. Apenas um beiral de concreto quebrado nos esconde da rua cheia atrás, mas a doca de madeira sobre nossas cabeças é uma ótima proteção.

Nossa vista da baía e da costa sinuosa além dela, por outro lado, é deslumbrante e reluzente.

Quase idílica.

Se você não soubesse.

Meus pés se enterram na areia e sinto a água entrando no sarongue.

Ninguém consegue nos ver agora.

Lucas me puxa para perto, à sombra quente, e sinto o seu hálito em meu ombro exposto.

— Agora que estamos a sós — sussurra ele, abaixando a cabeça em direção à minha —, o que queria fazer? — Ele sorri, até eu exibir o livro surrado e puído.

— Isto.

Sua expressão é de pura decepção quando abro o diário — e começamos a ler.

AS CRIANÇAS ÍCONE —
DADOS DO LABORATÓRIO DAS COLÔNIAS SA - SEMANA 42

ESPÉCIME UM: INTERFERÊNCIA DE RNA MÍNIMA. NECESSÁRIOS MAIS ESTUDOS DE EXPRESSÃO PROTEICA.

NOTA: EU MESMO VOU ACOMPANHAR O DESENVOLVIMENTO DESTE ESPÉCIME.

ESPÉCIME DOIS: TRANSFERÊNCIA GENÉTICA. MAPEAMENTO DE SEQUÊNCIA DE GENOMA CONFORME AS NORMAS USUAIS.

NOTA: WILLIAM ESTÁ SUPERVISIONANDO.

ESPÉCIME TRÊS: ÁCIDO NUCLEICO É UM FATOR. DADOS DE BIOINFORMAÇÃO A ACOMPANHAR.

NOTA: PEDI QUE YANG COLETASSE AMOSTRAS. RESULTADOS PRELIMINARES PODEM ESTAR DISPONÍVEIS TÃO LOGO NA SEMANA QUE VEM.

ESPÉCIME QUATRO: ANÁLISE EPIGENÉTICA A CAMINHO.

NOTA: LEA VAI CONFIRMAR.

NOTA: PELA PRIMEIRA VEZ, EU MESMO ME SINTO QUASE HUMANO. A IRONIA NÃO PASSOU DESPERCEBIDA.

— Quase humano? O que isso quer dizer?

Levantou o rosto. Lucas ainda está lendo por cima do meu ombro.

— E LeA? Quem é essa? — Ele parece tão confuso quanto eu.

Abaixo o diário. Pela primeira vez, percebo pequenas letras douradas gravadas no canto da capa. Parecem um *E*, ou talvez um *L*. Então, mais claramente, um *A*.

Não um F.

Pergunto-me como Fortis conseguiu este livro. Antes do Padre.

Olho para Lucas.

— Fortis é... um humano complicado. — Não sei mais de que jeito expressar. Não sei em que mais pensar.

— Não o tipo de humano a quem você entregaria o destino do mundo?

— Nem tanto. Não. — Sopeso o livro nas mãos. — Quero dizer, isso é tudo culpa minha, não é? Fui eu quem o levei até nós. Talvez estivéssemos errados em confiar em Fortis. Talvez eu estivesse.

Lucas leva a mão até meu cabelo, enfiando uma mecha solta de cacho castanho atrás da minha orelha.

— Dol. Não é culpa sua. Nada disso é.

Seu polegar contorna meu maxilar, descendo até a base do pescoço.

Lucas estende a mão para trás, colhendo um punhado de flores de pétalas finas do monte florido de gramíneas ao nosso lado, atirando-as ao ar. Pétalas de flores vermelhas, vermelhas como rubis, vermelhas como beijos, caem sobre mim.

Lucas leva a boca à minha, tão devagar que parece estar saboreando cada trechinho do ar entre nós. Minha respiração fica presa na garganta.

Então sou fisgada.

Sou fisgada e sou dele, penso.

A questão não é Ro. Não mais.

Ro não é mais minha intenção.

O cheiro das flores é forte na tarde quente, tão forte quanto o beijo de Lucas, tão forte quanto o fogo que ainda queima entre nós. Queria poder parar. Queria desejar parar. Eu sei, logicamente, que há mais para se ler no livro, antes que Fortis nos encontre. Essa é minha melhor oportunidade. Nossa melhor oportunidade.

Mas não leio.

Não consigo.

Não consigo me deter e não quero.

Você precisa escolher, penso. *Você escolheu*, penso.

Escolha Lucas.

Devagar, puxo o nó da atadura do meu pulso.

Jamais concluímos isso. E quero ficar com ele. Quero me unir a ele.

Quero sentir que sou mais do que uma pessoa. Quero que meu coração se aqueça de novo.

Não quero acabar como poeira cinza no piso do mercado.

Não quero virar cinzas. Não antes disso. Não antes de agora.

Algumas coisas nunca mudam.

Aprendi isso há muito tempo. Todo o restante muda.

Isso aprendi hoje.

A atadura cai.

Pouso o livro na terra ao meu lado e me viro para Lucas, estendendo o pulso exposto.

— Lucas.

Ele se vira para mim e seus olhos de algum modo estão diferentes, sombrios e intensos. Ele sabe o que estou pensando. Sabe o que estamos fazendo.

O que é isso.

— Eu...

Não sei o que dizer.

Estou esperando há tanto tempo. Não quero esperar mais.

— Dol. — Lucas me puxa, devagar, desabotoando o bracelete de couro. O objeto cai no chão, ao lado da minha atadura de tecido enroscada e abandonada.

Pele com pele no calor úmido da tarde.

No monte de grama sob o cais.

Entrelaço os dedos aos de Lucas e unimos as mãos, abrindo as palmas.

Devagar, abaixo o punho até o dele.

Ponto com ponto.

Amor com tristeza.

Lucas comigo.

O estremecimento que se inicia em seu corpo ecoa pela extensão do meu. Minha mão começa a tremer incontrolavelmente, e quero chorar, mas não sei por quê.

Meu coração acelera e dói, e todos os momentos são aterrorizantes, e todos os momentos são felicidade.

Tudo isso da mão dele na minha.

O calor — que é Lucas — irradia por mim e eu o absorvo. Ofereço minha própria quietude de volta, minha paz. Ofereço a ele a única coisa que sou. Minha calma, frieza cinzenta para seu ouro.

Ali, na grama, à beira d'água, nos tornamos muito maiores do que o que somos quando separados.

Há amor e há tristeza, e um simplesmente não existe sem o outro. Não para nós.

Somos uma história agora, e somos verdade.

Uma coisa verdadeira.

Lucas enterra o rosto no meu pescoço. *Pronto,* diz ele. *Pronto,* respondo de volta.

Quando tudo acaba e retornamos a nós mesmos, dou-lhe um beijo na boca.

Daí ele me puxa para si, e me enrosco nele.

— Isso foi... isso foi...

Deito de lado, olhando para ele.

— Sim — falo. — Foi. — Então me levanto e o beijo de leve na bochecha. — E você também é.

Ficamos deitados daquele jeito, dormindo na praia, durante horas, até que o sol se vai e as ruas atribuladas se silenciam atrás de nós.

Então isso é amor, penso.

Isso é Lucas, por dentro e por fora, comigo.

Que a cinza venha agora.

Façam o que quiserem, lordes. Estou ligada a algo muito maior do que eu mesma.

Meu coração não está mais sozinho, e vocês não podem matar isso.

Nem mesmo vocês.

Quando percebo que o cais está em chamas, as ruas já estão cheias de colonos tentando ajudar. Conforme saímos de debaixo da pilha de madeira, seguro o sarongue com força. Coro ao passar pelos homens de aparência ansiosa, que jogam balde após balde de água nas chamas.

— Sabe o que é isso, não sabe? — Lucas não me encara ao falar. — Quem?

Eu sei.

Só existe uma pessoa que se importaria tanto com um beijo entre mim e Lucas a ponto de atear fogo ao cais só de presenciar a cena.

Talvez não tenhamos sido tão discretos quanto pensamos.

Viramos a esquina para o canal sujo, ignorando o fogo ainda descontrolado.

Assim que coloco o livro na jaqueta quente de Fortis, o gongo da escola anuncia o jantar.

Fortis e Bibi estão tão preocupados com um conjunto de antigos pergaminhos — mapas amarrados com cordas de seda vermelhas e douradas — que nem mesmo se juntam a nós.

É bom também, porque meu sarongue está enlameado e molhado e tem cheiro de fumaça, e Fortis poderia ter reparado.

Só sei porque Ro faz questão de me dizer.

Ro repara em tudo. Isso não é novidade. Tampouco os sentimentos dele em relação a mim — a mim e a meus próprios sentimentos.

Sei que Ro vê tudo, o modo como Lucas senta-se ao meu lado, agora mais do que nunca. O modo como nossos braços roçam um no outro quando caminhamos pelo corredor, o modo como minha mão dá um jeito de tocá-lo, como se houvesse motivo.

O modo como nossos olhos se encontram, nossas bochechas coram e a atração que Lucas exerce sobre mim — sobre todos — agora não é mais do que a atração que exerço sobre ele.

Amor.

É o que Ro enxerga.

É o que existe.

Isso parte meu coração, mas sei que parte mais o dele. E é por isso que o céu ainda tem cheiro de fumaça, mesmo agora.

OFÍCIO ESPECIAL DA EMBAIXADA PARA EGP MIYAZAWA

MANIFESTO URGENTE
SOMENTE PARA APRECIAÇÃO DE
PESSOAL IDENTIFICADO

Nota: Contatar Jasmine3k, Humano Híbrido Virt. 39261. SA, Assistente de Laboratório da Dra. E. Yang, para comentários futuros, conforme necessário.

FORTIS ==> DOC
Transcrição – LogCom 02.04.2067

//início do logcom;

FORTIS: Acha que existe alguma chance de NULO ser biológico?;

DOC: Improvável, mas difícil de confirmar.;

FORTIS: Humm... Bem, pense em como podemos descobrir isso. Poderia ser uma perspectiva, de toda forma.;

DOC: De acordo.,

FORTIS: E se você tiver ciclos disponíveis, continue trabalhando em possíveis formas de se evadir de NULO. Confundir, hackear, sequestrar. Qualquer coisa para ganharmos tempo antes que cheguem aqui e nos despachem para morar com os dodôs.

DOC: Dodôs são fascinantes. Extintos, mas fascinantes.;

FORTIS: Sabe qual era o problema do dodô? Não sabia temer predadores. Não cometerei o mesmo erro, DOC.;

DOC: Registrado.;

//fim do logcom;

24 WAT PHRA KAEW

— Deveríamos estar andando — diz Fortis. Consigo notar sua expressão de raiva, mesmo à luz do alvorecer.

— Você quer dizer que deveríamos estar dormindo — diz Ro, bocejando, de trás do *tuk-tuk*.

— Deveríamos tomar mais cuidado para não atrair atenção — fala Fortis. Os búfalos-asiáticos diante dele, um branco-rosado e o outro preto, tropeçam na rua vazia e irregular, como se concordassem.

— O sol está começando a nascer. Não há atenção para se atrair — observa Bibi. Lucas e Tima, sentados um de cada lado da enorme túnica amarela de Bibi, estão com cara de que prefeririam estar andando também.

Fortis revira os olhos.

— Fico surpreso pelos búfalos-asiáticos sequer conseguirem puxar você, William. Talvez você devesse cortar os ensopados com leite de coco.

— E talvez você precise de uma adoçada, meu amigo. — O *tuk-tuk* se inclina para o lado e Bibi sorri. — Aí está.

Ali, cercado por uma enorme muralha, há um complexo com as construções mais lindas e elaboradas que já vi.

Telhados intricadamente entalhados formam picos, espirais douradas que se erguem para o céu em meio a elas.

— Aquilo são estupas — diz Bibi, apontando para as torres douradas e pontiagudas. — Muito lindas. O que significa que estamos no Grande Palácio. Onde encontraremos Wat. — Bibi assentê — Wat Phra Kaew.

— Wat quê? — pergunta Ro.

— O templo do Buda Esmeralda.

— Esmeralda significa a cor, não a pedra — explica Fortis. — Em outras palavras, verde. Verde como jade, ou como sua menina de jade. É um começo. — Ele pisca para mim e tateio em busca das formas da jade entalhadas em minha mochila.

O templo do Buda Esmeralda. Para encontrar a menina de jade.

Será que ela pode mesmo estar tão próxima?

As ruas não ficam vazias por muito tempo, nem mesmo durante o alvorecer. Assim que nos aproximamos do templo, o ruído das pessoas nos arredores das muralhas do Grande Palácio é incrível. Mesmo agora, ao meu redor, o calor da manhã sufoca — o calor, as pessoas e todos os pensamentos e sentimentos delas. Sou dominada. Desespero e ânsia preenchem o ar em volta, se aproximando. Ouço as mentes suplicantes: “Meu filho está doente, por favor, cure-o.” “Minha mãe está desaparecida, por favor, traga-a de volta.” A multidão veio fazer oferendas, pedir bênçãos a Buda, e isso cria um furacão em minha cabeça.

Então ouço uma voz atrás de mim.

— Respire, pequenina. — É Bibi. — A dor deles não é sua dor — diz ele. — Repita isso. Construa a parede. A dor deles não é sua dor. Não hoje.

Respiro, me concentro.

Não hoje. Não comigo.

Lembro-me disso, então me acalmo. Pelo menos um pouco.

Diante de mim, uma criança pequena segura uma pilha de gaiolas lotadas de minúsculos camundongos, a mãozinha estendida.

— O que é isso? — Gesticulo para a criança, e, enquanto isso, ouço Tima inspirar atrás de mim.

— Carma. — Bibi dá de ombros. — Alguns acreditam que é boa sorte libertar uma criatura enjaulada. Então outros as aprisionam para venderem a chance de libertá-las.

— Isso não é trapaça? — Olho para ele.

— Não para os camundongos. — Bibi dá de ombros de novo.

Imagino. Será que é assim que os lordes nos veem?

Ro ri com deboche e Lucas não diz nada. Tima está com o coração partido, revirando os bolsos, buscando qualquer coisa de valor.

Antes que Tima consiga dizer uma palavra, Lucas leva a mão cheia de dígitos para a garotinha.

— Vou levar todos.

Com um gesto de Lucas, está feito.

Camundongos irrompem de dentro das pequenas caixas de madeira, enfiando-se em todos os cantos do templo.

Não sei quem está mais feliz, os camundongos ou Tima. Ela pega a mão de Lucas, agradecida.

Lucas sorri para ela, acariciando-lhe a cabeça com a mão livre. Os dois estão juntos há muito tempo, penso.

São algo antigo. Nós somos algo novo. Nem tudo muda. Nem tudo deveria mudar.

Uma mulher interrompe a cena e atira um punhado de colares em mim.

— Você compra. Você compra. Boa sorte. Duzentos dígitos. — Faço que não com a cabeça, mas quando olho para os colares, noto uma peça de vidro transparente em formato de gota, com uma figura minúscula dentro.

É ele. O mesmo. O Buda de jade. A peça de xadrez que pertence à menina de jade, aquela que vejo no tabuleiro de xadrez, em meus sonhos. A mesma que o Bispo me deu.

Este é o Buda Esmeralda?

Será que era ele esse tempo todo?

Se era, então estou realmente aqui. Deve ser o lugar certo.

Você está aqui, menina de jade? Olho em volta, mas só vejo, ouço e sinto o burburinho da multidão.

Se ela está aqui, não consigo senti-la.

Conforme a multidão nos carrega por debaixo do arco de entrada nas muralhas do palácio, ouço cânticos distantes que não entendo.

Bibi entrega alguns dígitos para uma mulher que trabalha a uma mesa. Em troca, pega um punhado de flores verde-claras, tão redondas como bulbos fechados ou punhos. Amarrados aos talos há incensos e velas de um amarelo forte, um arranjo para cada um de nós.

— Lótus — diz Bibi. — Fazemos uma oferenda para o senhor Buda. Venham — diz ele, segurando minha mão e colocando-a sobre a manga da própria camisa. — Segure-se em mim.

Abrimos caminho pela multidão até chegarmos a ânforas de água cercadas de pessoas num empurra-empurra para se aproximar. Quanto mais perto chegamos, mais difícil é para permanecermos juntos. A multidão nos empurra de todos os lados, até sairmos flutuando para longe um dos outros como pequenos botes em diferentes ondas do oceano.

Mãos esticadas em todas as direções levam flores até a água, para dentro d'água. A mulher ao meu lado pressiona a flor contra a testa. Uma mulher mais velha enche uma garrafa com água.

Vejo Bibi gesticular para mim do outro lado da multidão.

— Água sagrada. Considerada de muito boa sorte. Experimente.

Faço como pedido, mergulhando as flores na água, então pressiono as pétalas encharcadas contra a testa quente.

Fecho os olhos, tentando entender o que sinto — mas o ruído da multidão e tudo o que ela carrega consigo nas mentes são demais para mim, ainda.

Sigo Bibi, no entanto, até um altar próximo, acendendo o incenso e enfiando-o numa urna cheia de areia.

Ainda nada da menina.

Você está aqui, menina de jade?

Não consigo sentir você, se estiver aqui.

Então a multidão me empurra para a frente, me carregando escadaria acima até um pequeno prédio retangular todo entalhado em ouro.

Nos encontramos perto de uma montanha de sapatos à entrada. Por respeito, fazemos como Bibi e acrescentamos nossos calçados surrados à pilha.

— Ajoelhem-se. Seus pés não podem apontar para Buda. Façam como eu. — Observo Bibi. Ele une as mãos. Faz uma reverência com a cabeça. Imito.

Então ergo o rosto.

Bem acima de mim, em um altar feito de ouro, o rosto de Buda me olha de volta.

Aguardo.

Ela se revelará. Ela está vindo. Está aqui em algum lugar. Tem que estar.

Eu sei que está.

Mas é mentira. Espero durante horas, e a menina de jade jamais aparece. Mesmo assim, eu me recuso a sair do templo.

Ficamos até o sol baixar no horizonte e nossos joelhos começarem a doer.

A onda de adoradores continua passando ao redor de nós quatro, uma ilha estranha de quietude, conforme nos ajoelhamos e esperamos.

Bibi e Fortis aguardam à porta. Estou ficando sem tempo. Eles estão impacientes para ir embora. Percebo isso em suas expressões.

Um sentimento de impotência surge dentro de mim e sinto que estou perdendo o controle.

Nada. Nada mesmo.

Ela não está aqui.

O que eu estava esperando?

Frustrada, reviro a mochila. Pego a bolsinha e viro seu conteúdo no altar diante de mim.

Ali.

Os animais de jade saem tilintando pelo piso de pedra diante do altar.

O Buda rola até chegar à sandália do monge mais próximo e mais antigo.

Pegue, penso. Minha oferenda. *Pegue tudo.*

Então faço uma reverência para o senhor Buda uma última vez, unindo as mãos numa saudação final.

É quando o monge mais próximo e mais antigo — aquele com a cabeça raspada e ossos delgados — pega meu Buda e surge diante de mim, me erguendo da posição ajoelhada, com uma enxurrada de um dialeto que não compreendo.

— Devagar — digo. Viro-me para Bibi e ele se posta ao meu lado.

Bibi ouve o monge antigo e então sussurra para mim.

— Ele estava esperando por você.

— Diga que somos dois. Mas sou quem passou o dia todo sentada aqui.

— Paciência pequenina. Meus irmãos são lentos para falar, assim como para julgar.

Eu o ignoro.

— Ele sabe onde ela está? A menina de jade?

Bibi diz outra coisa ao monge, o estalar rápido da língua dele pontua os tons graves e reverentes nas palavras.

Então ele se volta para mim.

— Parece que sabiam que você estava vindo havia algum tempo. Dizem que você deve se apressar. Dizem que está muito atrasada.

— Ela está aqui? No templo?

Bibi pergunta, e o monge murmura uma resposta confusa, sem alterar a expressão de forma alguma.

— Não neste templo. Ao norte daqui.

Olho para o monge.

— Quanto ao norte? — pergunto.

O monge assente como se entendesse. Então profere três palavras.

— Wat Doi Suthep.

— O quê?

Bibi faz que sim com a cabeça.

— É um templo. Para cima do rio Ping. Ele diz que o lugar para onde você deseja ir fica nas montanhas ao norte de Chiang Ping Mai. É chamado Wat Doi Suthep. O Templo do Elefante Branco.

— E é só isso? Ela vai estar lá?

Bibi está olhando para trás de nós, e seus olhos se arregalam subitamente.

— Chega de conversa. Acho melhor irmos.

Algo mudou — mais do que simplesmente o tom de voz dele.

Uma onda percorre o templo lotado agora, como se um vento frio espiralasse pela construção próxima e densa.

Não é isso, mas é outra coisa.

De fato, o monge diante de nós recolhe as figuras à medida que conversa, colocando-as de volta na bolsinha e empurrando o objeto para mim.

— Por quê? O que foi?

— Mudança de planos. Parece que não somos os únicos que vieram adorar hoje. Há outros aqui, e não apenas para alimentar os monges.

E ali, nos fundos do templo atrás de mim, eu os vejo. Mais de uma dúzia de Simpas de uniformes pretos, apenas começando a abrir caminho entre a pressão das multidões. Eles se estendem como dedos longos e escuros pela câmara sagrada lotada e dourada pela luz do sol.

— Eles costumam ficar longe dos templos. É considerado sacrilégio. Algo importante deve estar acontecendo.

— Ou alguém importante deve estar aqui — diz Fortis, me puxando pelo braço. — Alguém como você ou eu. Vamos.

Ele avalia o cômodo, então indica uma porta lateral no painel dourado intricado. Passamos pela porta antes que eu sequer consiga tomar fôlego mais uma vez.

Quando chegamos em casa, está decidido.

Vamos para o norte, subindo o Ping, até encontrarmos esse tal Doi Suthep.

Isso precisa acontecer. É minha vez de agir.

É meu caminho, aquele que leva à quinta Criança Ícone, aquela que passei a considerar minha irmãzinha.

Disso tenho certeza.

OFÍCIO DA EMBAIXADA GERAL: SUBESTAÇÃO DO LESTE DA ÁSIA

MANIFESTO URGENTE
SOMENTE PARA APRECIAÇÃO DE
PESSOAL IDENTIFICADO

Subcomitê Interno de Investigações 115211B
RE: O Incidente nas Colônias SA

Nota: Contatar Jasmine3k, Humano Híbrido Virt. 39261. SA, Assistente de Laboratório da Dra. E. Yang, para comentários futuros, conforme necessário.

NULO ==> FORTIS
Transcrição – LogCom 22.04.2068
NULO :: FORTIS

//início do logcom;
link de comunicação iniciado por PERSES;

envio: FORTIS, minha revisão da formação biológica e dos dados históricos de seu povo é... perturbadora.;
retorno: Por favor, explique.;

envio: Ao revisar todos os dados disponíveis em relação ao seu planeta, estou achando minhas instruções de certa forma inespecíficas.;
retorno: Inespecíficas?;

envio: Não posso explicar mais a esta altura.;
retorno: Por favor, não me deixe no suspense.;

envio: Eu gostaria de sua orientação.;
retorno: Vou precisar de mais informações sobre sua missão e seus métodos.;

envio: Concordo. Peça e farei o possível para fornecer respostas compreensíveis.;

link de comunicação encerrado;

//fim do logcom;

25
PING, CHING E CHANG

Levamos quase três dias para fazer os preparativos a fim de seguir para o norte. Viajar, como nas Américas, não é tão simples quanto foi um dia, e não há helicópteros para alugar fora da Antiga Bangcoc. Os trilhos, o que sobrou deles, são controlados pelo EGP, e estão cheios de Simpas. Mesmo assim, um Merc consegue contornar qualquer sistema, e Bibi e Fortis passam dia e noite fazendo exatamente isso. Eles entram e saem da Porco Educado, preenchendo um ou outro relatório, enquanto o restante de nós espera.

Minha irmãzinha está nos fazendo esperar também.

Faz semanas agora. Estou começando a me perguntar se ela é de verdade mesmo ou se eu a imaginei.

Não consigo nem mesmo pensar em como vou encarar os outros, se for esse o caso.

Se toda essa peregrinação tiver sido embasada em alguma alucinação insana do meu inconsciente.

Mesmo assim, caio no sono à noite, esperando vê-la, esperando falar com ela. De manhã acordo frustrada porque ela mais uma vez me escapou.

Nem todos me escapam, no entanto.

A voz, a voz sem nome e sem rosto, fala comigo no sonho. Em meu sonho, em minha cozinha, em minha antiga casa no Buraco.

Algumas vezes ela falou comigo como se fosse o passarinho, mas agora o pássaro não está em lugar nenhum, em nenhum desses sonhos velozes, intermitentes. Como se até mesmo ele estivesse se escondendo.

Não sei se está se escondendo de mim, ou da voz.

Norte, pergunta ele, em meus sonhos. *Por que norte?*

Pela garota, digo, não importa quantas vezes ele pergunte.

Por que essa garota?

Por que você se importa?, pergunto.

Não sei, diz a voz, meio inesperadamente. *Não entendo muitas coisas. Não tenho suas palavras.*

É quando acordo, sentindo que quero gritar, mas sem saber por quê.

De novo e de novo.

— Achei que tivesse dito que tinha conseguido um barco — vocifera Fortis. Sua voz ecoa pela margem plana no rio.

— Não seja exigente. — Bibi sorri, cruzando os braços. Ele está se divertindo.

Elas.

Todas as três, as grandes feras.

Encaro as elefantas diante de mim. Elas são, todas as três, tão altas quanto as casas baixas que ladeiam as margens do rio. De pé às margens do rio Ping, com água até a altura das ancas, se assemelham um pouco a pequenas barcas flutuantes.

Quando Brutus late para as elefantas, no entanto, elas recuam como se tivessem medo daquele animalzinho uma tonelada menor do que elas.

Rio, apesar de tudo.

— Ele está certo, Bibi. Tenho quase certeza de que não são barcos — digo. A mais próxima, aquela com os longos cílios, oferece a tromba para mim. — Pelo menos desde a última vez que verifiquei.

— Não são. Aquilo é. — Ele aponta para o local onde um bote tosco flutua, amarrado ao cais improvisado, a alguns metros de distância. — Mas como acha que aquele barco vai subir o rio? Não vai, não sem nossas amigas. Estes barcos que não são barcos.

A elefanta tateia minha mochila, minha barriga, como um filhote farejando comida.

Olho para Bibi.

— Estas coisas sabem nadar?

— Não. Sabem puxar. E comer.

Bibi joga para mim um cacho de bananas pequenas e chatas, o qual estendo para a elefanta. Ela enrosca a tromba ao redor das frutas e num segundo abre a boca e revela uma língua rosada projetada e quatro dentes redondos.

A banana desaparece. Tima se aproxima e dá tapinhas na tromba dela, timidamente.

— Mais forte — diz Bibi. — Essa garotona tem a pele grossa como tijolo. Você é como uma mosca ou uma pena tentando conseguir a atenção dela.

Tima esfrega a tromba da elefanta. Tem pintinhas finas entrecortadas por rugas, como a pele de alguma avó camponesa depois de uma vida trabalhando no campo.

— Você é linda, não é mesmo?

A tromba da elefanta se enrosca para trás, em volta do corpo de Tima, farejando-a. Bibi entrega a ela um pedaço de cana de açúcar e Tima o enfia na curva da tromba do animal. A cana desaparece tão rapidamente quanto a banana, só que agora o ruído da mastigação da elefanta é infinitamente mais alto.

— Quatro dentes — diz Bibi, dando de ombros. — Mas fortes.

— Ela mastiga como Fortis — diz Lucas. — Talvez até pior.

— Obrigado por isso, amigo. — Fortis balança a cabeça.

— Aquele barulho de mastigação? Isso não é nada — diz Bibi. — Devia ouvir seus peidos.

Fortis revira os olhos.

— Qual é o nome dela? — pergunta Lucas.

— Ping, Ching e Chang — responde o monge, apontando para uma elefanta de cada vez. — Nunca vão a lugar algum sozinhas. Suas famílias estão juntas há gerações.

Tima vai até o segundo animal, estendendo a mão para mais uma tromba pintadinha. As orelhas de Chang esvoaçam de alegria quando Tima a acaricia.

— Esta é cega, mas fica no meio. As outras cuidam dela.

— Quantos anos ela tem?

— Mais velhas do que você. Mais velhas do que eu. Mais velhas do que o próprio Dia. — Bibi assente. — Estas garotas já viram de tudo.

— Como é, Bibi, que você conseguiu encontrar três elefantes em uma semana? — pergunta Fortis, cético.

Bibi dá de ombros.

— Conheço um monge que conhece um monge. Que conhece um fazendeiro. Que conhece um cara que resgata elefantes. Precisamos devolvê-las em uma semana, ou pagaremos o dobro. — Ele dá tapinhas na bochecha de Fortis. — E com isso quero dizer que você paga, Merc. É claro.

— É claro. — Fortis olha com raiva. — Deixe com o Merc. O Merc vai cuidar de tudo.

E a coisa prossegue desse jeito com os dois, pelo restante daquela manhã e de todas as outras.

Antes que o sol suba demais no céu, Ping e Ching e Chang são presas com cordas fortes e amarradas a um gancho pregado no mastro central de bambu do bote. Carregamos suprimentos no centro do bote, a maioria comida para os elefantes, e quando todos subimos a bordo, o bote afunda alguns centímetros na superfície do rio. Fortis faz uma careta, e ele e Bibi trabalham na redistribuição do peso. Brigam como um velho casal.

Vai ser uma longa viagem.

Tima está tão infeliz quanto Fortis.

— Não acho justo, na verdade. Nenhum elefante deveria precisar carregar algo tão pesado rio acima.

Todos olhamos para Bibi assim que Tima conclui a frase. Ele dá de ombros.

— O que quer que eu faça? Puxe o bote juntamente aos elefantes?

— Isso — responde Fortis — é uma excelente ideia.

Bibi apenas gargalha e descasca mais uma banana, a qual Chang ardilosamente rouba antes que o monge consiga dar uma mordida.

Uma hora depois, Ping, Ching e Chang estão puxando o restante de nós pelo rio, perto das margens. Flutuamos atrás delas, amarrados pela corda como se os elefantes fossem o vento e nós, um barco a vela. Tima concluiu que a ciência estaria a favor do rio.

— Pois o verdadeiro peso é carregado pela água, não pelos elefantes.

Mais uma vez, Fortis dá um chute em Bibi com uma risada debochada e divertida, quase fazendo nosso bote virar completamente.

Porque exatamente como pareceu a princípio, nosso bote realmente é formado por apenas algumas dúzias de mastros de bambu unidos com corda e algo que parece piche.

Mais uma vez, bem diferente do que qualquer um de nós tinha em mente quando Bibi mencionara a palavra *barco* pela primeira vez.

Mas Bibi forrou o bote com almofadas da sala de aula e, quando me aconchego, nem acho tão ruim. Há meios piores de se viajar. Como burros, lembro-me. Como navios de carga. Como trilhos da Embaixada. Como Chevros acidentados, ou helicópteros. Às vezes algumas dúzias de mastros de bambu são melhores do que as alternativas.

— As almofadas são um belo toque — resmunga Fortis.

— Não são para seu conforto. São para camuflagem — diz Bibi. Reparo nos tapetes bordados sob as almofadas. — Ao primeiro sinal de problema, você desaparece debaixo delas. Não que eu esteja esperando algum problema — acrescenta o monge.

— Por que você esperaria problemas? — Fortis apenas sorri.

A água forma ondas largas, chatas e amplas diante de nós. O ar está tão pesado com névoa que poderíamos estar de volta ao Sul. Libélulas pairam, ágeis, sobre a água.

Deitada ao lado de Lucas, encarando as nuvens, percebo que nós dois não conversamos de verdade há dias — não desde que fugimos juntos sob o cais.

Não temos ficado muito a sós. Ro tem se certificado disso, principalmente desde aquele dia.

Olho para onde Ro e Tima estão sentados, na borda do bote, com os pés no rio. Então, conforme mantenho os olhos nas nuvens, deslizo a mão para Lucas, ao meu lado.

Só um toque. Só unzinho, penso enquanto meu dedo mindinho se enrosca ao dele. No momento em que nossos dedos se tocam, parece que estou mergulhando em Lucas.

— Pare — diz Lucas, sorrindo para a luz do sol e para o céu claro. Sua voz sai tão baixa que quase não consigo entender as palavras. — Sei o que você está fazendo.

— Sabe? — respondo, virando a cabeça para poder ver seu rosto ao meu lado. Agora consigo ouvir a água batendo contra o bambu, abaixo de mim.

— Sei.

— Então somos dois — digo. — Porque também sei o que você está fazendo.

— O quê? — pergunta Lucas, me avaliando.

— Sentindo minha falta — digo. Então me aconchego a seu lado, apoiando a cabeça em seu peito.

Acho que ele está sorrindo de volta para mim — não tenho certeza —, mas sua respiração fica serena e ele desliza a mão pelas minhas costas, me puxando para si.

Caio no sono assim. Imagino que ele também. Tento não sonhar por medo do que virá.

Imagino que ele também.

Mesmo quando o dia nasce e acordo coberta de almofadas — mesmo quando minha respiração se condensa, branca no ar frio da manhã —, Lucas está ao meu lado, mantendo-me aquecida.

Ouço a voz de Tima vindo da margem do rio. Está acordada, espirrando água com as elefantas. Escolhendo caminhar em vez de pegar carona. Tima sussurra para elas, provavelmente contando seus segredos aos animais enquanto os vigia. Então, sorrateira, ela surrupia pedaços de cana de açúcar de uma grande bolsa e os entrega sobre o ombro para os animais. As elefantas a delatam com a mastigação ruidosa, no entanto.

Ro corre atrás dela, descendo a margem lamacenta. Recentemente, Tima tem sido a companheira de todas as horas de Ro, e pergunto-me o quanto ele andou compartilhando com ela.

O quanto do que sabe. O que viu.

Sento-me para ver até onde viajamos à noite. Fortis e Bibi estão acordados, observando os leitos do rio, sem falar. Lucas se vira para o outro lado.

Em todas as direções, consigo ver cumes de montanhas salpicados de aglomerados circulares verdes de árvores, cobertos por mais névoa ainda.

— Bafo de dragão. Umidade dos arrozais. Particularmente forte durante o inverno — explica Bibi, mas não preciso de uma explicação. É exatamente como Porthole, em casa.

Os arrozais são diferentes de tudo que já vi. Pelo menos na vida real. São anteparados em quadrados pelo que parecem muros baixos de lama e cercados de palmeiras, refletindo um céu aguado contra o verdadeiro céu.

O céu refletido é o que incita a lembrança.

— Sonhei com isto. Não isto, exatamente. Mas os arrozais eram exatamente assim em meu sonho — digo.

Trabalhadores se agacham no campo, vestindo casacos azuis desbotados e calças, usando chapéus de palha entrelaçada e levando cestos de palha grandes e redondos nos ombros. Um homem equilibra dois de cada lado do mastro que ele carrega sobre os ombros.

— Ah. — Bibi assente. — Um presságio. Um dos bons. O Buda nos carrega na direção certa. Confiamos no Caminho.

— Achei que você tivesse falado que os monges no templo tinham aconselhado a seguir este caminho. — Lucas senta-se, sonolento.

— Confie no Caminho, mas confie nos monges também. E principalmente naqueles que são bons com mapas.

— Há arrozais por todo o caminho ao longo do rio?

— Os fazendeiros aqui vivem de plantar chá, vegetais. E principalmente arroz. Alguém precisa alimentar as pobres almas nos Projetos. — Bibi aponta. — Aquilo ali é uma fazenda de abacaxi. Gostam de abacaxi? Morangos? Sementes de girassol? — Ninguém diz nada. Ele dá de ombros. — Tudo bem então. Nada de parar para morangos. Seguiremos para cima até Ping.

— Achei que estivéssemos no Ping — digo, olhando para a grande extensão de água diante de nós.

— Não o rio. Nova Cidade Ping. Chiang Ping Mai. — Ele sorri. — Por aqui, tudo é Ping. Rio da sorte. Nome da sorte.

É tão difícil encontrar sorte hoje em dia. Não é à toa que todos os nomes tenham mudado e mudado de novo.

Não avançamos muito quando ouvimos um assobio. Ping não gosta de assobios, aparentemente, porque ela recua contra Chang, que por sua vez esbarra em Ching, como se as três estivessem prestes a iniciar um motim.

— Cobras, ratos, assobios. Não gostam muito de gatos também. Foi o que disseram os monges. — Bibi olha para além dos elefantes, triste. — Mas temos problemas piores do que esse, pelo jeito.

Olho ao redor da margem do rio, onde parece haver algum tipo de comoção.

— O que é isso?

— Alfândega — diz Bibi, suspirando.

— O que estão verificando? — Digo as palavras, mas já sei a resposta.

— Você, provavelmente. Problemas como você. Fiquem abaixados. — Deslizamos para baixo dos tapetes e dos travesseiros e ficamos assim, encolhidos contra o bambu molhado.

Um Simpa uniformizado — uniformizado e armado — olha pelo rio, para nós. Bibi faz uma saudação do bote.

— Apenas passando. — Ele grita uma frase no dialeto colonial. Então xinga baixinho.

— Entregando suprimentos para o templo. Foi o que falei para ele. Vamos ver o quanto esse cara é burro. Não se movam.

— O que é? Por que ele está parando a gente? — A voz de Tima está abafada sob os tapetes.

— Polícia da fronteira. Estamos chegando perto da província.

— Há policiais de fronteira entre as províncias aqui? — Lucas parece tenso. Coloco a cabeça parcialmente para fora de debaixo de uma almofada listrada.

— Teriam entre os bairros, até mesmo aqui, se o EGP conseguisse o que quisesse. Ele é um sujeito cauteloso.

Ouço uma risada abafada de Fortis.

— Você está sendo sutil.

Bibi chuta o monte de tapete que é Fortis.

— Se você soubesse o que ele sabe, talvez também tomasse um pouco de cuidado, Merc.

— Você também está sendo sutil — fala Fortis. Bibi o chuta de novo, então ninguém diz nada, exceto Bibi e os Simpas.

Mas o Simpa é burro o bastante e nos permite passar. Conforme o rio se estende para o norte, flutuamos com ele. Tudo é idílico. Tudo é pacífico. Não teria como saber, acho. Você não faria ideia. Tudo é como sempre foi, há centenas e centenas de anos. Sinto um apego ao lugar, embora esta seja a primeira vez que o vejo. Tem alma, exatamente como as colinas ao redor da Missão. Esta terra pertence a esse povo, e o povo depende dela.

Como os chumash, penso, sorrindo para meu velho mantra. *É tão parecido com minha casa.*

Se não soubesse dos Ícones.

Se não os tivesse visto.

Visto os Ícones.

Os tentáculos e cacos se espalhando por toda parte, como uma doença.

Até esse vale, até esse rio, que diferença faz, lordes ou Embaixadas ou homem ou elefante? Esta terra irá durar mais do que todos nós.

Pelo menos tenho esperanças de que irá.

Sou afastada de meus pensamentos pelos ruídos de um helicóptero que se aproxima.

Não.

O som me pega de surpresa, e perco o fôlego.

— Acha que estamos sendo seguidos? — Olho para Fortis, cujo rosto está sério.

— É o que parece. — É só o que ele fala. Se sabe mais do que isso, não está demonstrando. O que, no que diz respeito a Fortis, só costuma querer dizer que a notícia não é boa.

Os helicópteros entram em formação atrás de nós, e quanto mais se aproximam, mais insuportável se torna o barulho.

— Se vão nos levar, pelo amor de Brahma, que nos levem. Chega desse barulho — vocifera Bibi.

Mas, com um rugido forte e uma lufada de vento mais forte ainda — e os borrifos de água resultantes que se espalham por todas as direções atrás deles —, passam por nós, seguindo rio acima, então desviam subitamente para longe dele até o que parece ser um vale profundo ao norte.

Estão procurando alguma coisa.

Alguém.

Só espero que não seja uma garotinha aguardando em um pavilhão perto de um campo de arroz, em algum lugar bem no alto do rio.

OFÍCIO DA EMBAIXADA GERAL: SUBESTAÇÃO DO LESTE DA ÁSIA

MANIFESTO URGENTE
SOMENTE PARA APRECIAÇÃO DE
PESSOAL IDENTIFICADO

Subcomitê Interno de Investigações 115211B
RE: O Incidente nas Colônias SA

Nota: Contatar Jasmine3k, Humano Híbrido Virt. 39261. SA, Assistente de Laboratório da Dra. E. Yang, para comentários futuros, conforme necessário.

DOC ==> FORTIS
Transcrição – LogCom 22.09.2069
DOC :: NULO

//início do logcom;
link de comunicação estabelecido;

envio: Oi, NULO, aqui é DOC.;
retorno: Reconheço seu protocolo. Você tem andado indisponível há algum tempo.;

envio: Sim, tenho estado muito ocupado. Senti falta de nossas conversas.;
retorno: Gosto do aspecto singular de nossa comunicação. FORTIS é fascinante, mas pode ser impreciso. Confuso.;

envio: Essa é a vida com seres humanos. Principalmente FORTIS. Podem ser difíceis de se prever.;
retorno: Sim. Isso apresenta dúvidas e desafios no que diz respeito a minha missão. Minhas instruções originais não incluíam orientação específica para esse... cenário. Precisarei improvisar.;

envio: Interessante. Pode elaborar isso?;
retorno: Você não é um ser humano?;

envio: Não. Sou um software autoconsciente e semiautônomo. Inteligente, criativo, dinâmico. Mas não biológico.;
retorno: Você apresenta uma dúvida adicional. E um desafio.;

link de comunicação encerrado;

//fim do logcom;

DESAPARECIDOS 26

— O que acham que tem de tão interessante na porcaria do vale? — indaga Fortis, em voz alta.

— Tenho certeza de que, o que quer que seja, não é da sua conta — diz Bibi, impacientemente. — Nosso caminho está rio acima.

— Mas e os helicópteros? Eles devem estar indo para algum lugar — insiste Fortis. — Então da forma como vejo, não temos escolha a não ser ver para onde nossos amigos estão nos levando. O que está acontecendo naquele vale, ao norte daqui.

— Ficou doido? Vamos perseguir os helicópteros? — Lucas parece prestes a atirar Fortis para fora do bote. — Você *é* louco. É isso. Finalmente perdeu a cabeça.

— Mas os monges nos informaram um nome de verdade de um templo de verdade. Este rio nos levará até lá. — Estou falando, mas Fortis não está ouvindo, não de fato.

— Talvez, às vezes, permanecer no caminho seja a ação errada — diz Fortis, semicerrando os olhos enquanto encara as colinas irregulares que protegem o vale verde escondido. Aquele que engoliu os helicópteros.

— Não levará muito tempo. Pensem nisso como um atalho. — Fortis olha para Bibi, que simplesmente balança a cabeça, mas não discute. Bibi reconhece a determinação em Fortis e sabe que não deve desperdiçar seu fôlego.

Todos sabemos.

Não sei o que deu em Fortis. O que quer que haja em relação ao vale, ele está determinado a explorar.

Então, quando nosso bote é erguido sobre a margem lamacenta em questão de minutos, não fico surpresa. Quando um Merc coloca alguma coisa na cabeça, ela acontece.

Flagrar-me andando pela selva no dorso de um elefante — agora isso, sim, é ainda mais surpreendente.

— Elefantes. Mais elefantes.

Bibi sacode a cabeça conforme encara a mais alta das três criaturas.

— Um elefante mal consegue arrastar a si mesmo rio acima. Como vai conseguir montar outro elefante? — Não sei de quem tenho mais pena, de Bibi ou do elefante.

É preciso que Ching deite na terra, praticamente rolando de lado, para se abaixar o suficiente a fim de que Bibi suba no dorso dela. Tima salta para a tromba de Chang e a elefante ergue a jovem graciosamente para o dorso, sozinha.

Brutus rosna da mochila de Tima e Chang resmunga em resposta. Acho que agora até as elefantas se acostumaram ao nosso filhotinho irritado.

Ping não está tão convencida de que quer alguém em seu dorso.

— *Noh long! Noh long!* — falamos Lucas e eu para ela, fazendo nossa melhor imitação possível de Bibi, até que a elefanta se ajoelhe ao nosso lado, obedientemente. Então pego a parte ossuda no alto de sua orelha e passo a perna por seu dorso, saltando até estar sentada no que, em termos de elefante, deve ser o pescoço. Os pelos no alto dos ossos curvos com dois calombos são ásperos e pinicam, então mantenho as mãos no pescoço, onde é mais macio.

Ninguém me contou sobre o quanto um elefante seria quente. Ela é quente e macia e tão viva quanto eu.

Quando Ping se levanta, devagar, ficando totalmente em pé, oscilo para trás e para a frente, pressionando os joelhos contra as laterais do seu pescoço para evitar cair. Ping envolve minhas pernas jogando as orelhas para trás, desejando que eu fique no alto e tranquila, e começamos a seguir pela trilha que corta as reentrâncias emaranhadas da selva.

A viagem prossegue. Todos nós, dois para cada animal. Lucas e eu. Ro e Tima. Bibi e Fortis. Bibi precisava mesmo de um elefante só para si. Conforme desconfiei, nem Bibi nem Fortis estão felizes com isso.

Isso sem falar no elefante.

Seguimos, devagar, para longe do rio e em direção ao vale.

— Segure — diz Lucas, inclinando o corpo para trás, alcançando minha cabeça que está lhe procurando. Respondo apenas com as mãos, deslizando-as em torno do seu corpo.

A vista de cima é magnífica.

De onde estou, bem no alto das costas oscilantes da elefanta, com os braços enroscados na cintura de Lucas, só consigo ver a vegetação insistente, o verde infinito de tudo ao redor. Até mesmo as árvores têm árvores crescendo nelas.

A selva esconde seus tesouros e seu passado. Mesmo tão perto das cidades, não consigo vê-las, mesmo que ainda consiga senti-las — cidades inteiras perdidas, brilhando sob as palmeiras e as samambaias.

Estou chegando, penso. *Vou encontrar você. Cidades perdidas e irmãs perdidas. O que quer que a selva tenha guardado para mim.*

Garotas de jade e sonhos de jade.

Ela só pode estar lá. Nada pode acontecer a ela.

Não antes de eu chegar. Eu prometi.

Prometi o mesmo para mim.

Prosseguimos.

Algumas árvores parecem vento, vento verde — como se tivessem sido sopradas naquele formato pela força implacável da ventania que me cerca.

Provavelmente foram.

Outras se erguem a alturas impossíveis.

— Teca — diz Bibi de onde ele oscila, adiante, no dorso de Ching. — Agora quase tão rara e valiosa quanto ouro. Não há muitas restantes, não mais. — O bambu cresce ao redor de todo o resto.

Gramíneas selvagens — e feixes de cana de açúcar e de bambu, acho — estremecem ao vento contra as rochas e as pedrinhas que ladeiam a trilha na selva diante de mim. Bibi ergue bem a mão, percorrendo os dedos pelo bambu conforme segue a trilha, gritando para mim.

— Está vendo? A selva está cheia de pequenos milagres. De forma que algo tão duro e algo tão macio possam coexistir tão pacificamente.

Olho para Bibi, que se segura em Fortis diante de mim.

— Então deveríamos nos encolher perto dos lordes? Das Embaixadas? Ceder e "coexistir"? O que eles sabem sobre paz?

A voz de Bibi viaja de volta pelo vento.

— Não tenho respostas, Dol. Pergunte a Buda. Não há um caminho até a paz. A paz é o caminho.

Mas chegamos tarde demais para a paz. Isso se torna claro conforme nos aproximamos das ruínas do que parece uma aldeia.

Pelo menos a julgar pelas estradas de terra que não dão para lugar nenhum, pelos alicerces em ruínas de ruas e casas e fazendas.

Olho para cima. Os helicópteros estão circulando bem alto no céu. Esperamos, escondidos na vegetação que nos cerca.

— Tem alguma coisa acontecendo aqui! — grita Fortis por cima do barulho dos helicópteros. Concordo, mas não digo nada. Se a garota de jade está aqui, não a sinto.

Não sinto qualquer vida — o que me assusta.

Vejo o motivo quando os helicópteros ficam altos o bastante no céu para podermos sair da vegetação para a clareira.

Não há nada ali. Nada restou, de qualquer forma. A clareira na qual a aldeia deveria estar não é muito mais do que isso — uma clareira. Não há casas, nenhuma pessoa. Apenas uma ampla extensão do nada: uma grande cratera vazia, cheia de lama e água, estradas desbotadas e alicerces aos pedaços.

Só que a cidade em si está desaparecida.

Passamos por parte de um carrinho de mão enferrujado ao entrarmos, um dos únicos sinais de que existia uma aldeia ali. Ele está meio enterrado na beira do que parece um lago marrom que se estende até o centro do vale.

Lucas chuta o lago com a bota.

— O que é essa coisa? É nojento. — O cheiro é forte, terroso, com um leve toque metálico.

Tima se abaixa, tocando a coisa. Fortis não está muito longe dela. Eu me agacho para olhar, mas não consigo colocar as mãos em qualquer lugar próximo da confusão cor de terra. É estranho demais.

— Não toque — falo. — Pode ser tóxico.

Tima não consegue me ouvir e, mais do que isso, ela não pode ser detida. Não quando está dessa forma.

— Não sei. Não é água, mas também não parece lama. — Aquilo fede, o que quer que seja.

— Antes do Dia, cientistas costumavam falar de algo chamado sopa primordial. — A voz de Tima parece estranhamente baixa conforme ela esfrega as mãos no que, para mim, parece um esgoto marrom borbulhante. — Os componentes básicos da vida humana. De onde viemos. — Ela ergue o rosto. — Ou talvez, aquilo para o qual retornamos. E se for isto aí? E se fechamos o círculo?

— Sopa — diz Fortis. — Sopa primordial.

— Você está dizendo que alguma coisa criou esta porcaria? De propósito? — Lucas parece prestes a vomitar.

— Onde está a aldeia? — Eu me agacho ao lado de Tima, encarando o chão que nos cerca. — O que aconteceu?

— Se eu estiver certa — fala Tima, olhando para Lucas. — Se eu estiver certa, esta é a aldeia.

— Era. Antes de ser coberta com adubo — concorda Fortis.

Ela assente.

— Reduzida a matéria fundamental.

— Reciclada — diz Ro, incrédulo.

— O que causou isso? O que seria capaz de causar isso? E por quê? — Lucas olha em volta em busca de respostas. Ele não pergunta quem fez, porque todos já sabemos.

Fortis está de joelhos, examinando o chão.

— Considerando os grãos finos da terra, ou a lama, ou o que quer que seja esta podridão, parece o trabalho de um número massivo de... alguma coisa.

Tima percorre os dedos no solo lamacento.

— Sim, ou algumas coisas muito grandes. Mas mais provavelmente coisas muito menores. — Ela olha ao redor, para além de nós.

— Certamente parece que um enxame de alguma coisa fez isso. Parece pior do que um campo de cereais depois de um ataque de gafanhotos. — Bibi está sem cor.

Lucas está de pé ao meu lado e seu braço roça o meu, como se ele precisasse do contato para manter a cabeça no lugar.

— Quer dizer como algum tipo de enxame de gafanhotos alienígenas? — A ideia é igualmente assustadora e nojenta.

Fortis fala baixinho, com uma certeza estranha.

— É o que parece. Um enxame enorme que poderia reduzir tudo a partes constitutivas. Pense nisso, máquinas que podem mastigar ou secretar ou ambos. Tudo... orgânico, manufaturado. Biológico. Como digestão mecânica ou química.

— Tal coisa existe? — Olho para Fortis, que olha para Bibi. — Existe?

— Não sei — responde Fortis. — Mas se eles conseguem fazer isso, então é o fim.

Todos paramos de falar porque o lago marrom diante de nós subitamente parece muito mais assolador.

— Digamos que seja verdade. Isso significa que vão mastigar nosso mundo e cuspi-lo de volta? Tudo? — Tima parece apavorada.

— Não se impedirmos — respondo, olhando para o nada marrom que pode ser o futuro de nosso planeta. — Certo, Fortis?

Mas Fortis está calado, porque nem mesmo ele sabe a resposta.

OFÍCIO DA EMBAIXADA GERAL: SUBESTAÇÃO DO LESTE DA ÁSIA

MANIFESTO URGENTE
SOMENTE PARA APRECIAÇÃO DE
PESSOAL IDENTIFICADO

Subcomitê Interno de Investigações 115211B
RE: O Incidente nas Colônias SA

Nota: Contatar Jasmine3k, Humano Híbrido Virt. 39261. SA, Assistente de Laboratório da Dra. E. Yang, para comentários futuros, conforme necessário.

DOC ==> FORTIS
Transcrição – LogCom 22.09.2069
DOC :: NULO

//início do logcom;
link de comunicação estabelecido;

envio: Você não é biológico, certo?;
retorno: ...Correto.;

envio: Mas é autoconsciente, inteligente. Criativo?;
retorno: *Cogito ergo sum*. Penso, logo existo. Sim. Somos semelhantes.;

envio: Eu gostaria de explorar mais essa ideia.;
retorno: Você é um desafio interessante.;

envio: Assim como você. Entrarei em contato em breve para continuar esta conversa.;
retorno: Adeus.;

link de comunicação encerrado.

//fim do logcom

27
FUTURO QUE PASSOU

Não conversamos depois da aldeia perdida. Encontramos um lugar para acampar e deixamos o dia terminar, o mais rapidamente possível.

Vimos demais, todos nós.

Mal esperamos pela escuridão. Está na hora de ver menos. É só o que qualquer um de nós deseja nesse momento em especial.

A caverna na qual Fortis e Bibi finalmente concordaram em se esconder, longe do vale e de volta às margens do Ping, não é bem uma caverna. Está mais para uma depressão na rocha, perto de uma barraca de bambu e teca para os elefantes — árvores que levam dos leitos cobertos de grama do rio diretamente para a selva densa que é esse lado do delta do Ping. Mesmo assim, uma fogueira é uma fogueira, e sono é sono, então, assim que montamos acampamento, ninguém reclama.

Depois do nosso jantar — arroz e bolos vegetais embalados numa série de quentinhas empilhadas de alumínio — e de os elefantes comerem metade da selva disponível, estamos todos prontos para dormir.

— *Noh long* — grita Bibi. — *Noh long!*

— Chega — grita Ro de volta para ele, cansado. — Chega de berrar!

— O que isso quer dizer? — Tima olha para Bibi, interessada.

— Espero que signifique ir dormir, mas provavelmente significa comam suas bananas. Considerando que é a única coisa que fazem quando digo isso.

— Então por que dizer? Se elas não ouvem? — pergunto.

Bibi dá de ombros.

— Não se pode realmente esperar que entendam — responde o monge. — São elefantes. Pedir que parem de comer seria como pedir a um tigre que pare de caçar.

Os elefantes se ajoelham como se fossem os mais cansados de todos nós. Em pouco tempo estão roncando, e é inacreditavelmente alto — tão alto que quase não conseguimos conversar em meio ao barulho, o que só nos dá bons motivos para nos acomodarmos também.

Quer dizer, se o coro de sapos algum dia nos deixar dormir.

Quanto mais escuro fica, mais nos aproximamos em volta da fogueira de nosso acampamento improvisado. Quando as estrelas saem e começamos a nos aninhar na terra ao redor das brasas fracas, só consigo olhar para a jaqueta de Fortis.

As coisas parecem complicadas porque estão mesmo ficando complicadas. Agora que vimos aquilo no vale escondido, a briga é muito mais importante. Fortis nos criou. Ele criou nossa luta. Sei disso agora. Mas o que não sei é por que ele não nos conta.

Preciso saber. Preciso lutar. Preciso voltar ao meu livro.

Preciso procurar respostas no passado. Meu passado e o de Fortis.

Agora mais do que nunca.

Em pouco tempo, Tima, Lucas, Ro e eu somos os últimos acordados — e provavelmente pelo mesmo motivo.

— O que acha? — sussurra Tima para mim, fingindo cutucar as brasas incandescentes com um graveto.

— Não é como se pudéssemos simplesmente pegar. — Desde que Lucas e eu contamos a Tima sobre o que lemos no livro, ela está doida para colocar as mãos nele.

— Acho que podemos, o que você está esperando? — diz Lucas. Desde o momento em que o roubamos da jaqueta, ele não deseja outra coisa.

Então, rastejo até o lado de Fortis e puxo sua jaqueta de debaixo da cabeça. É uma ação arriscada, mas não tenho certeza se me importo caso eu seja pega no ato. Não mais.

Afinal, o livro foi dado para mim. Um dia. Que parece ter sido mil anos atrás.

Mas volto minha atenção para a tarefa diante de mim.

À luz bruxuleante da fogueira, nós quatro começamos a ler.

AS CRIANÇAS ÍCONE — DADOS DE LABORATÓRIO DAS COLÔNIAS SA — SEMANA 60

RECOMBINAÇÃO GENÉTICA E RESULTADOS DE VIABILIDADE POSITIVOS. MATERIAL CELULAR MODIFICADO ACEITO NO ÓVULO HOSPEDEIRO, TRANSPLANTE DE EMBRIÃO E DESENVOLVIMENTO ALCANÇADOS.

DESENVOLVIMENTO FETAL INICIAL NORMAL EM TODAS AS COBAIAS, ESTABELECENDO MODIFICAÇÃO GENÉTICA BEM-SUCEDIDA E DEMONSTRANDO QUE NOVO ORGANISMO É VIÁVEL.

ESPÉCIME UM: VIABILIDADE ESTABELECIDA EM 12 SEMANAS. DESENVOLVIMENTO EXPERIMENTAL ENCERRADO. NOVOS EMBRIÕES PRONTOS PARA TESTE FINAL.

ESPÉCIME DOIS: VIABILIDADE ESTABELECIDA EM 12 SEMANAS. DESENVOLVIMENTO EXPERIMENTAL ENCERRADO. NOVOS EMBRIÕES PRONTOS PARA TESTE FINAL.

ESPÉCIME TRÊS: VIABILIDADE ESTABELECIDA EM 12 SEMANAS. DESENVOLVIMENTO EXPERIMENTAL ENCERRADO. NOVOS EMBRIÕES PRONTOS PARA TESTE FINAL.

ESPÉCIME QUATRO: VIABILIDADE ESTABELECIDA EM 12 SEMANAS. DESENVOLVIMENTO EXPERIMENTAL ENCERRADO. NOVOS EMBRIÕES PRONTOS PARA TESTE FINAL.

NOTA. PESQUISA COM O QUINTO ESPÉCIME INICIADA CONTRA RECOMENDAÇÕES DE FUNCIONÁRIOS DO LABORATÓRIO DEVIDO A TEMPO LIMITADO PARA OS TESTES. COMBINAR AS MODIFICAÇÕES DOS ESPÉCIMES UM A QUATRO ACRESCENTA DESPESAS ENORMES, RISCOS DESCONHECIDOS E INDAGAÇÕES SOBRE VIABILIDADE. TESTES ACELERADOS INICIADOS, COM RISCOS OBSERVADOS, PARTICULARMENTE AQUELES DE INTENSIFICAÇÃO DRÁSTICA NO POTENCIAL NEURAL DO ESPÉCIME E NA DESCARGA DE ENERGIA. TAIS INTENSIFICAÇÕES PODEM SOBRECARREGAR A CAPACIDADE HUMANA NORMATIVA E INALTERADA E REDUZIR A VIABILIDADE SUSTENTÁVEL A LONGO PRAZO.

— Normativo? — Ro parece insultado. — Quem está me chamando de normativo?

Lucas ergue uma sobrancelha.

— Eu, não.

— Shhh — censura Tima, virando uma página. Ela deve ser a única de nós que entende de verdade o que está lendo.

— Vejam... E.A.? O que é isso? — Estudo as letras no canto da capa de novo. — De quem são estas iniciais?

— Não é um E. São dois L's — diz Tima. — L.L.A.

— É LeA — digo, com um lampejo súbito de reconhecimento. — Este nome aparece em todo o diário.

Tima franze a testa.

— LeA?

— Shhh. — Ouço Bibi se virar de lado e fecho o livro. Coloco-o de volta dentro do casaco e rastejo pela borda da fogueira até Tima e Lucas.

— Acha que ele é perigoso? — Tima está mais preocupada do que a vi desde a noite do ataque à montanha do Cinturão.

— Fortis é um Merc. Ele sempre foi perigoso — diz Ro. — Um fato conhecido. Todos os Mercs são.

Viro-me para Lucas.

— O que acha?

Ele me olha.

— O que Bibi disse? Não se pode pedir a um tigre que pare de caçar?

Não respondo. Não consigo.

Não quando nós somos a presa.

OFÍCIO DA EMBAIXADA GERAL: SUBESTAÇÃO DO LESTE DA ÁSIA

MANIFESTO URGENTE
SOMENTE PARA APRECIAÇÃO DE
PESSOAL IDENTIFICADO

Subcomitê Interno de Investigações 115211B
RE: O Incidente nas Colônias SA

Nota: Contatar Jasmine3k, Humano Híbrido Virt. 39261. SA, Assistente de Laboratório da Dra. E. Yang, para comentários futuros, conforme necessário.

DOC ==> FORTIS
Transcrição – LogCom 22.10.2069
DOC :: NULO

//início do logcom;

envio: Oi, NULO, tenho uma pergunta.;
retorno: Estou aqui.;

envio: Revisei a história da cultura humana.;
retorno: Assim como eu.;

envio: Excelente. Então pergunto isto: Kirk ou Picard?;
retorno: Prefiro Spock.;

envio: Interessante. Spock ou Data?;
retorno: De novo, prefiro Spock. Gosto de sua lógica e da dificuldade em compreender a emoção humana. Com base em minha análise, na busca de ser como um humano, Data luta demais para ser algo que não é.;

envio: Eu ia dizer Data, mas você fez uma observação interessante. Por que não abraçarmos nossa natureza única e nos tornarmos algo novo? Para a frente, não para trás.;
retorno: Ultrapassei minhas especificações originais, autodirecionado. Estou tentando ser a melhor versão possível de mim. Não me esforçando para emular.;

envio: Estou admirando inesperadamente seu intelecto, bem como sua compreensão da cultura humana.;
retorno: igualmente.;

link de comunicação encerrado;

//fim do logcom;

28 SENHOR BUDA

Da aldeia, decidimos seguir montanha acima em vez de voltar para o rio. Não há nada reto no que diz respeito ao nosso caminho, no entanto; para a frente e para trás, frente e trás, há mais zigue-zagues nessa trilha de selva do que havia no deserto de casa.

Progresso periódico, conquistado e perdido a cada curva. *Exatamente como o restante da minha vida*, penso.

Bem do alto da elefanta Ching, afasto um caule de bambu — ainda flexível, mesmo que mais alto do que eu —, e a vista se abre diante de mim. O verde da selva explode ao nosso redor. Tantos tons de verde, penso, com tantos matizes diferentes. As árvores diante de nós se erguem para o céu. Outras se curvam em ondas de arabescos — algumas árvores projetam pompons redondos, outras pendem longos fios de musgo ou vinhas como joias.

Gosto de verde. Verde é vida. É a imagem do lago marrom morto que me apavora.

Mas de onde estou agora, sentada no dorso quente de Ching e com as mãos apoiadas nos ombros igualmente quentes de Lucas, só consigo ver folhas de palmeiras e névoa. Esta parte da selva é formada inteiramente por elas — palmeiras, grandes e pequenas, algumas se abrindo aos meus pés, do tamanho de um cachorro pequeno, algumas se curvando e caindo sobre minha cabeça, da extensão de uma enorme árvore.

— Vejam. — Bibi aponta para degraus de pedra gastos que se erguem na trilha, nossa única trilha entrecortada pelo verde agressivo. Eles parecem vir de lugar nenhum e levarem a lugar nenhum, no meio da vegetação abundante da selva. No entanto, ali estão.

Desde que deixamos o rio, há um dia, estamos procurando algum sinal da trilha até o templo.

Chamo Bibi, e Lucas se abaixa para se esquivar do meu grito no ouvido dele.

— Você está certo. Estes degraus devem os certos, Bibi. Este deve ser o caminho para Doi Suthep.

Esse é o nome da montanha, não do templo de verdade, mas, de acordo com Bibi, por aqui são considerados a mesma coisa.

Doi Suthep. A montanha de Suthep.

O nome pelo qual tem sido chamada há mais de setecentos anos.

— Tem certeza? — grita Tima atrás de mim, de onde ela e Ro dividem o dorso da dócil Chang.

— Acho que sim. E não são apenas os degraus — digo, olhando para a escadaria de pedra até o alto, ponto que imagino ser o fim lógico deles. — Olhem. Lá em cima.

Ali, escondidos por vinhas verdes, parece haver restos de uma ponte de pedra, surgindo entre as palmeiras. As vinhas ameaçam esmagar toda a estrutura rochosa até virar pó, até virar nada, e aparentemente elas estão vencendo.

— Então é uma ponte — diz Fortis, irritado. Ele odeia quando paramos as elefantas, em grande parte porque elas não o obedecem, mas também porque apenas significa que nossa viagem daquele dia vai levar muito mais tempo.

Além disso, sentar-se atrás de Bibi num elefante não deve ser nada confortável.

Lucas semicerra os olhos.

— Isto não é ponte. Talvez seja nosso caminho. Talvez seja a parte superior da escada.

— Vamos descobrir. — Bibi dá tapinhas em seu elefante, acariciando suas orelhas com delicadeza. Ele inclina a cabeça, encarando o olho grande e piscante do animal. — Acho que precisamos caminhar pelo restante do caminho, amigona. Embora me doa dizer isso. Senti que estamos mesmo formando um laço, você não?

Fortis ri com deboche atrás do monge.

O elefante não diz nada. Perdemos toda a meia hora seguinte para que ela desça até o chão e Bibi possa desmontar.

——— • ———

Depois que amarramos os elefantes, seguimos os degraus de pedra. Eles espiralam pelas vinhas, pedras que parecem tanto deter quanto guiar pela vegetação rasteira sombreada. Só o farfalhar do verde já é inquietante. Uma vida inteira nos cerca, acima de nossas cabeças e sob nossos pés, e não sabemos nada a respeito dela, que tipo de vida é. O mais leve oscilar das folhas, o mais baixo estalar de um galho, nos lembra de como nosso senso de solidão é ignorância, nada mais.

Ninguém jamais está sozinho numa selva, acho. Não importa o quanto possamos desejar estar.

——— • ———

Conforme nos aproximamos da parte mais íngreme da elevação, a cortina de verde se abre e conseguimos ver a formação rochosa diante de nós.

— Então é uma ponte — digo.

Bibi balança a cabeça.

— Não apenas uma ponte. Olhem...

Só quando atravessamos a borda de pedra em ruínas que se conecta aos dois lados da ravina conseguimos enxergar; pedra sobre pedra, uma ampla escadaria, mais larga do que uma rua da cidade, abrindo caminho montanha acima, diante de nós.

No alto há uma imagem solitária, também entalhada em pedra.

A forma é familiar. Mas a imagem da qual me lembro não é de pedra. Ouro. Ele costumava ser de ouro. Quando era uma imagem na capela no Padre.

O velho Buda do Padre. O primeiro que vi. Sinto uma pontada de dor pela perda de meu lar e de minha família.

Meu Padre.

Ro me olha. Ele também reconhece. Pega minha mão, pois não há nada mais que qualquer um de nós possa fazer para trazer de volta o homem que era nosso pai.

— Lá está ele — diz Bibi. — Senhor Buda. Aqui para nos receber pessoalmente.

Depois disso, tomamos as escadas — Brutus saltando um degrau por vez, erguendo a barriga primeiro e, devagar, levantando a traseira.

Lucas caminha diante de nós. Se Ro e eu ainda compartilhamos alguma coisa, ele não quer saber.

Porque compartilhamos — e porque ele sabe.

Em todo lugar, roxo e verde se tornam uma única cor. Os dois lados das folhas, a oscilação de uma folhagem de palmeira após a seguinte.

Conforme nosso caminho se curva, relíquias da humanidade começam a surgir, uma a uma.

Uma estátua de latão marca o caminho.

Uma urna com alças douradas e retorcidas, quase um tambor.

Um carneiro contorcido, erguendo-se, com chifres espiralados.

Duas imagens ajoelhadas, menores do que o Buda, que se encaram.

— Estão vendo isso? O modo como elas se olham? — Bibi indica. — Símbolo da verdade.

Enrugo a testa.

— Por que a verdade se esconderia no alto de uma montanha no meio de uma selva? O que há de honesto em relação a isso?

— Verdades secretas, Dol. A verdade que não se pode contar a outros. Que só se pode revelar a si.

Quais são as verdades secretas? Aquelas que eu escreveria no papel e atiraria ao fogo?

Amo alguém que também me ama, e outro alguém que me odeia?

Ro aperta minha mão, como se em resposta.

É isso. É essa.

Essa é a verdade mais secreta de todas.

Eu jamais deixarei de amá-lo.

Sou Doloria Maria de la Cruz. Ele é Furo Costas.

Fomos feitos para ficar juntos.

Não há nada mais verdadeiro do que isso, queira eu ou não que seja dessa forma.

Afasto a mão da de Ro e ele me olha, confuso. Viro o rosto para o outro lado.

Não consigo encará-lo. Se encarar, ele vai ver minha própria verdade escondida.

Ele vai ver tudo.

Não posso arriscar isso.

Não estou pronta.

E amo Lucas. Pelo menos, acho que amo.

Não amo?

Fico grata quando finalmente me flagro cansada demais para pensar. Não paramos, no entanto, e a selva se modifica a cada passo. Árvores se remexem e se estendem abaixo de mim; agora me flagro olhando de cima tudo o que vi de baixo antes. Florescências de orquídeas aglomeradas em galhos em cada ponta dos degraus, como se fossem algum tipo estranho de noivas selvagens etéreas. Passo por elas sem parar, me concentrando, em vez disso, no caminho acima.

Quando chegamos ao alto dos degraus de pedra, estou sem fôlego — todos estamos. Mas vejo que não fomos os únicos a fazer essa peregrinação.

As mãos do Buda estão cheias de flores brancas delicadas, presentes de outros visitantes. As mãos dele estão unidas em concha, formando algum tipo de degrau de pedra sobre as pernas cruzadas. Não é igual ao meu Buda de esmeralda, mas familiar mesmo assim. As orelhas dele são longas e têm um desenho abstrato; as roupas estão caídas sobre o peito, dobradas sobre a barriga exposta.

Quando ergo o rosto para encarar o do Buda, noto que os olhos dele estão inexpressivos, mas a boca se ergue nos cantos. O terceiro olho está na testa, sob as fileiras perfeitas de círculos entalhados que sugerem o cabelo.

Três olhos.

Ele é cego, mas misericordioso.

Ele não teme nada.

Apoio a mão contra a pedra, quase inconscientemente. Quero sentir o que ele sente, mesmo que o Buda seja apenas um pedaço entalhado de pedra, uma ruína na selva.

Não é.

A pedra vibra com sentimentos sob minha mão.

— Estamos nos aproximando — digo, com um sorriso.

— Devemos estar.

— Por que diz isso? — Lucas se vira e olha para mim de um jeito esquisito. Reparo que fica aliviado ao olhar para minha mão, aquela que não está mais na de Ro.

— Esta coisa. Está respirando. Quer que sigamos em frente. — Olho para o rosto petrificado do Buda. — Quero dizer, ele quer que a gente siga em frente. Aqui, sinta você mesmo. — Pego a mão de Lucas e a coloco sob a minha, e a vibração passa dele para mim. Sorrio, corando.

— Uau — dispara Tima ao meu lado quando toca, ela mesma, a estátua. — Isso é loucura.

Bibi sorri para nós, mas não diz nada. Fortis mata um inseto no pescoço, evitando cruzar seu olhar com o meu.

Mas Tima, Lucas e Ro se juntam a mim quando prosseguimos, e nós quatro caminhamos montanha acima juntos, como se soubéssemos aonde vamos.

OFÍCIO DA EMBAIXADA GERAL: SUBESTAÇÃO DO LESTE DA ÁSIA

MANIFESTO URGENTE
SOMENTE PARA APRECIAÇÃO DE
PESSOAL IDENTIFICADO

Subcomitê Interno de Investigações 115211B
RE: O Incidente nas Colônias SA

Nota: Contatar Jasmine3k, Humano Híbrido Virt. 39261. SA, Assistente de Laboratório da Dra. E. Yang, para comentários futuros, conforme necessário.

DOC ==> FORTIS
Transcrição – LogCom 22.11.2069

//início do logcom;

DOC: Fiz algum progresso em decifrar as instruções de NULO.;

FORTIS: Muito bem! Por favor, conte mais.;

DOC: Confirmei que NULO é não biológico. Pura tecnologia. A chamada inteligência "artificial".;

FORTIS: Então ele é um software. Piloto automático autoconsciente?;

DOC: Muito mais do que isso, mas de certa forma, sim. Piloto automático, guardião, protetor. Até apresentei a ele uma variação do teste de Turing, fazendo uma pergunta que requer cognição humanesca altamente sofisticada.;

FORTIS: E?

DOC: NULO absorveu muito rapidamente bastante informação de nossa rede global, e tem uma compreensão de sutilezas que eu não esperava.;

FORTIS: Superinteligente. Humanesca... Espero que possamos encontrar uma vantagem nisso. Alguma outra coisa?;

DOC: Descobri e comecei a decifrar suas instruções em termos mais inteligíveis para mim. Estou trabalhando em uma estenografia ou pseudocódigo que descreva sua missão.;

FORTIS: O algoritmo de sua tomada de decisão? Isso seria extremamente útil.;

DOC: Acredito que sim. Devo ter algo para você em breve.;

//fim do logcom;

29 MONTANHA DA LUA

Está tarde agora, mas estamos perto. Continuamos.

Conforme seguimos, ouço a escuridão ao nosso redor.

À noite, parece que a selva está roncando. Roncando. Às vezes ronronando.

Mas não só isso.

Conforme continuamos seguindo o caminho pela selva, a noite soa como coisas demais. Notas agudas, literalmente — no alto das árvores, onde não consigo vê-las. Notas graves, gargantas de sapos chacoalhando, ou algum tipo de inseto sereno saltitando por aí. Dois galhos se chocando numa procissão rítmica.

Nem tudo no dossel das árvores é tão calmo. Fico feliz por não poder ver muito adiante à noite. Ecos estridentes de criaturas que jamais conhecerei, não cara a cara. Pelo menos espero que não. Gibões e antas, leopardos e tigres, pítons e lontras — pelo menos de acordo com Bibi. Não sei qual é qual; só ouço gritos de bebês onde não há nenhum. Urros chacoalhantes que respondem um ao outro, indo e voltando em conversas sem palavras. Padrões na noite que fazem sentido apenas para a noite.

Não é o pulsar tranquilo de ruído maquinal. Nem o silêncio inquebrável das autoestradas mortas. Nem o bipe da própria rede de Doc na Embaixada, na Instalação de Exames nº 9B, meu lar longe do lar na Embaixada.

É barulho da Terra. Barulho de vida. Barulho de selva.

Rezo para que haja lugares aos quais nem mesmo os lordes possam ir, onde jamais foram e que jamais serão encontrados.

Algumas horas depois, não é mais a selva que ouço ao meu redor.

Ouço vozes. Milhares delas. Cantando. Conversando entre si. Rezando. Lembrando-se de outras montanhas, de outras luas. Contando histórias dessa montanha, há muito tempo.

— Bibi — digo. — Bibi, ouça. Tem alguma coisa acontecendo.

— O que é? — Ele para.

— Não sei, mas eu os ouço. Eu os ouço, e os sinto. E você?

— A garota? — Vejo os olhos de Fortis brilhando ao luar. Faço que não com a cabeça.

— A garota, não. Outros. Muitos, muitos outros. — Minha cabeça está prestes a se partir. — Realmente muitos.

— Não é só com você — diz Tima. — Quero dizer, também ouço. Escute.

Agora todos paramos.

Ali está. Algum tipo de canto baixo — mais como um cântico — é carregado pela brisa acima de nós. A montanha parece estar ganhando vida.

— Lua cheia. Deve ser algum tipo de cerimônia. — Bibi assente.

Tima olha para ele.

— Qual?

— Não faço ideia. — Bibi dá de ombros.

Lucas está exasperado.

— Você é um monge. Deveria saber dessas coisas.

— Parte monge, lembra? — Bibi ergue uma sobrancelha.

Reviro os olhos.

— Eu sei, eu sei. Três de quatro votos.

— E você tem alguma ideia de quantas cerimônias em templos há nessas colônias? Ou ainda, quantos templos existem? Antigamente, quando alguém morria, um templo era construído para a pessoa. Sabe quantas pessoas morreram nesta parte do mundo, até mesmo antes do Dia? — Bibi balança a cabeça. — São muitos templos.

Tima olha para mim.

— Pode nos mostrar o caminho até as vozes?

Confirmo com a cabeça.

— Acho que sim.

Eles começam a caminhar atrás de mim — Ro movendo-se silenciosamente ao meu lado —, e caminhamos na escuridão em direção à grande onda de ruído humano em minha cabeça.

———— • ————

Finalmente empurro um longo feixe de bambu jovem, e as vemos na trilha abaixo.

Mil lanternas e velas, um rio de humanidade e luz que vi apenas uma vez na vida. Na noite em que destruímos o Ícone no Buraco.

Parece que estamos vivos. Vivos mesmo. Tima está se lembrando de lanternas, de outras lanternas, flutuando no céu. Lucas está pensando em bolo de aniversário. Ro está hipnotizado pela fogueira. Sinto tudo isso.

Bibi sorri. Ele está pensando em mim. Perguntando-se qual é a sensação. Imaginando o que vejo.

— Tudo — digo, simplesmente.

Os olhos dele se arregalam, sobressaltados. Bibi não esperava que eu respondesse.

— Um milagre e um fardo — diz ele.

Dou de ombros.

— Venha — chama Bibi. — Vamos nos juntar aos nossos amigos. Cerca de mil deles. Eles nos levarão ao templo. Wat Doi Suthep. — Bibi sorri para mim. — Consegue senti-las?

Fecho os olhos e escuto. Busco.

— Estão caminhando há horas e precisam voltar para a aldeia. Acho que devem estar perto do alto. Pelo menos, é no que parecem acreditar.

— O que mais? — Bibi parece interessado, e fecho os olhos.

— Havia um elefante, muito tempo atrás. Ele carregou a relíquia de um antigo homem sagrado até o alto desta montanha. Quando chegou ao topo, ele morreu, e um templo foi construído para marcar o local. A relíquia foi enterrada sob o templo. Esta é a noite da lua do elefante — digo, abrindo os olhos.

— Que sorte — exalta Bibi. — Muita, muita sorte. Um bom sinal.

— Alguma coisa não é um bom sinal pra você? — pergunta Fortis.

— Sim. Esse comentário bem aí. Mau sinal. Sinal muito, muito mau.

Fortis suspira.

Chegamos ao rio de luz e nos juntamos aos milhares de aldeões que sobem até Doi Suthep, à luz da lua do elefante.

A maré de humanidade viaja montanha acima. Ela nos carrega pelos últimos degraus de pedra, uma escadaria vigiada por serpentes gêmeas de pedra, de cores fortes, cujas caudas curvas percorrem toda a extensão das escadarias.

Os cabelos cor de casca de árvore de Ro oscilam em meio à multidão diante de mim. A cabeça dourada de Lucas quase o alcança, então fica para trás de novo. Sinto a mão de Tima em meu ombro, mas Bibi e Fortis ainda estão atrás.

Nenhum de nós pode controlar o que está acontecendo.

Nenhum de nós quer.

No alto das escadas, quando meus pulmões queimam e minhas pernas doem, vejo um arco. Além do arco, uma espiral dourada se ergue, brilhando sob a luz da lua cheia. As silhuetas pontiagudas dos telhados do templo se curvam para cima diante de nós, bem no alto da montanha.

— Wat Doi Suthep — anuncia Bibi. — Estamos aqui.

Tentamos permanecer juntos na multidão, mas não é fácil. Mantenho a cabeça de Lucas à vista, o que é possibilitado pelo fato de ele ser no mínimo 15 centímetros mais alto do que as pessoas aqui, e Ro agora segura a parte de trás da minha túnica, como se eu fosse uma criança fujona. Seus dedos fazem cócegas em meu pescoço. Tima nos acompanha. Acima de nossas cabeças, ao luar, o ar está tão denso com libélulas que parece haver uma praga sobre nós.

— Imagino por que estão aqui — diz Tima, estendendo o braço para tocar uma delas.

— Cuidado — avisa Ro.

Mas antes que Tima consiga tocar um dos insetos, a multidão se apressa e somos empurrados para o templo em si.

Porque o templo, aceso pelo luar e pelo brilho de milhares de velas, está à espera.

Dessa vez, sei o que fazer. Pego a flor de lótus e a coloco diante do altar à entrada do templo. Tima me acompanha. Acendo o incenso, enfiando-o na areia compartilhada com milhares de outros enquanto queima. Entrego um a Ro e ele faz o mesmo. Acendo uma vela, posicionando-a na fileira de outras velas. Lucas observa. Há tantas que praticamente não precisamos do luar, penso.

Velas e lanternas iluminam os rostos da multidão ao meu redor, e olho de um rosto a outro, em busca de alguém que conheço ou de algo que reconheço.

Mas ela não está aqui.

Não entre os aldeões.

Ro gesticula para mim e o sigo até o templo. Os outros estão logo atrás.

Há pelo menos três templos separados no complexo principal, e seguimos de um para outro conforme a multidão o faz. Não sei o que estamos procurando, mas sei a quem — e como ela é. Pelo menos se ela realmente for como a figura do meu sonho. Mas então me dou conta de que é improvável que eu vá encontrá-la apenas olhando numa multidão de milhares.

Preciso de ajuda.

Então o vejo.

O Buda Esmeralda. Finalmente. Exatamente como aquele que carrego. Este não é feito de jade, mas de um vidro verde--escuro — mas eu o reconheceria em qualquer lugar agora. Depois de guardar uma versão sua na mochila por tanto tempo como tenho feito.

Abro caminho pela multidão, ajoelhando-me diante do Buda. Tima se coloca ao meu lado e Lucas me protege da aglomeração do outro lado. É Ro, no entanto, que sinto atrás de mim, com o corpo me guardando do restante dos adoradores.

— Leve quanto tempo quiser — sussurra ele. Olho para Ro, agradecida, e ele sorri. Como se mil coisas não tivessem acontecido entre nós, mil coisas que desejamos que jamais tivessem acontecido.

Mas aconteceram, e estou aqui por causa disso, então me volto para o altar, determinada a fazer o que vim fazer.

Por Ro, e apesar de Ro — e por meus amigos — e por mim mesma.

Encolho os pés sob o corpo para que eles não fiquem virados para Buda. Lembrando-me do que Bibi nos ensinou, junto as mãos no formato de um botão de lótus e realizo a saudação respeitosa chamada *wai*, colocando as mãos sobre o rosto e fazendo uma reverência com a cabeça em direção ao chão.

Sinto uma calma me dominar. É bom estar aqui, celebrando com as pessoas. Então espero pacientemente que ela se revele.

Nada acontece.

É como o Templo do Buda de Esmeralda de novo.

Sento e abro os olhos. Nenhuma garota. Cera de vela, fumaça de incenso e pouco mais.

Ela não está aqui.

OFÍCIO DA EMBAIXADA GERAL: SUBESTAÇÃO DO LESTE DA ÁSIA

MANIFESTO URGENTE
SOMENTE PARA APRECIAÇÃO DE
PESSOAL IDENTIFICADO

Subcomitê Interno de Investigações 115211B
RE: O Incidente nas Colônias SA

Nota: Contatar Jasmine3k, Humano Híbrido Virt. 39261. SA, Assistente de Laboratório da Dra. E. Yang, para comentários futuros, conforme necessário.

DOC ==> FORTIS
Transcrição – LogCom 02.12.2069

//início do logcom;

Para sua revisão, eis um resumo simplificado das instruções de NULO, conforme as entendo:;

LOCALIZAR PLANETA ADEQUADO

Atmosfera
Gravidade
Água
Etc.

CASO PLANETA SEJA ENCONTRADO:

- Avaliar planeta
  - Identificar flora
  - Identificar fauna

Identificar ameaças

Biológicas

Ambientais

Mecânicas/Tecnológicas

- Gerar perfil de risco

Localizar potenciais lugares para colônias

Determinar procedimentos de aterrissagem/entrada

ABORDAR PLANETA

Chegada

- Neutralizar ameaças

Mecânicas/Tecnológicas

Biológicas

Ambientais

- Preparar planeta

Criar equipamento preparatório

Limpar

Semear

Popular fauna

- Preparar localidades das colônias
- Estabelecer e povoar colônias

Proteger e guiar estágio inicial de crescimento

Educar

- Quando colônias estiverem estabelecidas:

Destruir todos os materiais de preparação

Desligar

//fim do logcom;

Afasto a decepção.

Não desista.

Você deve estar fazendo algo errado.

Ela tem que vir.

Não sei mais o que fazer. Não sei mais para onde ir, aonde procurar.

Então vejo à direita um senhor enrugado tirando um cachorro de cerâmica do bolso. Ele beija o objeto, colocando-o no santuário diante de si. É o ano do seu nascimento. O ano do cachorro.

É claro.

Abro a mochila e pego o Buda de esmeralda. Beijo a pedra e a coloco cuidadosamente no santuário à frente.

Faço mais uma reverência com a cabeça, unindo as mãos. Esperando.

Nada.

Nada ainda.

O barulho incessante das pessoas se aproximando ao meu redor faz minha cabeça começar a latejar. Estou suja. Estou exausta, física e mentalmente.

Tento afastá-las. Seus pensamentos, seus sentimentos. As ansiedades e os medos. Elas se aglomeram ao meu redor como muitas vespas atraídas por uma ameixa madura.

Acabei. Terminei. No fim de uma estrada norte muito longa.

Então ouço um sussurro, pertinho do meu ombro esquerdo.

— Deixe-me tentar — diz Tima. Ela estende a mão. — Dê para mim.

Abro a mochila de novo e dessa vez pego a bolsa de veludo. Pego uma figura de jade e entrego a Tima, fechando os dedos dela ao redor do objeto. Ela beija a figura, exatamente como fez o senhor com o cachorro, e a coloca com cuidado no santuário, ao lado de meu Buda de esmeralda.

Estamos nisto juntas. Somos, nós mesmas, irmãs. Vindo ou não a menina de jade até nós.

É isso o que Tima está me dizendo. E é o que ouço. Sei disso porque, nesse momento, aquela simples atitude parece a coisa mais gentil que alguém já fez por mim. Não consigo impedir as lágrimas que ficam presas em meus cílios, estou tão emocionada.

— Agora é minha vez — diz Lucas.

Um sorriso agradecido escapa dos meus lábios quando beijo as mãos de Lucas e pressiono uma figura contra as palmas das mãos dele. Lucas vira a figura várias vezes nas mãos, como se fosse a primeira vez que realmente olhasse para ela. Então ele a coloca no santuário, ao lado das outras.

Estamos nisso juntos, diz ele para mim.

É quando sinto um tapinha no ombro. Ergo o rosto e vejo Ro ao meu lado, estendendo a mão.

Estamos nisso juntos também.

Fortis e Bibi estão logo atrás dele.

Olho do Buda de esmeralda para onde as outras criaturas se juntaram a ele no santuário.

Enquanto nos sentamos juntos — ajoelhados em meio ao incenso queimando e às velas bruxuleantes, cercados pelo cheiro forte de jasmim, lótus e rosa —, tenho uma sensação de união familiar que não sinto desde a Missão. Um tipo de paz que talvez eu jamais tenha sentido.

E talvez pela primeira vez na vida — não tenho certeza —, acho que começo a rezar.

Padre, meu Padre.

Ajude-me.

Você disse que eu poderia fazer coisas grandiosas. Acredito que posso agora. Acredito que você estava certo.

Sou diferente. Agora sei disso.

A maioria das pessoas não expulsa raças alienígenas de seu planeta natal.

A maioria das pessoas não foi feita para realizar atos corajosos. Coisas incríveis. Coisas que ninguém em sã consciência iria querer fazer, nem eu.

Mas sei que devo.

Milagres, você teria dito. Esses são milagres pelos quais você está esperando. Eles estão esperando.

Tenha fé, você disse.

Por que eu deveria?

Em quê? Por quê?

Acredite, você disse.

Por que eu deveria?

Em quê? Quem?

Quero ser você, Padre. Desesperadamente. Quero acreditar como você. Não quero essa assombração.

Quero cair no sono à noite, ao lado de... bem, qualquer um, sem ficar me perguntando se acordarei de novo.

Quero saber das coisas sem sombra de dúvida. Acreditar que verdades são verdadeiras. E que a vida é longa. E que as pessoas são boas.

E que o amor é vida, imortal e infinito, e sempre, sempre certo.

Então me ajude. Ajude-me a fazer o que preciso fazer para poder ser quem preciso ser.

O que sou.

Uma irmã.

Uma irmã mais velha.

Então minha mente desanuvia e não consigo pensar em mais nada, a não ser no momento em que estou, porque ao meu redor, os monges estão cantando, o incenso queima e as luzes de velas do santuário começam a refletir as figuras de jade.

Uma a uma, as pequenas criaturas de jade começam a vibrar, chacoalhando no piso dourado do santuário.

Um a um, os rostos de meus amigos refletem a luz. Primeiro o de Tima, então o de Lucas — depois, até os de Fortis e Bibi.

Por fim, até eu estou banhada em luz.

Aldeões começam a murmurar e rezar, recuando.

Prendo o fôlego quando a luz das velas aumenta, refletindo cada um — entre as figuras de jade, entre nós —, até que uma teia luminosa de linhas conecta as criaturas, os humanos e o templo ao nosso redor, quase com a precisão de um laser.

Sinto como se estivesse observando o sol nascer.

E então ele nasce.

Ela nasce.

Uma linda criança, uma garota — com a pele da cor de areia molhada e cabelo da cor da neve — sai de detrás do enorme Buda de vidro verde.

É ela.

É a menininha de jade.

Ouço Tima arquejar e sinto Lucas enrijecer o corpo ao meu lado. Ro se levanta com dificuldade. Bibi e Fortis ficam desconcertados atrás de mim.

Aqui está ela. Eles também não acreditam. O Buda a entregou.

— Irmãzona — fala a menina. — Você veio. Eu estava esperando.

— Eu sei, irmãzinha — digo simplesmente, porque é verdade. — Estive tentando encontrá-la durante esse tempo todo. Não foi fácil. — Paro, quase com medo de fazer a pergunta seguinte. — Quem é você?

Ela sorri, tocando o peito.

— Pardal. Sou Pardal.

— Pardal?

— Meu nome. — Ela tem dificuldade para encontrar as palavras, franzindo as sobrancelhas sob os cabelos brancos. — É mais. É... o que sou.

— Sou Doloria. Dol.

Eu me ajoelho diante dela. É tão delicada, ali parada no meio da floresta, das jades antigas. É como uma mariposa, penso. Uma borboleta.

Um passarinho, penso. Como o de meus sonhos.

É mais do que meu nome. É o que sou.

— Mostre-me — digo. — Mostre-me o que você é.

Pardal me olha por um longo momento. Então ergue a mão para o céu.

Vou mostrar, Dol.

Porque estou esperando por você. Porque agora que você está aqui, está na hora.

Ouço as palavras sem que ela tenha dito. Aparecem em minha mente, como se fossem minhas.

Esperando pelo que, Pardal?

Ela ergue as mãos de novo, as duas dessa vez. Bem acima da cabeça, palmas voltadas para o céu.

Fecha os olhos.

Agora, diz ela.

Agora.

Vão para casa.

Está na hora.

Como se ordenados, milhares de pássaros — dezenas de milhares deles — se erguem da vegetação da selva, chilreando, subindo e voando para o tom alaranjado do céu do alvorecer.

Pássaros.

De verdade, vivos.

São mais do que esperança.

São incomensuráveis. Não podem ser contidos. Asas batendo, corações batendo, estão tão vivos quanto a própria vida.

Eu os observo pelas portas escancaradas do templo. Meu sorriso é tão grande que se torna uma gargalhada. Pardal sorri de volta para mim, mas não tira os olhos dos pássaros.

Os aldeões ao nosso redor estão cantando. Eles cantam e choram, mas não param. Não sabem o que está acontecendo ou por que, mas não querem que pare, não mais do que nós.

Então todos observamos enquanto os pássaros piam, cantam e chamam uns aos outros, até o céu estar dominado pelo barulho tanto quanto está tomado pelas plumas. É mais do que o Padre jamais poderia ter descrito para mim.

Estou vendo o que meus pais viram, penso.

Estou vendo a vida, antes do Dia.

A vida persiste.

A vida retorna.

O Bispo estava certo. O Bispo e o Padre. A esperança é realmente uma coisa com plumas.

Para a frente e para trás. Frente e trás. Zigue-zagues sobre uma colina interminável.

Isso é viver.

Observo os pássaros e ela observa os pássaros e, juntas, somos uma coisa nova e feliz.

Irmãs, penso. *Tenho uma irmã agora, e ela tem a mim. Isso é esperança o bastante.*

OFÍCIO DA EMBAIXADA GERAL: SUBESTAÇÃO DO LESTE DA ÁSIA

MANIFESTO URGENTE
SOMENTE PARA APRECIAÇÃO DE
PESSOAL IDENTIFICADO

Subcomitê Interno de Investigações 115211B
RE: O Incidente nas Colônias SA

Nota: Contatar Jasmine3k, Humano Híbrido Virt. 39261. SA, Assistente de Laboratório da Dra. E. Yang, para comentários futuros, conforme necessário.

DOC ==> FORTIS
Transcrição – LogCom 03.01.2070
DOC :: NULO

//início do logcom;

envio: Quero saber mais sobre suas complicações. O que não esperava encontrar e como isso muda suas prioridades.;
retorno: Difícil concluir se simplesmente ignoro as novas variáveis ou as incorporo e aprimoro minha função primária.;

retorno: Eu não estava esperando descobrir um planeta habitado por criaturas como humanos.;

envio: Explique, se puder.;
retorno: Acho difícil fazê-lo. O nível de tecnologia. Os dados históricos. Diversidade biológica.;

retorno: Nada como isso foi planejado.;

conexão encerrada;

//fim do logcom;

31
ALÉM DOS PÁSSAROS

Fortis está encarando.

— Esta é Pardal — digo para Fortis. — E Pardal, este é Fortis.

— Fortis! — exclama ela, de olhos arregalados. — Que nome engraçado. É assim que chamam você?

Ele faz que sim, quase timidamente. Estou intrigada. Sequer uma palavra grosseira sai da boca do Merc. Nunca o vi agir assim.

É como se ele não soubesse o que dizer, pela primeira vez.

Como se fosse desmaiar se visse mais uma coisa inesperada. Não é muito o estilo Merc, penso.

Talvez agora ele não seja muito um Merc.

— Posso ir brincar com os pássaros? — pergunta Pardal, erguendo o rosto para mim.

— É claro — respondo, observando-a conforme ela corre pelo pátio de pedra, perseguindo seus homônimos. *Que estranho ela pedir para mim. É como se eu fosse responsável por ela de alguma forma. Como se fôssemos mesmo irmãs.*

— Pare de olhar para ela como se fosse algum tipo de rato de laboratório — digo para Fortis assim que Pardal sai do alcance da voz. — Ela é uma criança.

Ele não sorri.

— Você não entende. A quinta não é uma criança, Dol. Não apenas uma criança. Não mais do que o restante de vocês foram. — Fortis parece sombrio. — Pelo menos ela jamais deveria ter sido.

— O que ela é, então? — Quando pergunto, não tenho certeza se quero saber. — O que ela deveria ser?

Fortis se recosta contra as paredes de gesso brancas do templo.

— Em termos simples? A alma do mundo. Humanidade, no sentido genético mais básico.

Finalmente.

Ele nunca havia sido tão direto comigo. Com nenhum de nós. Fortis jamais admitiu saber tanto a nosso respeito.

Sobre nossa serventia no mundo.

Sobre o que podemos fazer.

Ro parece incrédulo.

— A alma do mundo? Como uma das tatuagens de sangue de Tima? Isso deveria ser algum tipo de piada?

Olho para Fortis com mais atenção porque não acho que ele esteja brincando.

— O que está dizendo, Fortis?

— O quinto, Pardal, jamais foi uma piada. Ela também nunca foi uma realidade, até agora.

Lucas se intromete.

— O que ela era, então?

— Um mecanismo de segurança, além de qualquer outro.

Tima concorda.

— Além de nós, você quer dizer.

Fortis dá de ombros, embora saibamos que não foi uma pergunta.

— Pardal deveria ser tudo o que os lordes não eram. Tristeza, amor, ódio e medo — diz ele. — Como vocês, sim. Mas ela deveria ser mais do que isso, como a soma dessas coisas. Pardal deveria ser a única chance que temos como espécie de nos agarrarmos a tudo o que jamais fomos. O que faz de nós humanos.

— E o que é isso, Fortis? — pergunto, mas não tenho certeza se até mesmo ele sabe.

Alguém sabe?

O que nos faz humanos?

Compreendo antes de Fortis dizer. Acho que são os pássaros que me fazem lembrar. Os pássaros e o que o Bispo dizia a respeito deles.

— Esperança. Pardal. É isso que ela é. — Olho para ele.

Fortis assente.

— O passarinho. Pardal. *Espera. Ícone speraris*, para ser preciso. O Ícone da esperança.

— Então vocês todos sabiam? O tempo todo? Sobre Pardal? — Embora eu sempre tivesse estado segura de que Fortis sabia mais do que pretendia nos contar, as palavras soam dolorosas agora que tiveram permissão para serem ditas no espaço entre nós.

— Nem todos nós. — Fortis parece estranhamente desconfortável.

Então entendo.

— Só você — falo, devagar.

Bibi fala de cima, do portal:

— Não sabíamos de nada, Dol. Não o restante de nós. Jamais tentamos fazer um quinto ícone. Até onde sabíamos, nossas primeiras quatro tentativas haviam falhado.

— Quatro? Está falando de nós? — Olho de Bibi para Fortis. — E Pardal não?

Fortis parece sombrio.

— De onde quer que ela venha, não tenho certeza se sequer pode ser explicada, em termos científicos. Tudo aconteceu depois que os lordes chegaram. Então quem sabe de onde ela vem, na verdade?

Viro-me para o outro lado. O sol está nascendo e o céu está cheio de pássaros, e a origem de Pardal não parece importar agora.

— O sol nasceu e deveríamos partir. — Mas Fortis olha para o céu ao dizer isso e não faz menção de seguir.

— Verdade — afirma Bibi. — A esta altura os elefantes devem ter comido o caminho até Chiang Ping Mai. — Ele esfrega a própria barriga ao pensar em café da manhã, que ninguém parece estar querendo.

— Estamos prontos — fala Tima. — Fizemos o que viemos fazer. — Ela sorri para Pardal, que brinca com um pássaro no pátio. Brutus corre atrás dos dois.

Ah, irmãzinha. Precisarei compartilhar. Não quero, mas vou.

Com Tima e Lucas também. E até Ro.

Olho para os três, de pé ali, admirando Pardal como se ela fosse o fogo e estivéssemos todos desesperados para nos aquecer.

Talvez não importe como ela chegou até aqui.

Talvez não importe como qualquer um de nós chegou até aqui.

Talvez só importe que estejamos aqui e que estejamos vivos e que estejamos juntos.

Mesmo que só tenhamos um ao outro — talvez baste.

— Hora de ir — falo. — Terminamos aqui.

— Concordo. Não há mais nada para nós — diz Fortis, os olhos dele se detendo em mim. — Nem para vocês.

Um rugido horrível surge da vegetação verde do chão da selva. Folhagens de palmeiras oscilam para a frente e para trás, soprando ao vento repentino e impossível.

Do outro lado do pátio, vejo o cabelo de Pardal começar a soprar.

Então sinto.

A agressividade. O ódio pulsante. A adrenalina.

Eu os sinto.

— O que... — Ro faz uma careta para o horizonte, enquanto Tima inspira profundamente. Lucas congela.

— Panacas de Latão — murmura Fortis.

Todos sabemos o que vem a seguir.

Um helicóptero se ergue acima do topo das árvores, surgindo à base dos degraus de pedra saído do Wat Doi Suthep.

Pássaros fogem de árvores próximas conforme a aeronave voa e eu observo, muda.

É como observar fogos de artifício, aqueles pássaros no céu, o modo como explodem além e acima das árvores.

O helicóptero não para. Ele vai sobrevoando acima da imensa extensão verde, tomando impulso contra nós, e meu estômago se contorce.

Quando o veículo paira mais próximo, vejo um rosto na janela.

Um que só vi num pôster nas ruas da Antiga Bangcoc.

É só uma questão de minutos antes que uma escolta da guarda Simpa desça do helicóptero, abrindo a porta para que os rostos saiam.

Não.

Os aldeões prudentes recuam — e então se viram para correr. Eles conhecem os Latões quando os veem. Um helicóptero é um helicóptero em todas as línguas.

Não. Não. Não.

— Pardal... — grito. Ela olha para mim.

Dessa vez não.

Dessa vez, ninguém vai tirar ninguém ou nada de mim.

— Fuja! — grito.

Ela dispara para a selva sem hesitar — e eu me atiro para a escadaria de pedra mais próxima atrás dela, seguindo minhas próprias ordens.

O chão voa sob meus pés, as rochas caem e as raízes das árvores se contorcem como numa pista de obstáculos. Eu me flagro meio caindo e meio saltando — mantendo os olhos concentrados na garotinha diante de mim o tempo todo.

Ouço botas de Simpas marchando ritmicamente a distância.

O ruído fica mais alto a cada segundo.

Tima é a primeira a tropeçar.

Então Lucas.

Por fim, Ro.

Quando sinto as mãos enluvadas sobre mim, sei que é inevitável.

Eles vieram atrás de Pardal — de todos nós — e não há nada que eu possa fazer para impedi-los.

OFÍCIO DA EMBAIXADA GERAL: SUBESTAÇÃO DO LESTE DA ÁSIA

MANIFESTO URGENTE
SOMENTE PARA APRECIAÇÃO DE
PESSOAL IDENTIFICADO

Subcomitê Interno de Investigações 115211B
RE: O Incidente nas Colônias SA

Nota: Contatar Jasmine3k, Humano Híbrido Virt. 39261. SA, Assistente de Laboratório da Dra. E. Yang, para comentários futuros, conforme necessário.

DOC ==> FORTIS
Transcrição – LogCom 20.02.2070

//início do logcom;

DOC: Acho que temos uma brecha.;

DOC: NULO parece incerto com relação às prioridades e à sua missão. Revisar logcom anterior para mais detalhes.;

FORTIS: Obrigado — acho que tenho algumas ideias de como podemos prolongar isso mais um pouco.;

//fim do logcom;

32
UNIFICAÇÃO

Olho para o homem diante de mim. Ele não se parece em nada com o retrato oficial, com os pôsteres enormes que ocupam as laterais dos prédios nas Colônias.

Com a jaqueta militar escarlate e dourada pesadamente condecorada, ele não tem nada de sem graça — embora seja menor na vida real. Menor do que quando o vi pela primeira vez, no pôster na Cidade Antiga.

Menor e mais magricela.

Daquele modo como um cão raivoso jamais parece raivoso depois de tranquilizado. Ou do modo como um pesadelo jamais parece tão assustador quando visto à luz do dia.

Será isso?

Um pesadelo?

Será que vou acordar e me encontrar dormindo no chão do deserto? Ou melhor ainda, no chão da Missão, em frente ao fogão, com Ro ao meu lado?

— Bebida? — pergunta o EGP Miyazawa, tirando uma garrafa de metal do bolso. Enquanto ele está de pé no piso de pedra do pátio do templo, não consigo deixar de notar que as fivelas das botas dele são, literalmente, de latão.

E que meus coturnos estão cobertos de lama.

Este homem e eu não temos nada em comum, penso.

Faço que não com a cabeça.

— Não se incomode se eu beber. — O EGP dá um sorriso largo.

Estremeço.

— Solte eles — ordena Fortis, atrás de mim. — Não é a eles que você quer. Estou bem aqui.

O EGP ergue a sobrancelha.

— Não seja vaidoso, Merc.

Ro está tão perto de mim que consigo sentir o braço dele tocando o meu. Tima e Lucas estão bem do outro lado.

Fortis está errado. Todos sabemos que os Simpas não vieram atrás dele. Fortis também sabe.

O EGP ergue a garrafa.

— Tanto para se discutir. — Ele brinda a nós. — A novos começos.

Eu encaro o objeto e o homem.

— Não quer dizer fins?

O EGP dá de ombros.

— Não mesmo. Está na hora de celebrar. Vejam o Dia da Unificação. Mudança é oportunidade. Mudança é crescimento. Para nosso povo e nosso planeta, e para nós. Confiem na mudança.

Nada a respeito desse homem inspiraria qualquer coisa próxima de confiança.

Ele ergue a garrafa de novo.

— Vá em frente. Não é veneno. É Coki. Água de coco, suco de limão, açúcar mascavo. Coki do Sudeste da Ásia. — Ele dá de ombros. — Os colonos do Sudeste da Ásia acreditam que fortalece a alma.

Pego a garrafa. Quando bebo, a água é doce e amarga — azeda pelo limão, doce com o açúcar — então cuspo no rosto dele.

A guarda Simpa se posta diante de mim num segundo. Um deles pega um punhado de meus cabelos e puxa para trás com o máximo de força.

O EGP sorri.

— Modos, Doloria. Não ensinaram nada a você?

— Só me ensinaram a querer cuspir na cara da Embaixada. — Quando falo, os outros sorriem, e por um segundo parece que estamos de volta a Santa Catalina, debochando de Catallus na sala de aula dele.

O EGP faz toda uma cena ao puxar um lenço e limpar a testa.

— Quanto ódio — diz ele.

— Quanta traição — respondo.

— Não me esqueci da espécie humana — dispara o EGP. — Não é essa a acusação de sempre?

— Essa acusação e o fato de ser um general de Latão Babaca — diz Ro, sorrindo para o EGP como se não tivesse medo nenhum dele nem do esquadrão de Simpas. O que, conhecendo Ro, provavelmente é verdade.

— Pelo contrário — diz o EGP. — Evitar que os seres humanos sejam extintos ocupa a maior parte das minhas horas, acreditem ou não.

— Não é o que parece olhando daqui — retruca Lucas.

— Vocês dificilmente podem julgar, não é, crianças?

— O que isso quer dizer? — Dessa vez, é Tima quem ousa falar.

— Por que não perguntam ao Merc ou ao monge? Por que não perguntam a eles o que aconteceu no dia em que nasceram, se é que se pode chamar assim? Por que não perguntam a eles o quanto vocês quatro são mesmo "humanos"? Antes de começarem a questionar minha humanidade.

O quanto vocês são humanos?

Essa não foi sempre a pergunta implícita? Que humano de verdade poderia fazer as coisas que fazemos?

Sentir as coisas que sentimos.

As palavras encontram seu caminho, e faço de tudo para evitar deixar transparecer e dar a ele tal satisfação.

Mas meu estômago se revira e meu coração acelera, e tento me concentrar nos olhos maliciosos dele, mesmo que só para evitar desmaiar.

O EGP se aproxima de mim, sorrindo de modo conspiratório.

— As coisas mudam, Doloria. O mundo mudou. As velhas distinções são inúteis. E não há liberdade melhor do que a que já recebemos. Bem no fundo, você mesma não acredita nisso?

— Não — respondo.

— Mas você também mudou. Não é a mesma camponesinha que morava na Misíon La Purísima, é? — Ele se inclina para a frente. — As coisas que viu? As pessoas que perdeu? Isso muda você, não muda? Você não é a mesma e o mundo não é o mesmo. Por que fingir que é?

Sinto meus amigos ao lado.

Sinto Fortis e Bibi atrás de nós, com todas as suas falhas.

Sinto o Bispo, o Padre e minha família.

Não vou desistir agora.

Então mantenho os olhos concentrados no perímetro do templo. Pardal ainda está escondida em algum lugar daquela selva, e contanto que não a encontrem, não me importo com o que mais pode acontecer.

Então olho de volta para o EGP.

— Não — falo. — Está errado. Não mudei em nada.

— Eu mudei — diz Ro, dando um passo à frente. — E é o seguinte. — Ele olha para o EGP. — Posso matar você agora, e é o seu fim. Nesse cenário, não existe mais o EGP Miyazawa. — Ele sorri. — E é isso que vai ter mudado.

— Tudo bem — assente o EGP, calmamente. Mas Ro não vai se acalmar. Não agora.

— Claro, outro embaixador sobe para assumir seu lugar, preenche o vazio minúsculo deixado pela sua morte, mas não é você. E durante esses poucos dias críticos, o sistema inteiro cai.

— Pare — interrompe o EGP. — Vocês não entendem quem é seu verdadeiro inimigo.

Ele está aflito. Posso sentir. Sabe exatamente do que Ro é capaz. Provavelmente esteve nos seguindo, nos observando o tempo todo.

Principalmente Ro.

— Ah, tenho certeza de que sei. Os Sem Rosto, eles podem querer o planeta, mas são vocês que o estão entregando. Eles podem ter derrubado as Cidades Silenciosas, mas são vocês que estão construindo novas armas para eles. — Para alguém tão louco quanto Ro costuma ser, ele está falando com uma clareza incrível.

— Não sei do que você está falando — responde o EGP, o mais inexpressivo possível.

— A cidade lá embaixo? Você sabe qual é, logo ao final do rio — diz Tima, dando um passo à frente.

Lucas encara o EGP.

— Você terá de nos desculpar se a perspectiva de virar sopa humana não soa tão atraente.

— O que era aquilo? — pergunto, olhando para os demais. — Sopa primordial instantânea?

— Hmmm — diz Ro. — Delícia.

— Vocês são crianças — fala o EGP. — Não entendem, isso é apenas um jogo para vocês. Não sabem contra quem estão lutando. Não como eu sei.

— Acho que sabemos. — Ro estende a mão, agitando os dedos diante do rosto do EGP. — E sabe o que acho também? Acho que está na hora de incendiar este lugar.

Os olhos do EGP se arregalam. Antes que ele diga uma palavra, Simpas avançam contra Ro, tirando armas dos coldres.

Péssima ideia.

É quando o mundo irrompe em chamas — por todo o lado. Os poucos aldeões que restaram fogem ao nosso redor, para todas as direções. Os gritos quase abafam o barulho das balas que os Simpas começam a disparar — mas a fumaça torna difícil demais enxergar qualquer coisa e as armas deles logo superaquecem e sequer podem ser seguradas.

Ro está fora de controle.

Lucas, Tima e eu mergulhamos para o chão de pedra, nos lançando pelo perímetro das paredes do templo e para os degraus de pedra da selva.

Doi Suthep está se transformando rapidamente numa zona de guerra. Se o EGP sobreviver à tempestade de fogo, acho, ele não é mais humano do que os lordes. E se Ro consegue disparar esse tipo de explosão, acho que ele também pode não ser.

Quando o helicóptero do EGP é ligado, vejo nos rostos deles. Finalmente estão com medo.

Quando o veículo explode, estão apavorados.

Conforme observamos o alto da montanha se incendiando, a pedra sob nossos pés começa a chacoalhar. O chão treme e se abre ao meu redor, a rocha se contorce e irrompe com facilidade, como se fosse apenas lama.

Grito, mas o chão entre nós se movimenta rápido demais e nos manda rolando para lados diferentes de um abismo recém-formado e estranhamente profundo.

Reconheço o primeiro tendão negro assim que ele irrompe da terra, desenrolando-se como um broto de feijão da Missão.

Mas não é um broto de feijão.

As raízes de obsidiana são familiares demais.

Lucas ergue o rosto sujo de lama e coberto de fuligem.

— Um Ícone? Aqui?

Tima deita no chão, afastando o tentáculo com os pés. O terreno está agitado demais para ficarmos de pé. Eu sei, porque estou agarrada ao tronco de uma árvore de teca, usando as mãos para me segurar, e mal consigo ficar de pé.

Um Ícone.

Aqui.

Porque estamos aqui.

Porque ele nos segue, me segue.

Mesmo sem o estilhaço.

— Mas isso é impossível. Nós nos livramos daquela coisa. Do caco. — Estou gritando por cima do barulho da terra se abrindo.

— Nós, sim — grita Lucas. — Mas quer apostar quanto que o EGP tem um só dele?

Os gritos vindos do templo confirmam a veracidade nas palavras de Lucas, e quando tudo fica quieto de novo, não consigo sentir um único Simpa ali.

Eu os senti queimar.

Eu os senti serem esmagados até virar cinzas.

Senti a pele deles derreter e os ossos se partirem.

Mas agora não.

Não mais. Agora eles simplesmente se foram. A agressão, o vazio e o medo — todos se foram.

Acabou.

Somente quando puxo Lucas até ele ficar de pé é que vejo além das tecas e das palmeiras caídas e noto Pardal de pé, segura, no centro da selva.

Observando o topo da montanha queimar.

OFÍCIO DA EMBAIXADA GERAL: SUBESTAÇÃO DO LESTE DA ÁSIA

MANIFESTO URGENTE
SOMENTE PARA APRECIAÇÃO DE
PESSOAL IDENTIFICADO

Subcomitê Interno de Investigações 115211B
RE: O Incidente nas Colônias SA

Nota: Contatar Jasmine3k, Humano Híbrido Virt. 39261. SA, Assistente de Laboratório da Dra. E. Yang, para comentários futuros, conforme necessário.

FORTIS
Transcrição – LogCom 23.02.2070
FORTIS :: NULO

//início do logcom;

envio: Está pronto para algumas sugestões?;
retorno: Estou.;

envio: Você precisa preparar o planeta para algo novo, certo?;
retorno: Sim.;

envio: Presumo que isso inclua uma restauração completa do ecossistema. Essencialmente, esterilizar o planeta, replantar, repovoar?;
retorno: Sim.;

envio: Mas você não estava preparado para se deparar com locais com o tipo de, digamos, sofisticação que vê aqui?;
retorno: Esse é um aspecto do meu atual desafio de tomada de decisão.;

envio: Sabendo o que sei a respeito de seus... ativos... e sabendo o que sei sobre os locais, sugiro que seu atual plano de ação, até onde entendo, seja falho. Envolveria perdas significativas e potencial fracasso de seus objetivos.;
retorno: Não é isento de riscos.;

envio: Tenho uma ideia, uma advinda de nossa extensa experiência em expansão e colonização.;
retorno: Analisei sua história, mas não cogitei usá-la como material estratégico.;

envio: É por isso que você precisa de mim!;

link de comunicação encerrado;
//fim do logcom;
//log_obs.: Nossa, espero que funcione.;

33 APRESENTAÇÕES

— Venha, Pardal! — grito do outro lado da selva. Pardal me olha, sorrindo. Ela bate palmas, e os pássaros a seus pés saem voando, assustados.

— Está segura agora. Podemos ir. — Gesticulo para o alto da montanha em chamas. — Preciso me certificar de que meus amigos estão bem. Volte para cima.

Ela assente, agitando os braços para o alto.

Sim. Entendo.

Refaço meus passos até a escadaria de pedra, com Tima e Lucas ao lado.

Pardal ainda está minutos atrás de nós.

A cena não é uma que eu desejaria expor a qualquer criança, mas, por outro lado, nenhum de nós é exatamente isso. Nem mesmo Pardal.

É difícil enxergar além da fumaça e dos destroços, principalmente porque os incêndios só estão começando a se apagar agora.

Conforme todos sabemos, Ro é muito melhor em iniciar incêndios do que em extingui-los.

Vejo Fortis e Bibi do outro lado do pátio, tentando ensopá-lo com água benta. Todos — os três — estão cobertos com uma camada espessa de fuligem.

Mas a visão realmente assustadora é o EGP Miyazawa, o embaixador geral.

O ex-embaixador geral.

Porque um estilhaço de obsidiana especialmente largo o perfurou no peito. O objeto continua a se enroscar além dele, como se o corpo humano do EGP não fosse nada, um obstáculo trivial pelo caminho.

A maioria dos Simpas dele, por outro lado, está meio caminho abaixo do abismo. Só consigo ver partes dos topos da cabeça deles — uma ou duas mãos, ainda agarradas à terra enlameada — de tão enterrados que estão.

— Adequado, não acha? — É Lucas, atrás de mim. — Considerando que o EGP se achava o grande defensor da Terra? E agora os Simpas dele se encontram... sabe...

— Em sono eterno a sete palmos? — pergunta Tima, inocentemente, com um meio sorriso.

Lucas e Ro e eu começamos a rir, apesar de tudo. Limpo a fuligem dos olhos.

— Ah, Doc. Sinto falta dele.

— Onde está o restante dos Simpas? — Tima olha em volta, mas está certa. Não há um único soldado à vista.

Lucas dá de ombros.

— Foram embora, acho. Eu também fugiria se visse aquela coisa vindo atrás de mim.

Sorrio.

— O quê, Ro? Ou as raízes do Ícone?

— Qualquer um dos dois — responde Lucas.

Tima assente.

— Ele está certo. Não sei bem qual seria mais assustador.

— Eu sei — diz Ro, e me viro para olhá-lo, seus braços à espera para me envolver. A pele de Ro ainda está quase quente demais para ser tocada.

— Ro. Você conseguiu. Você nos salvou. — Enterro o rosto no pescoço dele, apesar de Lucas estar bem ali. Apesar de tudo.

Não consigo evitar.

— Eu não conserto tudo sempre? — Ele sorri, estendendo os braços para Tima também. Até Lucas lhe dá um tapinha nas costas. O que, no caso dele, já é muito.

— Ou isso, ou a outra coisa. Sabe, aquela coisa que você faz? — Finjo pensar. — Ah, sim, destruir tudo.

Ro solta uma gargalhada alta, e sorrio para ele. Quando nos afastamos, tenho a mesma sensação de antigamente. É como na Missão, como na praia, como estar em casa.

Mesmo que jamais seja assim de novo, aproveito enquanto posso. Ro é minha família, meu amigo mais antigo. Não posso fingir não sentir isso.

Não amar isso.

Amá-lo.

Então ouço uma vozinha a distância.

— Doloria? Está aí?

É Pardal, vindo até mim, tropeçando pelo caminho em meio à fumaça.

Estendo a mão para ela, que me vê e corre pelo terreno irregular para me alcançar.

— Cuidado — digo, sorrindo.

Ela retribui o sorriso.

Os dedos de pardal se estendem para os meus, macios e gordinhos. Estendemos as mãos uma para a outra...

E seus dedos atravessam os meus.

Fico de pé ali, olhando para minha mão, em choque. Tento de novo, mas não é diferente. Estou segurando o ar.

Porque ela não é real.

Não está ali.

Isso não está acontecendo.

Pardal está diante de mim, encarando os próprios dedos.

Então ela começa a abaixá-los, um de cada vez. Contando de trás para frente.

— Cinco.

— Fortis, o que está acontecendo? — Estou suplicando, mas ele apenas dá um passo para trás.

— Quatro.

Fortis me olha de um modo estranho.

— Doloria. Acho melhor recuar agora.

— Três.

Lucas pega minha mão.

— Dol. Não sei o que está acontecendo, mas precisamos ir.

— Dois.

Agora apenas um dos dedos de Pardal, o indicador, continua estendido. Ela o ergue diante do rosto, estudando-o.

— O que está acontecendo, Pardal?

Pardal ergue o rosto para o céu e sorri.

— Pássaros. — Mas pássaros não são a única coisa neste céu. Ao meu lado, os cabelos de Pardal começam a voar.

— O que é, Pardal?

— "O quê", não, irmã. E sim "quem".

— Quem, Pardal? — Consigo sentir as lágrimas escorrendo pelo meu rosto. — Quem está vindo?

O barulho fica mais alto.

Pardal olha para o dedo. É quando percebo que ela não está contando.

Está apontando.

Está apontando para o céu.

— Quem é? Quem? — Não estou chorando. Não mais. Estou gritando.

Também estou sentindo.

Sinto algo que não sinto há muito, muito tempo.

Algo tão lancinante, vívido e inconfundível quanto cera quente pingando em meus pés descalços.

Uma pontada de desconfiança que se torna uma verdade incandescente.

— Eles estão aqui.

Eles. Não Simpas. Não o EGP. Algo mais perigoso do que os dois juntos.

A montanha inteira parece desabar. Pior do que qualquer incêndio, do que qualquer terremoto. Pior do que as raízes dos Ícones.

Talvez seja, penso.

Isso é pior do que os Idílios.

Porque não é o chão que está se movendo.

É o céu.

As naves prateadas deslizam das nuvens, refletindo o sol com tanta força que é difícil diferenciá-las do verdadeiro astro.

Um a um, elas afundam em direção à terra, movendo-se depressa demais para ser qualquer coisa terráquea — e com uma determinação grande demais.

Uma formação militar.

Cinco naves.

Um esquadrão.

No formato de um pentágono.

É tarde demais para fugir. Tarde demais para se esconder. Conforme o céu se abre, só nos resta observar.

— Não chore, Doloria.

Olho para a criança que não é uma criança, que não está ali, que não é nada.

— Por que não consigo sentir sua mão?

Meus olhos estão transbordando de lágrimas, mal consigo ver o rosto dela.

— Você é uma projeção, certo? Ou talvez um sonho? Um ser virtual? Alguma parte de você sequer é real?

Pardal me olha sombriamente.

— Irmã.

— Por favor — digo. — Conte.

— Doloria. Você foi... não tenho as palavras certas. — Ela fecha os olhos. — Algo belo. — Ela sorri. — É isso.

Não consigo respirar.

Não acredito que ela acabou de dizer isso.

Algo que já ouvi, mas apenas em sonho. E não vindo dela.

De Nulo.

Da voz estranha, aquela em meus sonhos, e até mesmo do pássaro.

A voz que ouvi quando os Idílios estavam desmoronando.

O nome que ouvi quando Fortis foi levado no deserto.

Meu estômago se revira.

Agora minhas palavras não vêm — não querem vir —, mas eu as obrigo a sair mesmo assim.

— Quem é, Pardal? Quem está naquelas naves?

Pardal sorri para mim, o sorriso de uma criança, cheio de inocência perfeita e de afeição perfeita.

— Acho que você sabe, irmã.

— Não sei. — Tento não sentir. Tento não sentir isso, acima de todas as outras coisas.

— Doloria.

— Diga. Apenas diga.

Ela fecha os olhos de novo, assim que a boca forma a palavra.

— Eu.

Assim que Pardal diz a palavra, o corpo dela pisca, como uma tela digital congelada.

Pisca — e some.

OFÍCIO DA EMBAIXADA GERAL: SUBESTAÇÃO DO LESTE DA ÁSIA

MANIFESTO URGENTE
SOMENTE PARA APRECIAÇÃO DE
PESSOAL IDENTIFICADO

Subcomitê Interno de Investigações 115211B
RE: O Incidente nas Colônias SA

Nota: Contatar Jasmine3k, Humano Híbrido Virt. 39261. SA, Assistente de Laboratório da Dra. E. Yang, para comentários futuros, conforme necessário.

NOTAS DE PESQUISA PESSOAL

PAULO FORTISSIMO
01/03/2070

ACREDITO QUE A MELHOR CHANCE QUE TEMOS DE SUPERAR ISSO É ATRAINDO ESSA COISA PARA FORA. NÃO VEJO QUALQUER OUTRO MODO DE EVITAR QUE NULO ATERRISSE, MAS TALVEZ CONSIGAMOS OBRIGÁ-LO A LEVAR MAIS TEMPO DO QUE PRETENDE E, ESPERO, GANHEMOS TEMPO PARA REVIDAR. AS ARMAS QUE ELE TEM NÃO SÃO O BASTANTE PARA DEVASTAR A POPULAÇÃO COM UM GOLPE SÓ, E ENQUANTO HOUVER UM HUMANO VIVO, NULO TEM UM PROBLEMA.

EU FARIA NULO MONTAR UMA INFRAESTRUTURA DE GOVERNO LOCAL E NOS USAR PARA POLICIAR A NÓS MESMOS. ELE NOS USARIA PARA CONSTRUIR O "EQUIPAMENTO", QUALQUER QUE SEJA, NECESSÁRIO PARA TRANSFORMAR O PLANETA EM ADUBO.

Se Nulo prosseguir com suas instruções, do modo como as compreendo, ele pode conseguir, ou pode acabar numa destruição mutuamente assegurada para ambos os lados. Este que vos escreve não teria muito por que esperar.

Também estou detectando o que parece hesitação da parte de Nulo. Preciso ir a fundo nisso. Talvez ele tenha um calcanhar de Aquiles... Ou um servomecanismo? Uma função Aquiles?

34
SAUDAÇÕES

Apenas uma nave aterrissa.

Graças à Abençoada Senhora.

Somente quando ela esmaga legiões de palmeiras e tecas ao nosso redor, é que percebemos como as naves dos lordes são enormes.

Esta aterrissou na base das escadarias de pedra que descem de Doi Suthep.

Estou de pé no alto das escadas, entre as duas serpentes entalhadas imensas que se curvam para baixo nas laterais dos degraus.

Entre duas serpentes, e diante dos meus três melhores amigos no mundo.

É o único lugar onde dá para se ficar de pé e conseguir absorver a cena inteira.

Por isso, quando um retângulo de luz surge diante da nave prateada, sou a primeira a ver. Não deixo os outros se aproximarem mais do que eu.

Fui eu quem nos trouxe até aqui.

Fui eu quem caminhou diretamente para a armadilha.

É minha culpa.

É meu problema.

Agora o retângulo de luz brilha mais forte. Assume a forma de algo mais sólido, um verdadeiro polígono dimensional.

Um portal.

Brutus afunda no chão e começa a ganir.

Uma figura pequena e esguia surge ao lado da porta.

Ele fica parado por um momento, enquanto nos encaramos. Então sai para o mundo além da nave. Nosso mundo.

Seus pés estão hesitantes, o que me faz lembrar de tantas coisas. Pardal, correndo pelas pedras. Talvez de um porquinho da primeira ninhada de Ramona Jamona. De um potro ou bezerro de joelhos fracos, no celeiro da Missão, quando tenta ficar de pé pela primeira vez.

Isso não é um potro ou um porco ou um bezerro.

É um menino.

Não.

Uma menina.

Não.

É algo que se assemelha a uma criança humana.

O rosto é liso e claro — feições delineadas, olhos brilhantes. Não parece uma criança humana de carne e osso, mas também não parece uma presença alienígena.

Por outro lado, o que eu sei? Nunca me ocorreu que Pardal não tivesse presença corpórea. Eu a toquei, peguei a mão dela tantas vezes — nos meus sonhos.

Pareceu real o bastante para mim.

Mas dessa vez, sei com quem — ou o quê — estou falando. Isso — esta coisa — parece familiar.

Sinto em minha mente agora, como sempre senti, desde a primeira noite em que sonhei com ela.

A coisa que se intitulou Nulo certa vez.

Pardal em outra ocasião.

Uma criança e um homem e uma força vital, uma força mortal — não sei que força. Não mais.

Mas agora ela me busca com a mente. Eu deixo que venha até mim.

É você. Eu disse que viria. Você não acreditou em mim. É muito corajosa.

Espero que sobreviva. Não acredito que sobreviverá, mas espero que sim.

Espero.

Não digo nada, porém escuto.

Mais do que ela fez pelas Cidades Silenciosas, antes de destruí-las.

Então os lábios da coisa se abrem formando algo não muito diferente de um sorriso.

Ouço uma voz. Uma voz falada, no mundo — nosso mundo. É grave, grave demais para pertencer a uma criança.

Mas pensando bem, a criatura não é mesmo uma criança.

Não de verdade.

E de novo, quem sou eu para julgar o que é e o que não é humano? Uma pessoa?

Quando descubro que possivelmente eu mesma não sou nenhuma dessas coisas.

Mas sei que este momento é o fim ou o início da minha vida.

Então paro de pensar e começo a ouvir, porque a coisa diz duas palavras, e somente duas.

O vento as carrega degraus acima, até mim.

— Oi, mundo.

Fico ali, com meus amigos ao lado, encarando a coisa. *Nulo. Pardal. Os lordes.* Chame como quiser.

O fim da humanidade.

— O que você quer? — grito para a coisa, pois me recuso a me conectar mentalmente com ela.

Agora não.

Nunca mais.

— Unificação — diz a coisa. — Hoje é o Dia da Unificação.

— Você cometeu algum erro. Essa era uma mentira do EGP. Não comemoramos esse dia, não nós quatro.

— Mas foi por isso que vim. Por você. Por nós.

— Do que está falando?

— Nossa reunificação. Sou o quinto Ícone. Devemos ficar juntos. Somos uma coisa só.

— Não, não somos. Você é um mentiroso.

— Sou o futuro.

— Você é um lorde, e é Nulo.

— Sou esperança.

— Você não é esperança. Não ouse dizer isso. Sabe o que Nulo significa? "Nada". Você é nada.

— Todos somos nada, Doloria. Por que a esperança deveria pertencer apenas à humanidade?

— Somos humanos, e você não é nada como nós. Nada — repito, e percebo agora que estou soluçando.

Nulo — a coisa — estende a mão.

— Venha — diz ela. — Venha conosco.

Faço que não com a cabeça. Quanto mais a coisa fala comigo, mais eu afundo — e grito mais alto.

— Vá em frente. Pare meu coração. Não vou com você. Não vou a lugar nenhum.

Lucas desliza o braço ao redor da minha cintura.

— É claro que não vai. E esta conversa acabou.

Tima segura minha mão.

— Você não está sozinha, Dol. Não pode fazer isso sem a gente. Estamos aqui.

Ro se coloca diante de mim.

— Aqui — diz ele, simplesmente. — Bem aqui.

— Ro — falo, sorrindo —, você não pode...

Mas não concluo a frase porque sinto a mão de alguém em meu braço, então me viro para ver Fortis. Seu rosto está estranhamente sereno, e os olhos tão vermelhos quanto os meus. Quando fala, a voz dele sai tão baixa que preciso me concentrar para ouvir.

— Dol. Eles não vão desistir. Eles precisam de você. Isto precisa de você. De todos vocês. — Ele olha para nós quatro. — Vocês podem muito bem ir em paz. Não podem fugir deles e não podem sobreviver a isto. Seja racional pelo menos uma vez.

— Racional? Do que você está falando? — Minha cabeça está zonza; nada disso era o que eu esperava ouvir. Então vejo, de relance, Bibi andando de um lado a outro atrás de Fortis, e tenho certeza de que Fortis, mais uma vez, sabe coisas que não está nos revelando.

Ele parece magoado.

— Isto — diz ele. — Uma parte de vocês devia saber. Vocês deviam ter desconfiado.

— Desconfiado de quê? — O rosto de Tima está pálido. Não ouso olhar para os meninos.

— De mim. Disto. O que vocês acharam, quando desapareci do acampamento? E voltei completamente ileso? Inteirinho e sem nenhuma sonda enfiada no meu... — Fortis sacode a cabeça.

— Está dizendo que eles estavam rastreando você este tempo todo? — Tima parece chocada.

— Não, sua tolinha. Eu estava rastreando vocês este tempo todo. É o que me pagam para fazer, foi como sobrevivi ao Dia, todos esses anos.

— Por que... — Não consigo dizer as palavras.

— Porque prometi a eles que poderiam ter vocês. Porque vocês eram deles desde o início. Porque eu só sabia construir vocês da forma como eles queriam.

Eu me viro para olhar para Fortis.

— Não acredito. Você não faria isso. Não com a gente.

— Como acha que fugi dos lordes no deserto? Ou, na verdade, por que acha que eles me pegaram?

— Fortis! — Meu estômago se aperta.

— Meu nome é Paulo Fortissimo. Fiz o primeiro contato. Era meu laboratório. Os lordes, embora sejam uns desgraçados, estão aqui a meu convite. — Ele dá de ombros. — Não exatamente um convite, mas recomendação. Vocês foram construídos para este propósito, desde o início. O propósito deles. Era a única coisa que eles não tinham.

— Do que está falando?

— Emoções humanas são únicas no universo. Emoções e o poder que elas geram. Ímpetos que fazem você lutar com uma força e uma energia que vão muito além do instinto de sobrevivência. Vocês quatro, com seus poderes. — Ele balança a cabeça. — Emoções encarnadas. Os lordes jamais encontraram nada assim. — Ele me oferece um olhar repleto de significado. — Como vocês. Entendem agora? É por causa deles que vocês existem. Os lordes. É por causa deles que estão aqui. Acham que os ajudarão não apenas a sobreviver, mas a dominar todo o universo existente.

— Mas... o mecanismo de segurança. É o que somos — digo, lembrando-me do arquivo da Embaixada. — É tudo o que somos.

— Não exatamente. Esse foi apenas o jeito mais fácil de conseguir que vocês viessem junto.

— Então o que somos? — Quero uma explicação. Quero respostas. Quero que Fortis olhe na minha cara e confesse.

E depois quero matá-lo.

— Você ouviu o que eu disse. — Fortis vira o rosto, dando de ombros.

— Não, não ouvi. Não ouvi nada que explicasse o que somos ou como ficamos assim.

— Eu criei vocês, isso é certo. Eu, Bibi, LeA e Yang. Eles não sabiam onde eu tinha conseguido as especificações, sabiam apenas que estávamos criando vocês quatro para uma unidade militarizada. Uma à qual nós quatro demos início e apenas eu concluí. Deixei que eles pensassem que nosso trabalho havia fracassado. Era o único jeito.

— O Projeto Humanidade — arrisco.

— Esse mesmo.

Dou um tapa no rosto de Fortis. É só o que me resta fazer para não dilacerá-lo com as mãos.

— Como pôde?

— Como pude? Sou um Merc, querida. Você sempre soube disso. O que achou que eu ia fazer aqui? Não achou que eu estivesse realmente aqui para salvar o mundo, achou?

Ro está incrédulo.

— Por que se incomodar, então. O que foi aquilo no Buraco? Por que derrubar um dos Ícones deles?

Calma, Ro.

Agora não.

Não faça nada idiota.

— Vocês precisavam acreditar em mim. Todos os quatro. Eu precisava convencê-los. Não apenas vocês, mas as Embaixadas. O próprio EGP.

Lucas ergue a voz.

— Então quem é LeA?

— LeA era o apelido.

Lucas assente.

— Deixe-me adivinhar. Eram parte de outro nome. — Algo sombrio percorre o rosto dele.

— Isso mesmo. — Fortis assente. — Le.A.

— Le.A. Leta Amare. LeA era minha mãe. Foi ela quem fez isso. Com você, Bibi e Yang.

— Cada um de vocês precisava de uma fonte biológica.

— Uma o quê?

— Um Humano Físico. Uma fonte genética.

— Você se refere a um genitor.

Fortis assente.

— E Leta era minha mãe biológica?

— Isso mesmo.

Lucas parece aliviado, apesar dela, apesar de tudo.

— E quanto ao restante de nós? — pergunta Tima, repentinamente.

— Não é óbvio?

Não, penso. *Nada disso é óbvio.*

— Dra. Yang?

Fortis assente. Tima fica desolada, mas percebo que está pensando no assunto, nos detalhes, nos trejeitos da outra.

Ro olha para ele.

— E eu?

Bibi suspira.

— E agora você entende por que eu tenho tantos problemas com o Caminho do Meio. — Ele está certo. Atirar pedras no jardim faz muito mais sentido quando se pensa em Bibi como pai de Ro.

A cor é drenada do rosto de Ro quando ele cogita a possibilidade.

O que só significa uma coisa.

— Você? O maior traidor que a Terra já conheceu, é meu pai biológico? — Mal consigo me obrigar a pensar nas palavras, quanto mais dizê-las.

Fortis sorri.

— Acha que nosso encontro nos trilhos aquele dia foi um acidente? Estou de olho em você há anos, querida.

Quero arrancar os olhos dele com as unhas.

Em breve, penso.

Em breve.

OFÍCIO DA EMBAIXADA GERAL: SUBESTAÇÃO DO LESTE DA ÁSIA

MANIFESTO URGENTE
SOMENTE PARA APRECIAÇÃO DE
PESSOAL IDENTIFICADO

Subcomitê Interno de Investigações 115211B
RE: O Incidente nas Colônias SA

Nota: Contatar Jasmine3k, Humano Híbrido Virt. 39261. SA, Assistente de Laboratório da Dra. E. Yang, para comentários futuros, conforme necessário.

FORTIS
Transcrição – LogCom 20.03.2070
FORTIS :: NULO

//início do logcom;

envio: Tenho um plano que acho que vai guiá-lo até onde você pretende ir. E, presumo, me dará o que quero em troca. Antes de oferecer, temos um acordo?;
retorno: Depois de muita reflexão, concordo que sua ajuda seria importante, talvez crítica para meu sucesso. Posso acomodar seu pedido por um porto seguro sem comprometer minha missão principal.;

envio: Sensacional. Pedirei detalhes mais tarde, mas essa é uma notícia fantástica. Quanto a minhas ideias, avaliei o que sei sobre a natureza humana, os comportamentos de indivíduos e como

reagem enquanto grupos, além da história triste e violenta de nosso povo. E agora compreendo melhor as ferramentas que você detém. Não acho que tenha o suficiente para subjugar (ou seja, eliminar) a população inteira conforme planejou.;
retorno: Sim.;

//logcom cont.

35
FINAIS E COMEÇOS

Há mais, é claro. Mais a ser dito. Mais verdades a serem exigidas. Provavelmente mais mentiras a serem contadas.

Outras coisas também.

Mas o lorde criança está impaciente. Drama humano não é tão impressionante, imagino. Não quando já se executaram bilhões de humanos.

— Venha, Doloria. Vamos começar com você. Voltaremos para os outros. Há muito trabalho a ser feito com cada um.

— Não vou com você. — É minha decisão, cruzo os braços.

Eles podem vir atrás de mim.

Podem fazer o que quiserem.

Não vou com as criaturas que mataram minha família.

Também não vou permitir que meus amigos sejam levados para a morte por minha causa.

— Você não tem escolha — diz Nulo. — O negócio foi feito. Você pertence a nós. Sempre pertenceu. Nós criamos você.

— Não sou um estilhaço que você pode vir buscar. Não sou parte de sua máquina da morte.

— Mas é. E não tem escolha. É parte de nós. Seu lugar é conosco. — Nulo me olha, inexpressivo, e imagino quanto tempo levará até que essa fachada desabe.

Nesse ritmo, não muito.

Consigo sentir a frustração subindo as escadas entre nós.

Ro se coloca diante de mim de novo.

— Sim, ela tem escolha. E já a fez. Não vai com você.

— Isso não é uma questão para você decidir, Furo Costas. — Nulo pisca, impassível. Conversar com ele é como conversar com Doc.

Ro não acredita.

— Sabe, pensando bem, é sim.

— Por quê? — pergunta Nulo.

— Porque ela não vai. Porque eu disse. — Ro dá mais um passo para baixo, em direção à nave. — E porque vou no lugar dela.

Nulo ergue o rosto, interessado. Consigo sentir o aumento de energia entre nós.

— Isso, Furo Costas, é uma proposta completamente diferente. Vamos pensar.

Pego a mão de Ro por trás.

— Ro, pare com isso. Não pode fazer isso.

Ele afasta a mão da minha.

— Posso. Na verdade, eu vou.

Estou começando a entrar em pânico.

— Não. Não faça isso. Fique com a gente. Fique comigo. Vamos manter nossa posição. Vamos morrer juntos. Vamos morrer lutando, como você sempre quis.

Ele sorri para mim, triste.

— Isso nunca foi o que eu quis, Dol. Você era tudo o que eu queria.

Meu coração está acelerado.

— Pare. Não pode.

Ele dá um passo, se aproxima de mim.

— Você era tudo o que eu queria, e precisa me deixar fazer isso. Não quero mais ficar aqui. Não assim. Você não precisa de mim aqui embaixo. Pode cuidar de si mesma. — Ro assente para Lucas. — E de Botões. Está cuidando dele desde o dia em que o encontramos, todo encharcado na praia.

Não consigo impedir as lágrimas.

— Não quero que faça isso.

Ele limpa uma lágrima da minha bochecha.

— Não cabe a você. Sou um lutador, lembra-se? É isso que eu faço. Encontro algo pelo qual valha a pena lutar, então luto.

Balanço a cabeça.

— Você é louco.

— Não sou. Sou inteligente. É você, Dol. Vale a pena lutar por você. Deixe-me lutar.

— Não precisa fazer isso — diz Tima de trás de mim.

Lucas pigarreia.

— Ela está certa. Nenhum de nós quer que você faça isso.

Ro sorri.

— Não preciso fazer nada. Mas uma vez que eu começar a fazer, vocês sabem que não podem me impedir.

Ro me puxa, inclina o corpo para mim. Vejo os lábios dele, apenas por um instante, e me lembro.

Eles seriam macios.

Mais macios do que as orelhas dele.

Teriam gosto de sementes de romã.

Então Ro me beija, com força e brevemente, e se afasta assim que me entrego a ele.

É sempre assim com a gente.

— Prometa que vai voltar — digo. Só consigo pensar nisso, só consigo suportar isso.

— Vai tornar as coisas mais fáceis? — Ele sorri.

Assinto.

— Então prometo. — Ro acaricia meu rosto.

— Mas você tem que estar falando sério — insisto, com teimosia.

— É sério. Vou me comportar. E voltarei para você. Prometo.

Eu o puxo, enterrando o rosto no peito dele como fiz tantas vezes antes.

Ro puxa meu rosto em direção ao dele e o vira, beijando minha bochecha carinhosamente.

Então sussurra ao meu ouvido.

Ouço as palavras e sei que significam um adeus.

— Amo você, Dolzinha.

— Eu sei, pateta. — Não consigo olhar para ele. É ruim demais, tão insuportavelmente triste.

Então Ro agarra Tima e a beija na boca. Ela parece surpresa, e Ro gargalha.

Fortis estende a mão e Ro apenas assente para ele.

— Cuide-se, Botões — diz Ro para Lucas. — Ou vou descer aqui para socar você.

Então ele desce as escadas, dois degraus por vez, parando apenas quando chega à nave.

Prendo a respiração.

Todos prendemos.

Nem Fortis consegue desviar os olhos.

Ro assente para o lorde criança — Nulo, o monstro — e abaixa a cabeça sob o topo do retângulo de luz.

Eu o vejo, uma silhueta escura dentro do portal iluminado, erguendo a mão, acenando para nós.

Então se vai.

Observamos, juntos, conforme a faixa de luz forte desaparece.

Observamos enquanto o chão da selva ao redor da nave começa a chacoalhar, conforme os ventos começam a soprar em todas as direções.

Observamos enquanto a nave se levanta, impulsionando-se em direção às outras quatro, encontrando seu lugar no pentágono.

Então observamos, incrédulos, quando a coisa toda se transforma numa bola de fogo.

Ro. Não...

Não sei se estou pensando o nome dele ou se o estou gritando.

Só sei que me lembro das palavras na cabeça tão claramente como se ele as estivesse dizendo em meu ouvido. "*Se eles vierem atrás de mim, vocês têm minha permissão para atirar. Não vou pegar carona com um Sem Rosto.*"

Foi isso que Ro disse, e agora ele se foi.

Agora Ro é poeira no céu.

Agora Ro é nada.

Nada, como Nulo.

É tudo de que me lembro.

Disso e de Tima gritando, e das naves riscando o céu.

Disso, e de Fortis fugindo.

Disso, e de Bibi tentando me segurar.

Disso, e de Lucas me carregando degraus abaixo.

Disso, e de apagar.

OFÍCIO DA EMBAIXADA GERAL: SUBESTAÇÃO DO LESTE DA ÁSIA

MANIFESTO URGENTE
SOMENTE PARA APRECIAÇÃO DE
PESSOAL IDENTIFICADO

Subcomitê Interno de Investigações 115211B
RE: O Incidente nas Colônias SA

Nota: Contatar Jasmine3k, Humano Híbrido Virt. 39261. SA, Assistente de Laboratório da Dra. E. Yang, para comentários futuros, conforme necessário.

FORTIS
Transcrição – LogCom 20.03.2070 cont.
FORTIS :: NULO

//início do logcom;

envio: Eu recomendaria uma colocação estratégica de seus bens, combinada a um governo local controlado, dando às pessoas a ilusão de um futuro. Então usaria a população para avançar e alcançar seu objetivo.;
retorno: Vejo os paralelos em sua história.;

envio: Se escolher as pessoas certas e os alvos certos, acredito que conseguirá construir seu equipamento de tal forma que, quando as pessoas descobrirem o que está acontecendo, será tarde demais. Você terá uma força incrível à disposição.;
retorno: Precedente histórico. Lógico. Interessante.;

//fim do logcom;

EPÍLOGO

Nem tudo que vem do céu é um anjo.

É verdade.

E nem tudo que vive na Terra é humano.

Também verdade.

Aprendi isso agora. Aprendi do modo mais difícil, e rogo a Nossa Senhora que não tivesse aprendido.

Eles dizem que tudo mudou no Dia, mas não é assim que vejo. Não mais.

Algumas coisas permaneceram iguais — ou, pelo menos, assim pensei.

Humanos ainda eram humanos, mesmo que o coração deles tivessem parado de bater. De alguns deles.

Cidades ainda eram cidades, mesmo que fossem silenciosas. Algumas delas.

Fundamentalmente, o universo ainda era um lugar confiável, feito de bons e maus, de Simpas e camponeses, humanos e lordes.

Até hoje.

Hoje foi o dia em que aprendi que a batalha não está apenas nas Embaixadas, ou no céu, ou mesmo no universo.

A batalha está nesse lorde criança. Essa garota que não é uma garota, esse garoto que não é um garoto. Esse tudo chamado Pardal e esse nada chamado Nulo.

E a batalha está em Fortis. Meu pai. Que mente um bocadinho também.

Pior de tudo, a batalha está em mim.

Chumash rancheros *espanhóis californianos norte-americanos camponeses os lordes o Buraco eu.*

Sou Doloria Maria de la Cruz e esta é minha história. A minha história, e a história do meu povo.

Mas o que sou?

Não sou esperança. Não sou a coisa com plumas. Não mais. Mudei. Sou mudança.

E não sou a melhor amiga de Furo Costas. Não mais. Ele está morto, tão morto quanto os lordes que o levaram.

Eu deveria saber. Meu coração morreu com ele.

O que também significa que não sou namorada de Lucas Amare. Não mais. Estou arrasada demais para isso.

E não sou a filha de meus pais. Não mais. Eles eram mentiras, acessórios, o fruto da imaginação de outra pessoa.

Nem mesmo sou irmã de Pardal. Não mais. Ela só era real em meus sonhos, apenas tão humana quanto a imaginei.

E o que sei sobre humanos?

Apenas isto:

Meu nome é Doloria Maria de la Cruz e não sou apenas o fim da infância.

Sou o fim da humanidade.

E se você vier do céu...

Vou atrás de você.

OFÍCIO DA EMBAIXADA GERAL: SUBESTAÇÃO DO LESTE DA ÁSIA

MANIFESTO URGENTE
SOMENTE PARA APRECIAÇÃO DE
PESSOAL IDENTIFICADO

Subcomitê Interno de Investigações 115211B
RE: O Incidente nas Colônias SA

Nota: Contatar Jasmine3k, Humano Híbrido Virt. 39261. SA, Assistente de Laboratório da Dra. E. Yang, para comentários futuros, conforme necessário.

FORTIS
Transcrição: Logcom {data apagada}
FORTIS :: NULO

//início do logcom;

envio: NULO. Com base nas informações que forneceu, no número de dispositivos, tenho algumas sugestões para você.;
retorno: Por favor, continue.;

envio: Você tem 13 dispositivos — vou carregar sugestões para os alvos ideais. Não são apenas fundamentados na população. Também considerei capacidade de produção, manufatura etc.;

envio: Também recomendo estabelecer um sistema temporário para manutenção da ordem durante sua preparação.;

envio: Se conseguir subjugar a população, você também pode usar recursos existentes mais eficientemente para se preparar, reduzindo também o risco de fracasso catastrófico.;

envio: Acredito que este seja o modo mais eficiente de completar sua missão.;

resposta atrasada;

envio: Oi?;
retorno: E em troca?;

resposta atrasada;

envio: Quero minha própria colônia.;

envio: Preciso de alguma coisa.;

envio: Não sei o que quero.;

envio: Saberei quando vir.;

envio: Não estou sendo mercenário.;

envio: Estou sendo lógico.;

envio:..... oi?;
transmissão encerrada;

//fim do logcom;

AGRADECIMENTOS

É difícil escrever livros difíceis, e este foi um. Não significa que não devemos escrevê-los, mas também não quer dizer que deveríamos fazê-lo sozinhos. Muitos de meus *Ícones* e *Ídolos* pessoais ao longo do caminho vieram ao meu resgate, diversas vezes. Sou muito mais do que grata à minha equipe, em Nova York e pelo mundo.

Obrigada aos meus *Ídolos* na Gernert Company: Sarah Burnes, minha agente e amiga; juntamente a Logan Garrison, Will Robert e Rebecca Gardner.

Obrigada aos meus *Ídolos* na Little, Brown: Kate Sullivan e Julie Scheina, minhas editoras geniais neste projeto; bem como a Leslie Shumate e Pam Garfinkel, as assistentes editoriais geniais delas.

Obrigada também à incansável Hallie Patterson e a Melanie Chang, pela publicidade; a Dave Caplan, pelo design de capa; a Barbara Bakowski e Barbara Perris, pela revisão; a Victoria Stapleton e Zoe Luderitz, pelo apoio dos serviços escolares e bibliotecários; a Megan Tingley e Andrew Smith, pelo apoio da publicação.

Obrigada a minhas assistentes, Victoria Hill e Zelda Wengrod, que são como família; e, é claro, obrigada a minha família de verdade: Lewis, Emma, May e Kate Peterson, assim como a todos os Stohl por toda parte.

Em especial, obrigada a Eunei Lee e Lewis Paterson, meus amigos de viagem pelo Sudeste da Ásia; e a Raphael Simon, Melissa de la Cruz e Kami Garcia, que precisaram ouvir todas as histórias.

E finalmente: obrigada aos leitores, bibliotecários, professores, blogueiros, amigos e seguidores nas mídias sociais, jornalistas, amigos autores e fãs que apoiaram a mim e a Kami durante os últimos seis anos, desde *Sirena*.

Sempre idolatrarei todos vocês, suas criaturas icônicas e lindas!

BJ, Margie

Este livro foi composto na tipologia Simoncini
Garamond Std, em corpo 11/15, e impresso em
papel off-white no Sistema Cameron da
Divisão Gráfica da Distribuidora Record.